바보 로맨티스트

진양 지음

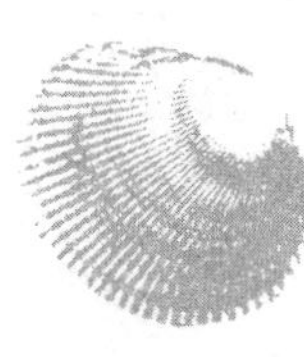

• 프 롤 로 그 •

낙조의 그림자가 드리워진 바다, 수평선 언저리에서 낡은 고깃배 한 척이 느릿하게 지나친다. 서이말로 갯바위 낚시를 즐기던 바다 낚시꾼들을 가득 태우고 돌아오는 길일 것이다. 겨울, 바다 깊숙한 바닥에 엎드려 있는 감성돔을 깨우는 손맛을 만끽하고 있을 바다 낚시꾼들. 육지에서 바다로 길게 뻗은 방파제 위의 새빨간 등대를 향하고 있던 고운의 시선이 배를 따라 포구 쪽으로 향했다.

어느새 고운의 등 뒤로 해변과 마주한 낡은 건물들 유리창에 불빛이 어리기 시작했다. 장승포에서도 하나 남은 양복점, 기사식당, 반대편에 생긴 24시간 편의점의 휘황찬란한 네온사인에

도 기죽지 않고 용케 살아남은 오래된 슈퍼마켓, 1km쯤 떨어
진—그녀의 모교이기도 한—고등학교의 교복을 입은 학생들이 옹
기종기 모여서서 떡볶이를 먹고 있는 후진 분식집, 튀긴 도넛을
좌판에 옮겨놓고 있는 기름 낀 유리창의 빵집이 이가 맞지 않은
듯이 불규칙하게 길을 채우고 있었다.

바다에서 불어오는 바람은 바싹 마른 고운을 집어삼킬 듯 매
서웠다. 고운은 코트 깃을 여미며, 한때는 바다였던 매립지의
부서진 보도블록에서 한 발자국 뒤로 물러났다. 추위에 새하얗
게 질린 손을 빛바랜 갈색 코트의 주머니에 감추던 고운의 손끝
에 동그랗고, 조그맣고, 딱딱한 물건이 닿았다. 꺼내보니 리본
모양으로 포장된 알사탕이다. 포장껍질을 벗겨 입 안에 넣어 한
번 굴리니 그 달달한 느낌에 싸늘한 날씨만큼이나 굳어 있던 고
운의 얼굴이 홍조가 생길 만큼 따뜻하고 부드러워진다.

칠흑같이 어두웠던 해안도로를 휘돌아 달리던 어젯밤만 하더
라도, 저도 모르게 흐르는 눈물을 감추지 못해 바람결에 날려
버려야 했던 그녀가 겨우 땅콩이 알알이 박힌 작은 사탕 하나에
미소 지을 수 있는 이유는, 이곳이 다른 곳도 아닌 바다였기 때
문이다. 이렇게 웃을 수 있을 거라 믿었기에, 아무런 준비도 없
이 느닷없이 귀향을 감행하지 않았던가.

서울에서 고속도로를 타고 네 시간을 달려오면서 이곳에 오
면, 태어나 열아홉 해 동안 그녀의 요람이 되어주었던 그 바다
를 앞에 두면 가슴을 꾹꾹 누르는 이 고통 속에서 잠시나마 숨

을 쉴 수 있지 않을까 기대했었고 바다는 그 기대를 저버리지 않았다.

고운의 발걸음이 움직이기 시작했다. 망설이던 첫걸음이 무색해질 만큼, 그녀의 앞으로 낡고 투박한 건물의 간판들이 빠르게 스치고 지나갔다. 결국 원하던 것을 찾지 못한 고운은 지나가던 사람을 붙들고 물었다.

"저, 여기 병원은 어디 있나요?"

"병워이야, 저 핵교 뒤에 대일병원이 있지예."

대일병원, 순간 고운은 숨을 헉 들이켰다. 거제도에 몇 개 없는 종합병원 중 하나인 대일병원, 팔 년이나 지났지만 아직도 고운은 병원 입구에서 병실과 진료실 등은 눈 감고도 찾아갈 수 있을 것만 같다.

"아니요. 그렇게 큰 병원 말고 작은 병원이요."

겨우 다시 입을 뗀 고운은 황급히 말을 덧붙였다.

"개인 병원. 정형외과요."

"아, 그런 쪼매난 병원은 옥포에 많제. 저 버스 타고 옥포로 넘어가 보이소. 거, 쪼매 큰 정형외과 하나 있는 갑든데."

고운은 매립지의 공영 주차장에 세워둔 자신의 작은 승용차로 향했다. 고속도로를 타고 어둠 속을 질주했던 그녀의 붉은색 소형차는 쉴 틈도 없이 크릉, 소리를 내며 다시 출발했다. 장승포에서 옥포로 가는 길은 찾을 필요도 없었고, 멀지도 않았다. 태어나서 고등학교를 졸업할 때까지 고운은 옥포에 살았고 장승포에 있는 고등학교를 다녔다. 같은 교복을 입은 아이들이 가득 탄 만원 버스, 버스 손잡이를 꼭 붙잡고 몸을 꼿꼿하게 유지한 채 창밖을 바라보던 소녀는 팔 년이 지나 다시 그 길을 거슬러 가고 있었다. 그때와 변함없이 여전히 2차선 도로의 양옆으로는 벚나무가 꽃을 피울 준비를 하고 있었다. 봄이 되면 그 길은 흐드러지게 핀 벚꽃으로 아늑한 운치를 더하곤 했다.

이곳에서라면, 모든 것을 다시 시작할 수 있을지도 모른다. 지난 모든 기억들을 지워 버리고, 다시 편안하고 행복하게 살 수 있을지도 모른다. 이곳에서라면!

. 제 1 장 .

뺨 빠라라, 뺨 빠라라, 뺨 빠라라라라라라, 일정한 리듬의 반주가 흘러나오자 무대 위로 로즈가 천천히 걸어나왔다. 월드 나이트클럽 최고의 가수답게 눈부시게 반짝이는 의상과 본 얼굴의 앳됨을 완벽히 가려주는 짙은 화장의 그녀가 등장하자 술을 마시고 있던 나이 든 남녀들이 둘씩 짝을 지워 플로어로 부지런히 걸음을 뗐다. 로즈의 뒤로는 의상을 맞추어 입은 세 명의 코러스 걸이 45도 각도로 비켜선 채 우스꽝스러워 보일 정도로 똑같은 동작으로 리듬을 맞추었다.

　─와인 그라스에 젖은 립스틱 그리움을 당신은 압니까, 놓아야 하면서도 붙잡고 있는 미련의 끝을 이젠 놓고 싶어~

빠 라라라, '지금쯤 내 이름을 잊었을지도 모르는, 모르는 당신 때문에' 노래를 따라 부르며 껄렁한 걸음걸이로 대기실에 들어서던 연석은 거울이 달린 낡은 선반 위에 앉아 짧은 두 다리를 흔들고 있는 연주의 모습에 배시시 웃음을 터뜨렸다.

"꼬맹아, 잠 안 오나?"

또렷한 이목구비와 얼굴에 맴도는 부드러운 미소가 무색할 만큼 투박스러운 목소리였다. 다가가 연주를 품에 안은 연석은 아이의 자그마한 입술 위에 발라진 붉은 립스틱에 눈을 크게 떴다.

"니 얼굴이 이게 뭐꼬?"

"강택이 아저씨가 해줬다."

욕설이 터져 나오는 것을, 연주의 눈치를 살피며 겨우 참은 연석은 이제 막 대기실로 들어오는 강택을 발견하고 눈을 부라렸다. 안고 있던 연주를 제자리에 내려놓은 다음, 거울을 보며 잔뜩 위로 치켜세운 머리칼을 다듬고 있는 강택에게 다가가 뒤통수를 내려쳤다.

"이 새…… 이놈의 자식이 아한테 뭔 짓을 했노!"

"아악! 뭐꼬, 아 연석이 행님. 언제 오싯습니꺼."

따악, 따악 강택의 머리를 사정없이 내려치던 연석은 그래도 분이 풀리지 않는지 주먹을 불끈 쥐었다가 뒤에서 물끄러미 바라보고 있는 연주 때문에 겨우 참았다.

"와, 와 이러십니꺼?"

"쳐바르고 싶으면 니 상판떼끼에나 바를 것이지, 아한테 립스틱은 와 바르고 지랄…… 이고!"

그제야 연석이 무엇 때문에 화가 났는지 깨달은 강택이 얼른 티슈를 뽑아 들고 연주에게 달려갔다. 그리고 연석의 눈치를 살피며 얼른 연주의 입술에 바른 립스틱을 닦아주기 시작했다.

"아니, 아까 로즈 그 가시나가 무대 올라가기 전에 화장하는 것 보고 연주 야가 그래 한번 발라보고 싶다 케서."

"아가 마셔보고 싶다 카믄 술도 맥일 끼가! 싹싹 닦아놔라, 알긋나!"

"야."

연주가 강택의 손을 밀어내며 오밀조밀 작은 얼굴을 찌푸렸다.

"아빠, 나 지우기 실타."

"시끄럽다. 강택이 이놈의 자식. 얼른 안 지우나."

그때 밖에서 '감사합니다, 좋은 시간 보내세요'라고 로즈의 무대 인사가 이어지자 강택은 티슈를 내던지고 대기실을 뛰쳐나갔다. 로즈에게서 마이크를 건네받아 익살스런 개그로 손님들을 웃겨주고 흥을 돋우는 강택은 근방에서는 유명한 나이트클럽의 사회자였다. 쯧쯧, 혀를 끌끌 차며 연석은 티슈를 집어 들고 자신이 연주의 립스틱을 정성스럽게 지우기 시작했다.

"뭐가 이쁘다고 이런 거 해달라 카노."

"로즈 아줌마는 이쁘기만 하드라. 내도 아빠한테 이쁘게 보일

라꼬."

연석은 쪽 소리가 나게 연주의 뺨에 뽀뽀를 한 뒤 빙긋 웃어 보였다.

"다시는 이런 거 발라도라 카지 마라. 우리 꼬맹이는 이런 거 안 발라도 로즈 아줌마보다 훨 예쁘다."

그때 대기실로 우르르 들어오는 코러스 걸들이 연석의 말을 듣고서 까르르 웃음을 터뜨렸다. 그리고 쌤통이라는 얼굴로 뒤따라 들어오는 로즈를 바라보았다. 자신들보다 한참 어린 로즈의 뒤에서 코러스나 해주고 있는 것을 늘 못마땅하게 생각하기 때문이었다.

"내 나이 인자 스물이다. 내 이 나이에 아줌마 소리 들어야 되긋나!"

말은 그렇게 하면서도 로즈는 짙은 화장에 어울리지 않는 천진한 미소를 지으며 연석에게서 연주를 빼앗듯 안아 자신의 의자에 올려놓았다.

"연주야, 내보고 아줌마라 카지 말고 엄마라 해봐라. 응?"

"싫다."

"니 아한테 뭘 시키노. 치우고 밥이나 무라."

대기실 안으로 근처 중국집에서 일하는 배달원이 들어와 낡은 테이블 위로 자장면을 내려놓는 것을 보며 연석이 로즈를 살짝 밀어 연주에게서 떨어뜨려 놓았다. 졸리기 시작한 듯 연주는 연방 눈을 비벼댔다.

“꼬맹아, 졸리나.”

연주는 고개를 끄덕였다.

“업어도.”

“오야.”

곧 홀에 나가봐야 하는 것을 알고 있었지만, 연주를 재우고 나가도 크게 문제 될 것은 없었다. 연석의 등에 업히며 눈을 감는 연주의 모습을 사랑스러운 눈길로 바라보던 로즈는 손가락으로 연석의 옆구리를 쿡 찔렀다.

“밥 무겄나.”

연주가 빨리 잠들 수 있도록 몸을 가볍게 움직이던 연석은 눈살을 찌푸렸다.

“니 아까 니 입으로 인자 스물이라 안 했나. 쪼매낸 기 와 맨날 반말지꺼리고.”

“원래 부부는 동격이라 켓다.”

로즈의 이런 태도가 이제는 놀랍지도 않다는 듯 연석은 고갯짓으로 자장면을 열심히 먹고 있는 코러스 걸들을 가리켰다.

“쓸데없는 소리 하지 말고 가서 짜장면이나 무라.”

무슨 이야기들을 하는지 코러스 걸들의 무리에서 까르르 웃음소리가 터져 나왔다. 연석은 자신의 등에 얼굴을 맞대고 있던 연주의 뺨이 잠결에 움찔거리자, 소리를 빽 질러 그들의 입을 다물게 했다. 하지만 결국 또다시 웃음과 음란한 농담들, 서로를 타박하는 목소리가 소란스럽게 터져 나오자 어쩔 수 없이 대기실을 빠져나왔다. 뒤에서 로즈가 어디에 가냐고 소리쳐 불렀지만 연석은 한 번 돌아보지도 않고 퀴퀴한 곰팡이 냄새가 풍기는 복도를 지나 홀과 반대편에 위치한 문으로 향했다. 주방이었다.

"하이고, 우리 연주 자네."

"쉿, 금방 잠들었소. 안주는 안 밀리고 잘 나가고 있지예?"

"그라믄."

얼마나 이어질지 모르는 김씨 아주머니의 수다를 피해 연석은 주방을 거쳐 밖으로 향하는 작은 쪽문을 걸어나왔다. 나이트클럽의 왼쪽 골목길로 난 입구로, 클럽에서 일하는 직원들이 출입하거나 빈 술병이 채워진 박스 등을 쌓아놓는 곳이었다. 짭짤한 바다 향이 섞인 따듯한 공기가 불어와 연석과 연주를 동시에 부드럽게 감싸 안았다. 클럽 안에서 들려오는 음악 소리를 자장가 삼아, 천천히 제자리에서 쉬지 않고 맴도는 연석의 등을 흔들침대 삼아 연주는 새근새근 잘도 잤다. 연주의 규칙적인 숨소리는 연석의 몸에서 모든 긴장을 풀고 나른하게 만들어주었다. 덩달아 연석은 자신의 크고 깊은 두 눈을 가만히 감아본다.

"잘 자라, 꼬맹아."

"좋은 아침입니다."

지문 하나 없이 투명한 유리문을 밀고 병원 안으로 들어서며 고운은 활기찬 목소리로 아침 인사를 건네었다. 접수 테이블에서 차트를 정리하고 있던 김 간호사가 티없이 맑은 미소로 인사를 받아주었다. 말끔한 유리문 역시 김 간호사의 손길이 닿았으리라, 고운은 자신보다 두어 살 어린 젊은 간호사를 친근한 눈길로 바라보았다.

"일찍 출근하셨네요, 서 선생님."

거제도 출신이지만 경기도에서 전문대학을 졸업한 김 간호사 역시 고운과 마찬가지로 사투리를 쓰지 않았다.

"원장 선생님은?"

"아직이요. 윤 선생님은 아까 출근하셔서 진료실에 계시고요."

진료실을 흘낏 바라보던 고운은 병원 로비 겸 대기실을 돌아보았다. 그녀가 윤 정형외과에 출근하고 어느새 이 주가 지났다. 온몸을 죄어오던 고통과 시름에서 벗어나고자 한밤중에 차를 몰고 무작정 거제도를 향해 달렸던 그날 이후 꼭 한 달이 되는 셈이다. 일이 되려니, 일사천리였다. 무턱대고 찾아온 윤 정형외과에 자리가 있었던 것도, 서울 집이 금방 나가준 것도 마치 고운의 귀향을 돕는 듯했다.

"그럼 난 피티실에."

"네."

원무과와 주사실, 방사선실을 차례로 지나 복도를 걸어온 고운은 복도 끝에 있는 문 앞에서 멈추어 섰다. 문고리를 잡고 비틀자, 어둠 속에 잠긴 물리치료실의 내부가 비좁은 문틈 사이로 보이기 시작했다. 안으로 들어선 고운은 문 앞의 테이블 위에 가방을 내려놓고 칸막이처럼 커튼이 쳐진 침대들 사이를 곧장 걸어가 벽에 걸린 두꺼운 커튼을 젖혔다. 기다렸다는 듯, 눈부신 아침 햇살이 방 안으로 파고든다.

"날씨 좋다……."

스스로에게 놀라울 정도로 고운은 잘 적응해 가고 있었다. 그녀의 잠을 갉아먹던 불면증이라는 좀벌레도 집 앞으로 밀려오는 규칙적인 파도 소리에 기세가 수그러들었고, 기본적인 수면 시간이 보장되자 예민해졌던 신경도 정상을 되찾고 있었다. 최근 이 년 동안 서울에서 그녀를 대했던 사람들이 지금의 모습을 본다면 한 달 만의 변화에 깜짝 놀랄 것이다. 그리고 말하겠지. 사고 전의 고운으로 돌아왔구나, 라고.

창가에서 돌아선 고운은 다시 테이블로 돌아와 가방을 집어 들었다. 테이블 뒤쪽의 작은 캐비닛으로 다가갔다. 잠겨 있지 않은 쪽의 문을 열고 새하얀 가운을 옷걸이째 빼내고 대신 가방을 집어넣어 캐비닛을 채웠다. 가운을 옷 위에 걸치고 커피 물을 올린 다음, 침대와 침대 사이의 간섭파치료기인 ICT, 저주파 치료에 쓰이는 TENS, 경혈치료기 SSP의 전원을 차례로 올려 기계를 세팅했다. 저만치 떨어진 견인치료기 Traction을 세팅하기 위해 침대를 지나 구석 벽 쪽으로 향하던 고운의 등 뒤로 정혁의 목소리가 들려왔다.

"일찍 출근했네요."

고운은 돌아서서 자신을 향해 빙그레 웃고 있는 정혁을 향해 고개를 살짝 끄덕여 보였다.

"네. 윤 선생님도 일찍 출근하셨네요."

정혁이 삐익, 끓고 있는 주전자를 흘낏 바라본다.

"커피, 제 것도 있어요?"

"그럼요. 앉으세요."

처음 병원에서 그와 만났을 때도 생각했던 것이지만 새하얀 의사 가운과 정혁은 썩 잘 어울렸다. 정혁의 부모님도 의사였고, 두 형제 모두 정형외과 의사로 그의 형이 윤 정형외과의 원상을 맡고 있있다. 어릴 적부디 의시 이외의 다른 직업을 생각해 본 적도 없을 것 같은 환경이니 가운이 잘 어울리는 것도 무리가 아니다. 빼어난 미남은 아닐지라도 따듯해 보이는 인상과 부드러운 분위기는 의사라는 직업에서 전해지는 지적인 느낌과 더해져 매력적인 호남에 속했다. 하지만 의사라는 느낌의 매력은 늘 그렇듯, 조금은 전형적인 면을 가지고 있다.

"주말은 잘 보냈어요?"

정혁이 자신에게 호감을 가지고 있다는 사실을, 고운은 알고 있었다.

"네."

하지만 현재로서의 고운은 그의 호감에 반응해 줄 여유가 없었다. 숨이 막혀 죽을 것 같은 기억의 고통에서 이제 겨우 벗어난 사람에게, 이제야 탁 트인 바다에 숨을 토해내며 살 만하다고 느끼게 된 사람에게 남자라거나 연애라거나, 사랑은 어깨를 짓누르는 버거운 짐 덩어리에 불과했다.

"영화, 같이 봤으면 좋았을 텐데."

정혁에게 묽게 탄 커피를 내밀며 고운은 쓴웃음을 지었다.

"미안해요. 이사하고 곧장 출근하느라 피곤이 쌓여서, 주말에는 좀 쉬고 싶었거든요."

"괜찮아요. 하지만 다음번에는 꼭 같이 가요."

고운은 대답 대신 머그컵을 손 안에 꼭 쥐고 밋밋한 커피를 한 모금 마셨다. 물리치료실 밖에서 '좋은 아침!' 하는 인사와 몇 마디 주고받는 농담들 와르르, 웃음소리가 터졌다. 부부인 방사선사 선생님과 원무 과장님이 출근한 듯 조용하던 원내가 금방 활기로 가득 찼다.

고운은 두 번째 모금을 입 안에 가득 머금었다. 커피 향이 고스란히 몸 전체로 배어든다.

아침에 연주를 유치원 통학 버스에 태워 보내고 돌아와 다시 잠이 든 연석은 느지막이 일어나 부스럭거리며 할 일 없이 오전을 보냈다. 허기가 느껴지자 그제야 대충 야구 모자를 눌러쓰고 연주와 둘이서 사는 낡은 연립 주택의 이층에서 나와 동네 어귀에 있는 순대국밥집으로 향했다. 터벅터벅, 걸음을 옮기던 연석은 주머니에서 울리는 휴대전화 벨소리에 잠시 멈추어 섰다.

"여보세요."

[어디고?]

잠에서 덜 깬 듯한 로즈의 목소리에 연석은 얼굴을 찌푸렸다.

"아침부터 와 전화질이고? 끊어라."

[밖이네. 밥 무러 가나.]

"알면서 뭘 묻노."

[집에서 좀 해 무거라. 그 순대국밥집에 가제? 내도 글로 가께.]

연석이 뭐라고 말을 하기도 전에 로즈는 일방적으로 전화를 뚝 끊어버렸다. 고개를 절레절레 흔든 연석은 순대국밥집으로 들어가 국밥을 시키고 테이블 위에 놓인 스포츠 신문을 집어 들었다.

"우리 잘생긴 연주 아빠 왔나? 연주는 유치원 갔나."

평소 친분이 있는 순대국밥집 아주머니가 국밥 한 그릇을 테이블 위에 올려놓으며 살갑게 말을 걸어왔다. 연석은 신문을 접어 저만치 밀어 놓고 고개를 끄덕였다. 그리고 후루룩, 소리를 내며 수저 가득 쌓인 국밥을 입 안으로 무심하게 집어넣었다. 그때 연석은 수저질을 하던 손길을 멈추고 저릿한 통증에 눈살을 찌푸렸다. 손목 부근이 퉁퉁 부어 있었다.

끼이익, 미닫이로 된 국밥집의 철창문이 쇳소리와 함께 활짝 열리고 마릴린 먼로 티셔츠에 짙고 요란한 색의 팬츠 차림의 로즈가 들어섰다. 화장을 하지 않은 맨얼굴은 그제야 그녀의 나이가 스물이라는 사실을 여지없이 보여주고 있었다.

"와, 내 껏도 좀 시켜놓고 있지. 치사하게 지 꺼만 시키고 먹고 있나. 아줌마, 여기 국밥 한 그릇!"

연석의 옆 자리에 자리를 잡고 앉으며 로즈는 그의 팔에 매달리듯 붙잡고 늘어졌다.

"어저께 홀에서 깽판 치던 놈들 어찌 됐노?"

"어찌 되긴, 몇 대 쥐어박고 내보냈지. 이것 놔라, 밥 묵는 거 안 보이나."

국밥집 아주머니에가 내려놓고 간 뜨끈한 순대국밥에 수저를 찔러 넣으며 로즈는 짙은 눈썹을 가만히 찌푸렸다. 연석에게 무슨 말을 하려고 했지만 그가 다시 말을 이어나가자 어쩔 수 없이 입을 다물었다.

"그라고 니도 앞으로 조심해라. 그런 놈들 한두 번 상대하나. 가시나가 그래 방방 뛰니까 일이 커지고 안 그라나!"

"그 새끼가 먼저 무대 위로 뛰어올라 와서 팔 잡고 끌어 내리는 거 니도 봤으면서 우째 그래 말을 하노. 내가 술집에서 술 따르는 년이가!"

로즈가 얼굴이 붉어지도록 흥분을 하자, 연석은 힐끗 그녀에게 시선을 던졌다가 조금 누그러진 목소리로 다시 말을 이었다.

"내 언제 술 따른다 켓나. 성질만 좀 죽이라 그기지. 그라고 니 자꾸 니니 거릴래? 일곱 살이믄 밥이 몇 그릇인지 아나? 맨날 봐주니까 이게 머리끝까지 올라앉을라 카네."

로즈의 입에서 다시 부부는 동격이네 하는 말이 터지기 전에 연석은 남은 국물을 모두 벌컥 마셔 버리고 테이블에서 몸을 일으켰다. 이제 겨우 한 숟가락 입에 떠 넣은 로즈는 립스틱이 없어도 충분히 생기가 있는 입술을 불쑥 내밀었다.

"혼자 밥 묵는 거 싫어가 온 사람 봐서라도 끝까지 자리 좀 지켜주면 안 되나?"

잠시 마음이 약해진 채 망설이던 연석은 이내 고개를 가볍게 흔들고는 주머니에서 만 원짜리 지폐를 한 장 꺼내어 계산대 위에 내밀었다.

"저 가시나 것도."

그리고 다시 로즈에게로 고개를 돌렸다.

"오늘 사장님 오신대가 지금 사무실에 가봐야 한다. 단디 묵고 낸중에 가게서 보자."

로즈를 혼자 남겨두고 국밥집을 나선 연석은 슬리퍼를 질질 끌며 클럽으로 향했다. 불야성을 이루고 있던 유흥가의 훤한 대낮 풍경은 보기 딱할 정도로 초라하고 쓸쓸해 보인다. 바닥에 뿌려진 전단지와 쓰레기, 밤새 싸움이라도 나는 날에는 깨진 병 조각들이 난무하는 길 사이로 유흥가와 전혀 상관없어 보이는 행인들의 무관심한 발걸음만 스치듯 지나고 있었다.

"행님, 오싯습니꺼."

웨이터로 일하고 있는 청년 몇이 홀을 청소하고 있다 입구로 들어서는 연석에게 고개를 숙여 보였다.

"사장님은 오싯나?"

"야. 사무실에 계십니더."

"그래, 수고들 해라."

연석은 청소를 하느라 물기가 어린 홀을 가로질러 사무실로 향했다. 나이트클럽은 꽤 낡고 오래된 건물이었지만 당시에 함께 시공된 주위의 건물들에 비해서는 단단하고 실한 편이었다. 연석이 가볍게 노크를 하고 사무실로 들어서자 매출 전표 서류를 보고 있던 정 사장이 고개를 들었다.

"오싯습니꺼."

"그래. 앉아라."

"야."

널찍한 책상 앞에 놓인 검은색 가죽 소파에 조심스럽게 앉으며 연석은 자신을 머리끝에서 발끝까지 내려다보는 정 사장의 눈길에 긁적거렸다. 못마땅한 기운이 가득한 표정으로 정 사장이 담배를 꺼내 입에 물었다.

"허우대만 멀쩡하면 뭐 하노. 그게 뭐꼬, 차림새가. 암만 직급도 없이 일한다 케도 내 대신 가게 일 도맡아 하믄 그기 사장 대리 아니고 뭐꼬. 사장 대리라는 놈이 티 쪼가리에 쓰레빠 질질 끌고 댕기믄 밑에 아아들이 뭐라 생각하긋노."

정 사장의 말에 연석은 피식 웃음을 터뜨렸다.

"암만 사장 대리 일을 한다 케도 양아치가 어디 가겠습니꺼."

어차피 한두 해 입씨름한 부분이 아니기 때문에 정 사장은 연석의 옷차림에 대한 타박은 그쯤에서 접어두었다.

"매출은 왜 자꾸 떨어지노?"

"요 옆에 새로 클럽이 생기가 손님들이 글로 많이 빠지는 모양입니더."

"내도 들었다. 그래 태평하게 말해도 되나?"

연석은 새로운 경쟁 가게에 크게 신경을 쓰는 눈치는 아니었다.

"어디 한두 번 생깁니꺼. 멋모르고 뛰어들면 옴팡지게 망하는 게 이 바닥인데, 지금은 러시아 아들 불러다가 춤추게 하고 서비스 팍팍 주고 하니까 그만치 하지 오래 못 갑니더. 거제도 바닥 어디 가겠습니꺼. 좀만 참고 기다리면 거 망하고, 우리 손님 다시 되돌아옵니더. 외지 사장이라 카던데 거제도는 다 인맥 장사라 더 오래 못 갈 낍니더."

이십 년째 월드 나이트클럽을 운영하고 있는 정 사장으로서도 모르는 사실은 아니었지만 50m도 채 떨어지지 않은 목 좋은 자리에 생긴 라이벌이 신경 쓰이는 건 어쩔 수 없었다.

"우리 아아들이랑 싸움 안 나그로 조심해라. 거 양아치 새끼들 많을 끼다."

연석이 손가락으로 자신의 얼굴을 살짝 문질렀다.

"우리도 양아치 아입니꺼. 그건 그렇고 통영이랑 마산 쪽 업장은 어떻습니꺼?"

"거도 죽 쑨다. 여보다도 못하다."

경기 불황으로 예전보다 성황하지는 않았지만 죽 쑨다는 말은 정 사장의 엄살이었다. 그것을 알고 있기 때문에 연석은 빙그레 미소를 지을 뿐 대답을 하지 않았다.

손가락 사이에 끼워둔 담배가 필터밖에 남지 않은 깨달은 정 사장은 새 담배를 꺼내어 입에 물었다. 연석이 눈치 빠르게 라이터를 빼들고 불을 붙여준다. 그때 정 사장이 부은 연석의 손목을 발견하고 얼굴을 찌푸린다.

"손모가지는 와 그 모양이고."

"어제 무대에 올라가서 깽판 치는 놈이 있어서, 끌어낼 때 이래 됐는 것 같습니더. 괜안십니더. 며칠 냅두면 개안아집니더."

정 사장이 혀를 끌끌 찼다.

"이 세상에서 제일 미련한기 아플 때 병원 안 가고 참는 기다. 요 앞 큰길만 나가믄 전신이 병원인데 귀찮다고 냅두지 말고 병원 가라. 알긋나?"

마지못해 고개를 끄덕이는 연석에게 정 사장이 덧붙인다.

"니 몸이 니 혼자 몸이가. 아까지 딸린 놈이. 몸 관리 잘해라. 니 딸내미는 올해 핵교 들어간다 켓나?"

"야. 삼월에 갑니더."

기저귀 차고 방 여기저기를 기어다니며 집안의 온갖 물건을 뒤집어놓던 아기가 벌써 학교에 들어갈 나이가 되었다고 생각하니 순간 가슴이 저릿한 느낌에 연석은 애써 쓴웃음으로 자신의 감정을 숨겨야 했다. 투박하고, 무심하고, 무감각한 전형적인 경상도 사나이 박연석이 딸 박연주에 관해서만은 감상적인 인간이 된다는 사실을 알고 있는 정 사장이 코웃음을 픽 흘리며 소파에서 몸을 일으켰다.

"내 그만 가봐야겠다. 장사 잘해라. 뭐, 알아서 잘하겠지만은."

사무실 문을 열던 정 사장이 연석을 힐끔 돌아본다.

"그라고, 꼭 병원 가래이."

• 제 2 장 •

"이래 맨날 병원 댕겨싸믄 뭐 하노. 갈 때가 되믄 암만 해도 다 소용없는 기라."

침대에서 몸을 일으키는 할머니의 말에 패드를 제자리로 돌려놓던 고운이 돌아섰다. 굽은 허리 위로 주춤주춤 옷을 치켜올리는 할머니의 뒷모습이 왠지 모르게 애처롭다. 아픈 사람에게서는 특유의 병약한 기운이 맴돌았다. 고운이 그 기운을 볼 수 있는 것은, 병원에서 근무했던 지난 시간들 때문만은 아니었다.

"그래도, 이렇게 치료 한번 받고 나시면 좀 괜찮으시죠?"

"그렇지. 고맙소, 서울 슨생."

주글주글한 손으로 덥석 고운의 손을 잡아 몇 번이고 흔들던 할머니가 물리치료실을 나가고 나자, 오전에 한차례 붐비었던 그곳도 한가해졌다.

커피를 한 잔 마실까, 주전자에 물을 받을 때 김 간호사가 문을 열고 얼굴을 삐죽 내밀었다.

"서 선생님, 다음 환자 차트요."

사람마다 다르겠지만, 차트를 받으면 고운은 가장 먼저 진단을 보고 그 다음 의사가 내린 다른 오더가 없는지 살핀다. 그 다음이 히스토리고, 환자의 이름이나 전화번호 따위의 간단한 신상명세 볼 때도 있고 아예 보지 않을 때도 종종 있었다. 그런데 웬일인지, 김 간호사에게서 차트를 받아 든 순간 가장 먼저 환자의 이름이 고운의 눈에 들어왔다.

"박연석……."

만약 서울에서 근무하던 병원에서 받은 차트 속의 이름이었다면, 세상의 많고 많은 이름 중의 하나일 거라고 대수롭지 않게 넘겼을 일이었지만, 이곳은 거제도였다. 진짜 박연석이 살았던, 지금도 살고 있을지도 모르는 그녀의 고향.

흩어져 버린 지나간 추억 속의 그 이름을 되새길 여유도 없이, 이제는 흐릿해져 버린 그 얼굴을 곰곰이 떠올려 볼 시간도 없이, 아니, 어째서 그 이름을 유난히 기억하고 있는지조차 깨닫기도 전에 달칵 문이 열리며 바닥에 끌리는 슬리퍼가 물리치료실 안으로 들어섰다. 그제야 고운은 황급히 차트를 들어 'wrist sprain', 즉 손목 염좌라는 의사의 진단을 훑어본다.

"누우세요."

고운은 의식적으로 남자에게 돌아선 채로 침대 앞으로 다가
갔다. 슬리퍼의 남자가 어색한 기운을 감지했는지, 아니면 병원
과 물리치료실 자체를 어색해하는지 '흠' 하는 헛기침 소리가
등 뒤에서 들려왔다.

"앉으면 안 되겠소?"

손목이니 크게 문제될 것은 없을 것 같다.

"그러세요."

그제야 남자가 슬리퍼를 치익, 끌고서 고운의 등 뒤로 다가서
는 소리가 들려왔다. 성능 좋은 라텍스 침대는 남자의 무게를
거뜬히 이겨냈다. 침대에 걸터앉은 남자의 다리가 길어 고운의
발 아래까지 축 늘어졌다. 고운은 발가락이 삐져나온 슬리퍼만
응시하다 남자의 목 언저리로 시선을 돌렸다.

"손목 좀 볼까요?"

고운은 아직 부기가 가라앉지 않은 남자의 손목 위에 아이스
팩을 올려놓았다.

"부기 때문에 오늘은 아이스 팩만 할게요."

"그라믄 또 와야 한다 말인교."

남자의 투박스러운 말투에, 고운은 고개를 들고 남자를 바라
보았다.

굳이 피하려 했던 것은 아니었지만 또 굳이 남자의 얼굴을 확
인하고 싶지도 않았었다. 남자가 박연석이 아니었으면 좋았을

걸, 아니, 박연석이면 좋을 텐데……. 가끔 서울에서 박연석이라는 환자의 이름을 발견했을 때의 실망 혹은 안도가 다시 찾아오는 것이 두려웠기 때문이다. 박연석이라는 존재가 그녀에게 영향력이 있어서가 아니라, 지금은 그 어떤 감정의 변화도 달갑지 않아서였다. 그것이 스치고 지나가는 아주 소소한 감정이라도.

그녀의 모든 감각과 감정은 여전히 은환의 그림자 아래에서 뒤섞여 있었고, 파도 소리와 바다 비린내가 섞인 채 바다에서부터 불어오는 바람의 도움으로 조금씩 그림자에서 벗어나는 과정에 있었다. 이제는 얼굴조차 가물가물한 첫사랑의 기억 따위로 진정된 감정을 건드리고 싶지 않았다. 감각을 일깨우는 순간, 또다시 고통이 찾아올 것이다.

하지만 남자를 보고 말았다. 그리고 흐릿해진 기억이라고 치부했던 자신을 비웃기라도 하는 듯 한눈에 알아본다.

박연석이다. 소년에서 남자가 된 녀석은 넓은 어깨와 긴 다리, 그리고 깊은 눈동자까지도 거의 달라지지 않은 모습으로 자신을 응시하고 있었다. 손가락 끝이 가볍게 떨려왔다. 박연석이라는 사실이 달가와서였을까, 박연석이 아니길 바라는 마음의 실망 때문이었을까. 확실한 것은, 아주 잠깐 심장이 멎는 듯했다는 사실이다.

"니……."

헝클어진 짧은 머리칼 아래, 냉정한 듯 무심해 보이면서도 가

까운 사람들만 알아볼 수 있는 부드러움이 섞인 눈빛이 자신을
향하고 있었다. 시간이 얼마나 지난다 해도, 그래서 세월에 얼
굴이 달라진다고 해도, 그 눈빛만으로도 고운은 어디에서 그와
마주친다 하여도 알아볼 수 있을 것이란 생각을 들었다.

"서고운…… 아이가."

기억나도 그만, 그렇지 않아도 그만이라고 생각했던 기억이
몰려온다. 너무나 큰 은환의 그림자 때문에 그녀의 과거와 미래
를 비롯한 모든 삶은 흐릿해졌다고 생각했었지만, 그래도 지워
진 것은 아니었다.

"고운이, 고운이……."

차마 말을 잇지 못하는 연석 대신 고운이 입을 열었다.

"오랜만이다."

박연석, 자신의 첫사랑이다. 연석은 놀라움과 반가움이 가벼
운 충격이 뒤섞여 발갛게 달아오른 얼굴로, 자신의 얼굴과 새하
얀 가운을 천천히 내려다보고 있었다. 연석의 눈에 비친 자신
도, 그처럼 열아홉 살 때의 모습을 고스란히 간직하고 있을까
궁금해졌다.

"……그러네. 한 칠팔 년 됐나."

충격이 조금 가셨는지, 연석의 퉁명스런 목소리가 이어졌다.
까칠한 말투, 그것도 변하지 않은 것 중의 하나였다. 그것이 그
의 진심을 숨기는 방법이라는 것을, 다행히 고운은 잊지 않았
다.

"거제도로 내려온 줄 몰랐다. 이래 의사도 되고, 출세했네."

"나."

그 무심한 목소리에서, 얼마나 많은 위로를 받았던가. 고운은 새삼 떠올린다. 서울에 올라와 대학 생활과 사회생활을 하게 되면서 속마음을 감추고 거짓된 눈빛과 꾸며낸 친절함으로 대하는 숱한 사람들을 만날 때마다 연석을 생각했었다. 그의 퉁명함 속에 배어 있던 절절한 진심을 그리워했었다.

어쩌면, 은환에게 그토록 속수무책 빠져들었던 이유는 날카로움 속에 감추어진 은환의 진심이 연석과 비슷했기 때문일지도 모른다.

아, 이래서 연석을 확인하고 싶지 않았던 것이다. 감정, 어떤 감정이든지 간에 그것은 은환을 떠올리게 했다. 하지만 고운은 연석과 얼굴을 마주하는 그 순간부터, 뜨듯하고 무거운 뭉클함이 가슴을 스치고 지나가는 것을 느끼고 있었다. 감정에 휩쓸리고 싶지 않아 애써 모른 척한다.

"의사 아니야. 피티야."

"피티?"

"응. 물리치료사."

고운은 아이스 팩을 연석의 손목에서 떼어놓았다. 연석은 서두른 감이 없지 않은 그녀의 손길을 말없이 물끄러미 바라본다. 고운은 아이스 팩을 정리하며 더 이상 입을 열지 않았다. 연석은 천천히 침대에서 일어나 그녀 앞에 섰다.

“병원에…… 계속 와야 되나.”

“귀찮더라도 통증이 없어질 때까지는 병원에 오는 게 좋아.”

그때 물리치료실 문이 열리며 김 간호사가 다른 차트를 내려놓고 사라졌다. 한꺼번에 두 환자가 들이닥칠 예정이었다. 고운은 두 개의 차트를 집어 들고 눈길로 훑었다. 마치 연석이 그 자리에 없는 듯한 무심한 행동이었다. 연석의 시선이 고운의 행동 하나하나를 쫓았다.

“그라믄 나는 가보께.”

그제야 고운이 고개를 들어 연석을 바라보았다.

“그래.”

처음 물리치료실에 들어올 때처럼, 연석은 슬리퍼를 치익치익 끌고 나갔다. 문이 완전히 닫힌 후에도 그 끌리는 소리가 귓가를 맴도는 것 같았다. 고운은 곧장 들고 있던 차트를 내려놓고 대신 연석의 차트를 집어 들었다.

원장 선생님은 유머로 느껴질 만큼 히스토리를 자세히 기록하는 편이었다. ‘금일 AM 1:00, 본인 차의 백미러에 부딪힘’, ‘PM 09:30, 청소 중 아이의 장난감이 발에 걸려 넘어짐’ 등의 식이었다. 간호사와 방사선 선생님은 그 차트들을 읽으며 깔깔대며 웃기도 했다. 고운은 한 번도 웃은 적이 없었지만 연석의 히스토리에는 웃지 않을 수 없었다.

〈어제 PM 11:30, 저항하는 취객의 멱살을 잡고 끌고 나가다 손목

이 90도 이상 꺾임.〉

　분명 원장 선생님은 정확한 히스토리 기록을 위해 연석에게 자신의 손목을 직접 꺾어가며 '이 정도로 꺾였어요? 아니면 이 정도?' 라고 집요하게 캐물었을 것이다.
　"아직도, 싸움질하고 다니는 거야?"
　첫사랑과의 이런 담백한 해후라니, 웃음 섞인 한숨이 살짝 벌어진 고운의 입술 사이에서 퍼져 나온다.

　심장이 뛴다. 서고운이다. 되새길수록 맥박이 빨라진다.
　사실 처음부터 알아본 것은 아니었다. 어울리지 않게 병원이라니, 쑥스러운 생각이 들어 이리저리 눈길을 돌리다 얼굴이 마주친 순간까지도 연석은 이 세상에 서고운이라는 사람이 살고 있다는 사실마저도 잊고 있었다.
　신기한 일이다. 그렇게 까맣게 잊고 지냈으면서도, 몰라보게 야윈 뺨에도 불구하고 그녀를 떠올려 내고 이름을 정확하게 내뱉었던 것은.
　"가시나 인자는 서울말만 쓰데."
　후우, 다치지 않은 손으로 입에 물고 있던 담배를 빼내고 숨을 토해냈다. 뽀얀 담배 연기가 텅 빈 홀 안 곳곳으로 퍼졌다. 연석은 쓸쓸하리만치 빈 플로어를 응시하며 소파에 몸을 파묻고 앉아 테이블 위에 다리를 올려놓았다.

“서고운.”

잊고 있던 시간을 보상하기라도 하듯, 연석이 다시 그 이름을 중얼거려 보았다. 서고운, 그 이름은 연석에게 있어 소년에서 남자가 되는 과정을 연결하는 매개체이자 그의 열아홉 청춘의 기억에 대한 구심점이기도 했다.

“서고운…….”

손가락 사이에 매달린 담배에서 연기가 끊임없이 피어오른다.

“씨발, 저 새끼 잡으라이!”

소년이라고 하기에는 무리일 듯, 청년이라 하기엔 앳된 남학생들이 한 녀석의 뒤를 쫓고 있었다. 흙먼지로 엉망진창인 교복 바지와, 핏방울이 튄 셔츠, 옆구리에 스포츠 가방을 꽉 붙들어 맨 녀석의 얼굴은 얼마나 얻어터졌는지 뺨은 부어올랐고, 입가엔 피가 고여 있었다.

“새끼, 니 잽히면 죽는데이!”

“씨이발, 죽는다 카면 내가 잽힐 것 같나?”

흡사, 녀석은 도망치는 것을 즐기는 듯 보이기도 했다.

학교는 바다가 보이는 언덕 위에, 주위의 그 어떤 건물들보다 큼지막하게 자리를 잡고 있었다. 언덕의 능선을 따라 위험스럽게 달리자, 학교의 뒤편 바다로 난 벼랑 끝 철조망에 다다랐다. 벼랑이라고는 하나 야트막한 곡선으로 그다지 위험스러워 보이지는 않았다. 적어도 연석의 눈에는 그렇게 보였다.

"저 새끼, 돌았나?"

겨울의 바다는 을씨년스러웠다. 바닷바람은 짠 물기가 서려 그 어느 바람보다 차갑다. 연석은 거침없이 날카로운 철조망을 붙잡고 훌쩍 뛰어넘었다. 금세 손에는 피고 송골송골 맺히기 시작했지만, 주먹을 꽉 쥐어 가볍게 지혈만 할 뿐 연석은 크게 개의치 않았다. 그리고 흘끔 뒤를 돌아 얼이 빠진 패거리들을 바라보고 씩 미소를 지어 보였다.

"달 것 다 달고 나온 새끼들이, 치사하그로 열댓 명씩 댐비기나 하고. 남자 망신은 느긋들이 다 시킨다, 이 새끼들아."

입술이 터져 피가 흐르는 입가를 엄지로 스윽 닦아내며 연석은 목을 한번 비틀어 보였다. 연석의 뒤를 쫓던 패거리의 녀석들 역시, 얼굴에 상처 하나씩은 매달고 있었다. 눈가가 부어오르기 시작한 녀석도 있었고, 코에서 코피가 흐르는 녀석도 있다. 열네다섯 명과 혼자서 싸우면서도 결코 만만치 않았다는 것을 뜻했다.

연석은 옆구리에 끼고 있던 스포츠 가방의 손잡이 부분을 입에 물고는 천천히 뒷걸음질치기 시작했다. 그 모습을 지켜보던 패거리들의 얼굴이 하나같이 사색이 되었지만, 정작 본인인 연석의 얼굴에는 미소가 떠올랐다.

"저, 저 새끼. 진짜로 미칫는 갑다."

"야, 야!"

"으아아아악! 저, 저 새끼 죽을라는 갑다."

그때, 쑤욱 하고 연석의 모습이 홀연히 사라져 버리자, 패거리의 입에서는 비명과 신음 소리가 동시에 터져 나왔다. 패거리들은 철조망으로 바싹 가까이 서서 바다를 향해 추락하는 연석을 바라보았다. 양팔을 쫙 펴고 마치 하늘을 날듯이 편안하게, 하지만 기가 질리도록 빠르게 하강하는 모습은 오금이 저릴 정도였다.

"일일구에 전화해야 되는 거 아이가?"

"저 새끼 건드리는 게 아이었다. 씨발, 우리가 다 뒤집어쓰고 상 치르는 거 아이가?"

"시끄럽다아아!"

누군가 빽 소리를 지르자, 불안감 섞인 목소리들이 일순간 멈추었다. 바닷물 속으로 사라진 연석을 바라보며 아이들은 침 한 번 삼키기도 어려울 정도로 잔뜩 긴장을 하고 있었다. 하지만 이내 고요한 바닷물을 뚫고 연석이 뽀르르 솟아오르자 동시에 안도의 한숨을 내쉬었다. 물에 젖어 얼굴에 착 달라붙은 머리칼, 그 사이로 보이는 짓궂은 표정의 연석은 손을 뻗어 그들을 향해 흔들어 보이기까지 했다.

"미친놈의 새끼."

12월의 바닷물은 뼈가 시리도록 차가웠다. 옷 속으로 밀려오는 차디찬 느낌은, 곧 얼얼한 무감각으로 바뀌었다. 연석은 여유롭게 헤엄을 쳐서 해변으로 향했다. 그러다 문득 무슨 생각이 들었는지, 부드럽게 팔을 내저어 반대 방향을 돌아보았다. 해가 저물고 있었고, 낙조가 그의 머리 위를 감싸듯 휘몰고 있었다. 가슴팍에서 찰랑거리는 바닷물, 입가에서 느껴지는 짠 내음. 그리고 머리 위로 쏟아지는 하루의 마지막 햇살을 받으며 연석은 잠시 눈을 감고 물결에 따라 몸을 내맡겼다.

"조오타."

풍덩, 연석은 해를 바라보는 것을 멈추지 않고 물 위에서 그대로 몸을 뉘었다. 하늘을 향했던 얼굴이 순간 살짝 물에 담기는 듯했지만 곧 균형을 잡았다. 배영 자세로 길게 누운 연석은 다리의 물장구만으로도 해변을 향해 쭉쭉 나아갔다. 추위로 입술이 새파랗게 질리기는 했지만, 온몸이 석양으로 붉게 물든 바다의 소년은 그 어느 때보다 한가롭고 평화스러웠다.

"으으으, 얼어 죽겠다."

완전히 해변으로 올라온 연석은 교복 재킷을 벗어 쭉 짜낸 후, 강아지처럼 온몸을 흔들어 물기를 털어냈다. 찬바람이 몸을 훑고 지나갈 때마다 피부 위로 소름이 돋아났다. 몸을 부르르 떨며 재킷을 어깨 위에 아무렇게나 걸치고 질퍽거리는 운동화를 벗어 맨발로 해변을 가로질러 갔다. 발 아래로 부드러운 모래가 밟히자, 간지러움에 연석은 눈썹을 찌푸렸다.

차아아악—

고기잡이 배라도 들어오는 모양인지, 파도가 순식간에 거세어졌다. 오 분만 바다에서 지체했었다면, 연석은 저 파도에 휩쓸려 갔을지도 몰랐다. 한없이 평화로우면서도 갑작스럽게 변덕을 부리는 놈이 또 저 바다라는 놈이었다.

"누고?"

바다만큼이나 차디찰 모래 위에 무릎을 가슴 쪽으로 끌어안고 앉아 있는 여자의 모습에 연석은 걸음을 멈추었다. 오래지 않아, 연석은 여자의 옷이 자신과 재킷이 똑같다는 것을 깨달았다.

"야자를 땡땡이 깔라믄 좀 멀리 도망가야제, 여는 아들이 하도 술 먹고 사고치는 데라 꼰대들이 자주 순찰 돈다."

연석의 목소리에도 여학생은 꿈쩍도 하지 않았다. 순간 머쓱해진 연석은 손가락으로 코끝을 스윽 문질렀다. 바다를 향한 흔들림없는 시선, 깊은 두 눈과 이어지는 매끄러운 콧날과 그린 듯 도톰한 입술. 깨끗하고 흰 교복 셔츠와 비교해도 절대 지지 않을 만큼 새하얀 피부와 칠흑같이 어두운 긴 머리칼.

"흠!"

헛기침에도, 새치름한 여학생은 여전히 연석을 완전히 무시하고 있었다. 불쑥 화가 치밀었지만 연석은 꾹꾹 누르고 다시 한 번 말을 걸었다.

"여 몹쓸 아들 마이 댕기는 데다."

자신 역시 그 몹쓸 아이들에 속한다는 사실을 깜빡 잊기라도 한 듯 연석이 교무주임 선생님이 모범생을 달래는 목소리로 말을 이어나갔다.

"괜히 노는 아들한테 못 볼 꼴 뵈지 말고 얼렁 가라."

그제야 여학생이 고개를 돌려 연석을 바라보았다. 여학생은 연석을 응시하다 천천히 손을 들어 귀에 꽂고 있던 이어폰을 빼 내었다.

"여 몹쓸 아들 마이……."

"석아!"

해변을 가로질러 달려오는 친구들의 모습에 연석은 어깨를 으쓱거렸다. 울긋불긋 머리칼을 제멋대로 물들인 녀석들은 얼굴을 잔뜩 찡그린 채 연석을 둘러싼다. 한 소년이 교복 재킷을 벗어 연석의 어깨에 둘러주었다.

"그 새끼들이 우리 없을 때 골라가 니한테 댐빈다는 소리 듣고 갔는데. 니는 없고, 울매나 걱정한 줄 아나?"

"느그들 없다고 해서 천하의 박연석이가 죽을 것 같나."

"새끼, 바닷물에 빠지도 갑빠만 둥둥 뜨다닐 끼다."

연석은 모래 위에서 몸을 일으켜 늘씬한 종아리 위의 교복 치마를 탈탈 털어내는 여학생에게 다시 시선을 던졌다. 그들 패거리에게 시선 한 번 주지 않은 여학생은 귀에 이어폰을 도로 꽂은 채 해변의 반대 방향을 향해 걸어가기 시작했다.

"자는 뭐꼬? 와 여서 얼쩡대노."

패거리 중 가장 키가 크고 인상이 험상궂은 성훈이 입을 열자, 열 개 남짓한 소년들의 시선이 동시에 여학생의 뒷모습에 가 떨어졌다.

"느그 자 눈지 아나?"

"자 우리 학교 왕따 아이가."

"왕따? 와?"

"뭐 따로 이유가 있어가 왕따가. 가시나들이 자만 왕따시키니까 왕따지. 뭐라더라. 엄마가 술집 다닌다 켓나 그르드라. 작부 딸내미에 애비 얼굴도 모르면서 허리 꼿꼿이 세우고 다니는 기 가시나들 심기를 건드렸나 부제. 와, 니 자한테 꽂힛나?"

성훈의 말에 연석이 피식 웃음을 터뜨렸다.

"내가 가시나하고 놀 시간이 어딨노. 가자, 추버라. 옷이라도 갈아입으야겠다."

첫눈에 반했던 건 아니었다. 분명 예쁘장한 얼굴이긴 했었지만, 주위에 좀 논다 하는 예쁜 여학생들은 얼마든지 많았다. 그저, 냄새가 났다. 바람결에 털어버리려는 듯 바다의 바람을 마주하고 있던 그녀에게서 익숙한 냄새가 났다.

"병원 냄새."

갑자기 뒤에서 가느다란 팔이 쑤욱 나오더니 목을 끌어안는 통에 연석은 필터까지 타 들어간 담배를 바닥에 떨어뜨리고 말았다.

"자기야, 뭐 하노!"

"가시나야! 간 떨어질 뻔했다."

새빨간 손톱이 눈앞에 아른거리자 연석은 얼굴을 확 구기며 로즈의 팔을 자신에게서 떼어놓았다.

"뭔 생각을 그리 하노. 내 들어오는 것도 모르고."

"생각은 무슨. 왔으면 드가서 오픈 준비나 해라."

연석의 타박에도 불구하고 오늘도 역시 로즈는 기죽는 법이 없다. 쪼옥, 연석의 뺨에 소리 나게 뽀뽀를 하고는 뜨악한 연석을 뒤로하고 콧노래를 흥얼거리며 대기실로 가버린다. 손바닥으로 뺨을 닦아낸 연석은 고개를 설레설레 흔들었다.

"저놈의 가시나를 우짜노."

. 제 3 장 .

"누군가를 버려야 한다면……."

기나긴 침묵 끝에 먼저 입을 연 은환의 목소리였다. 비장한 목소리, 고운은 웃음이 터질 것 같았다. 눈앞의 이 남자는 무엇이 그리도 대단하기에 누군가를 버리느냐 마느냐를 선택할 입장에 선 것일까. 하지만 사실 그의 선택에 온몸이 굳어버릴 정도로 긴장을 하고 있는 스스로에 대한 비웃음이었다.

달그락, 커피 잔을 내려놓는 고운의 손가락이 사시나무처럼 떨리고 있었다. 애써 태연한 척하고 있는 표정과는 사뭇 달랐다.

"그건."

은환의 목소리가 쩍 갈라져 쉰 소리가 섞여 나왔다. 울음이 섞일 때, 혹은 그것을 참을 때 내는 목소리였다.

"너야."

순간 귀가 멀어버렸다. 순식간에 고장이 나버려서, 이후로 들려오는 그 어떤 소리도 들리지 않았다. 은환은 그런 고운의 상태를 눈치 채지도 못하고, 그녀의 귀에 들리지도 않는 말을 지껄이고 있었다.

"나 와이프 사랑해. 너를 사랑하는 것과는 다른 종류지만, 그것도 사랑이고 내가 책임져야 하는 감정이야. 고운이 넌, 젊고 예쁘고 사랑스럽고 똑똑하잖아. 얼마든지 더 좋은 사람 만날 수 있어."

"나한테 가진 감정도 사랑이라며, 그럼 왜 나한테는 책임감을 느끼지 않는 거야?"

떨리는 목소리로 따지듯 묻지만 사실, 은환을 탓할 수 없었다. 그가 와이프에게 돌아가고 그의 와이프는 그 모든 사랑과 행복을 누릴 자격을 가지고 있었다.

"너에게도 책임감을 느끼고 있기 때문에, 이러는 거야. 내 말 들어, 고운아. 이게 최선이야."

"됐어. 아무 말도 하지 마. 잠깐만, 잠깐만 아무 말도 하지 마."

왜 나여야만 해? 여자로 보이고, 사랑하고 있는 사람도 나잖아. 다른 남자들은 잘도 와이프를 버리고 사랑하는 여자한테 가던데, 당신 같은 사람이 왜 못해? 당신을 먼저 만난 사람도, 먼저 사랑한 사람도, 당신이 사랑하는 사람도 나잖아! 외치고 싶었지만, 쥐꼬리만한 자존심이 고개를 쳐들고 있었다.

"당신은 나 안 보고 살 수 있니?"

겨우, 고작! 죽도록 사랑한다고 생각했는데, 그 사람이 자신과 헤어지겠다는데 고작 한다는 말이 배배 꼬인 말이라니. 고운은 입술을 깨물었지만 한 번 내뱉은 말은 주워 담을 수 없었다.

"있어. 살 거야."

순간 고운은 실소했다.

"그래. 부모가 죽어도 사는데, 나 같은 여자 하나 눈앞에 안 보인다고 못 살겠어?"

"고운아."

"부르지 마!"

고운아. 사랑할 때도 그렇게 불러놓고, 버린다는 말을 할 때에도 똑같이 부르는 그 이름을 듣기가 역겨워졌다. 똑같은 이름, 전혀 다른 의미. 고운은 커피 잔 옆에 놓인 유리컵을 집어 들었다. 물맛은 밋밋하고 미지근했지만 반 이상을 목 안으로 꿀떡 넘겼다.

"미안하다."

"그런 말 하지 마."

"미안하다, 고운아."

고운이 자리에서 일어나자 은환의 시선도 따라 허공에서 멈추었다.

"미안해할 필요 없어. 당신 말대로 나 젊고 예쁘잖아. 당신처럼 사랑하는 사람 버리고 결혼해 버리는 남자, 그리고서 관계 끊지 못하고 지지리도 궁상떨다 결국엔 사랑하니 헤어져야겠다고 개폼 잡는 남자 말고, 어리고 잘빠진 남자 만나면 내가 언제 이런 연애를 했었나 기억도 못할 거야. 미안하다, 사랑했다 이런 말 집어치우고 우리 쿨하게 헤어지자."

지지리도 궁상. 고운은 자신의 입에서 그런 표현이 나왔다는 사실에 아연실색했다. 집안에서 반대할 여자를 사랑하지 않기 위해 갖은 애를 썼고, 그래도 사랑하게 되었을 때는 거리를 두기 위해 냉정하게 굴며, 결국 자신의 마음을 고운에게 들켰을 때에도 서로에게 상처를 남기지 않으려 무던 노력을 했던 은환임을 누구보다도 잘 알고 이해했던 그의 연인이 바로 자신 아니던가.

"고운아."

"개뿔, 헤어지는데도 폼 잡고 싶어서 여기까지 왔니? 멋지게 안녕하고 돌아서야 하는데 어떡하니, 나 서울까지는 데려다 줘야 할 것 같은데."

고운은 고즈넉한 분위기가 마음에 들어 두 사람이 함께 자주 찾았던 경기도 모처의 카페 안을 둘러보았다. 수십 번 왔었지만 그때마다 손님이라고는 찾아볼 수 없는 한적한 카페였다.

"가자. 데려다 줄게."

자리에서 일어나기는 고운이 먼저였지만, 은환이 묵묵히 일어나 카페를 나설 때까지도 그녀는 꼼짝없이 그의 빈자리를 내려다보았다.

지금의 상황이 현실같이 느껴지지 않아서 화를 낼 수 없는 것인지도 모른다. 도저히 현실 같지 않아서 매달려 보지도 않는 것 같았다. 최은환이 서고운을 버리겠다는 말을 하는 것을 듣고서도 한낱 자존심을 내세우는 것은, 모든 것이 꿈일지도 모른다는 헛된 기대 때문이었다. 그렇다고 볼을 꼬집어보고 잠에서 깨려는 노력을 하고 싶지는 않았다. 꿈속에서도 최은환은 서고운과 헤어지겠다는 말을 감히 입 밖으로 내어놓는데, 자신은 그것을 믿지 못하고 있는 사실 자체가 소름 끼치도록 끔찍했다.

차의 거친 시동 소리가 들려왔다. 은환은 정말로 떠나려 하고 있었다. 서울로 돌아가기 위해 차를 타고 출발해 버리면, 그때부터는 정말로 은환과 남남이 되어버릴 것 같았다.

그토록 숱하게 사랑한다는 말을 해왔던 장소에서, 와이프를 위해 그녀를 버리겠다고 말하며 울음을 삼키는 남자.

고운은 고개를 번쩍 들었다.

머리끝에서 발끝까지 소중하다고 말하던 사람, 눈을 들여다보고 있으면 이대로 죽어도 여한이 없겠다던 사람, 세상 그 무엇보다도 그녀를 지켜주고 싶다던 사람, 그 사랑에 목숨까지 버리겠다고 하던 사람. 사랑할 때는 그 어떤 말이라도 못하겠냐마는, 고운을 바라보던 은환의 눈빛과 목소리는 진실했고, 그 목소리에 고운은 인생을 걸었다. 그런 그가 떠나려고 한다.

고운은 카페를 뛰쳐나가 은환의 붉은색 스포츠카 앞에 버티고 섰다.

"어서 타, 고운아."

"왜 나야?"

"서고운, 이러지 마."

"최은환!"

사랑하는 사람의 이름을 부르면서 이렇게 독한 목소리를 낼 수 있다는 사실에 고운은 절망했다. 그대로 목구멍으로 삼킬 수 없었다. 배신감으로 쓰라린 상처도, 분노도, 슬픔도, 눈물도. 이를 악물고 차 안에 앉아 있는 은환을 노려보던 고운은, 카페 외관의 풍치를 위해 바닥에 깔아놓은 희고 조그만 돌을 집어 들었다.

"어떻게 그래! 어떻게! 미치지 않고서야, 당신이 나한테 어떻게 이래!"

탕!

돌멩이가 자동차의 앞 유리에 긴 상처를 남기고 바닥으로 나뒹굴었다. 고운은 다시 돌을 주워 들어 손 안에 움켜쥐었다. 차 안의 은환과 눈이 마주쳤다. 그는 화를 내지도, 외면하지도 않고 고운의 눈길을 감당해 내고 있었다.

"사랑한다고 했잖아!"

탕!

참고 참던 눈물이 터져 나왔다. 강해지라고, 사랑으로 상처받지 않기 위해 강해지라고 스스로를 채찍질하던 서고운이 결국 사랑의 상처 앞에서 울고 있었다.

"그 여자보다 내가 먼저 당신 사랑했단 말이야! 내가 먼저였단 말이야."

고운의 눈물에 은환은 천천히 차에서 내려 그녀에게 다가왔다. 고운은 입술을 지그시 깨물고 단단한 돌을 집어 들고 그에게 내던졌다. 그녀의 분노가 고스란히 담긴 돌멩이가 뺨을 스치고 지나갔지만, 당연히 받아야 하는 벌인 양 은환은 피하지 않았다.

"와이프를 사랑해? 와이프를…… 사랑한다고?"

은환은 고운의 팔을 강하게 붙잡아 올렸다.

"나 이미 그 사람한테 죽을 때까지 갚아도 못 갚을 죄 지었어. 더 이상 나 죄인 만들지 마."

"죽을 때까지도 못 갚을 죄, 차라리 갚지 마. 나랑 그냥 죄 짓다가 죽어버리자. 같이 지옥 가자. 그러자, 최은환."

"정신 차려, 서고운!"

은환은 잠시 눈을 질끈 감았다가 천천히 다시 떴다. 일자로 꽉 다문 입술에서 터져 나오는 그의 목소리는 믿기지 않을 만큼 침착했다.

"죄는 내가 갚을 테니까, 넌 이제 훌훌 털어버리고 가."

은환은 고운의 팔을 잡아 이끌어 차에 태웠다. 그리고 자신도 운전석에 올라타 차를 급하게 출발시켰다. 구불구불한 좁은 길을 빠져나가는 스포츠 카 위로 따듯한 오후의 햇살이 두 사람의 서글픈 감정과는 상관없이 내리쬐었다.

"난 그렇게 못해."

"고운아."

"당신이 죽어버리면 좋겠어. 차라리 그럼 더 편하게 보내줄 것 같아."

독한 말, 오히려 내뱉어 버린 사람에게 고스란히 돌아온다는 것을 알면서도 고운은 참을 수가 없었다. 그는 가정으로 돌아가 버리려는 마음 약하고 착한 남자, 자신을 그런 그를 기를 쓰고 붙잡으려는 나쁜 여자가 되어가고 있었다. 하지만 고운은 더욱 독해지고 싶었다. 그래야만, 그 분노가 쓰라린 상처를 외면하게 해줄 것 같았다.

"미안해. 이렇게 급작스럽게 이야기하는 게 아니었어. 네가 그렇게 흥분할 걸 알면서도…… 다 내 잘못이야."

"이대로 서울 가서 당신 집에 가자."

운전대를 쥔 손에 힘을 어찌나 주고 있었던지 은환의 손등에는 핏줄이 터질 것처럼 도드라지고 있었다. 은환의 대답은 기다리지도 않고 고운은 제멋대로 말을 지껄이기 시작했다. 자신조차 무슨 말을 하는지 이미 제어할 수 없을 정도로 흥분은 극에 달해 있었다.

"당신 와이프 앞에 가서 이야기하자고. 나 그 여자 앞에서 당당하게 이야기할 수 있어. 최은환 사랑한다고, 최은환도 나 사랑하니까 당신이 최은환 놔주라고. 우리가 먼저였다고!"

고운의 목소리가 점점 커졌다. 은환은 마른침을 삼키며 천천히 입을 열었다.

"난 와이프 사랑해."

"거짓말!"

"나를 놔줘야 하는 사람은, 미안하지만 너야."

가슴 한가운데를 못으로 쿵쿵 찍어 박는 기분이었다. 머릿속이 아득해질 정도로, 숨이 막힐 정도로 차가운 외면이고 배신이었다. 그 죽을 듯 고통스러운 실연의 상처가 울분에 가득 찬 분노로 터지기 시작했다.

"미쳤어! 최은환, 넌 미쳤어. 그리고 거짓말하고 있어. 사랑하는 사람은 나잖아. 나라고 했잖아. 죽어도 좋다고 했잖아! 함께 있을 수 있다면 죽어도 좋다고 했잖아!"

몸을 부들부들 떨던 고운은 발작을 하듯 몸을 비틀었다. 그녀가 달리는 차에서 뛰어내릴 것처럼 흥분을 하자 은환은 당황하며 운전대를 잡지 않은 오른손으로 고운을 붙들었다.

"진정해!"

"진정? 최은환이 미쳤으니, 서고운도 같이 미쳐줘야 하잖아. 나 이럴 것도 예상 못하고 그런 말 내뱉었니? 그랬어요, 최은환 선생님?"

"서고운!"

"내가 이렇게 미쳐서 속이 시원하니? 내가 이렇게 미치는 거 보고 싶어서 그랬어? 그깟 사랑에 이렇게 목매는 내 모습이 보고 싶어서 이런 거야?"

"제발."

"제발, 그래 제발 최은환! 최은환! 까아아아악!"

고운이 두 손으로 귀를 틀어막은 채 미친 듯이 비명을 지르기 시작하자 은환은 차를 갓길에 세우기 위해 운전대를 급하게 꺾었다. 그때 은환의 차 뒤에서 갓길 정차를 위해 속도를 줄이고 있던 대형 트럭 앞으로 차체가 기울였다. 꽈아아앙, 첫 번째 충돌은 두 차 모두 속력을 줄이고 있는 상태라 그리 크지는 않았다.

"고운아!"

"까아아악!"

하지만 첫 번째 충돌의 여파로 길게 미끄러진 은환의 차가 중앙선의 시멘트 분리대를 들이박았다. 고운은 몸이 크게 진동하는 것을 느끼며 눈을 질끈 감았다. 그리고 자신의 몸을 은환의 어깨가 강하게 감싸 안는 것이 느껴졌다. 중앙 분리대와 충돌한 충격으로 차는 도로 한쪽으로 밀려가기 시작했다. 그리고 그 반동을 이기지 못하고 결국 차체가 쿠르릉, 소리와 함께 뒤집혔다. 엄청난 굉음과 파열음이 귀를 찢을 듯 괴롭혔다. 고운은 자신의 힘으로 눈을 뜰 수 없다는 사실을 감지하고 미친 듯이 손을 휘저었다. 하지만 자신을 감싸고 있던 은환을 찾을 수 없었다. 머리 위로 끈적한 무엇인가 흘러내리는 것을 느꼈다.

"은…… 환……."

굉음도, 파열음도 점점 멀어지고 있었다. 정신을 잃으면 안
된다고 이를 악물었지만 전혀 통증을 느낄 수가 없었다. 온몸의
감각이 점점 사라지고 있었다.

"은……."

'당신이 죽어버리면 좋겠어. 차라리 그럼 더 편하게 보내줄
것 같아.'

고운은 메아리치는 자신의 목소리만을 겨우 붙들고 있었다.
하지만 그 목소리의 더욱 깊숙한 곳에서 과거의 한 기억이 눈앞
에 펼쳐졌다.

마치 낡은 영화 필름처럼 쩍쩍 갈라지는 그 내다 버린 기억은
바다였다. 해가 지는 바다는 붉게 물들고 있었고, 가파르지만
그리 높지는 않은 해안가의 안으로 파이듯 깎인 벼랑에서 바다
를 향해 힘차게 뛰어내리던 소년의 실루엣. 하늘을 날듯 두 팔
을 쫙 펴고, 바람과 파도 소리에 몸을 맡기고 있었다. 고운이 그
실루엣을 만져 보기 위해 손을 뻗으려고 했지만, 그녀는 빠르게
휘몰아치는 고통 속에서 몸부림치다 결국 깊은 암흑 속으로 정
신을 잃고 말았다.

"헉."

침대 시트를 흠뻑 적신 채 고운은 눈을 떴다. 은환의 꿈, 박연

석 때문이다. 첫사랑과의 해후 앞에서 태연한 척했어도, 자각하지 못한 채 감각은 살아났다. 망치질로 쇠붙이보다 더 단단하게 굳히고 싸맨 감정의 균형이 흔들린 것이다. 그동안 생각나지 않았던 사고 직후의 환영이 오늘에서야, 연석과 만난 오늘에서야 또렷하게 꿈속에서 재생된 것이 그 증거였다.

침대에서 몸을 일으킨 고운은 어깨에 가벼운 재킷만을 걸치고 집을 나섰다. 아직 밤은 깊고, 파도도 깊었다. 고운은 일부러 바닷가 바로 앞에 지어진 펜션을 장기 임대했다. 이곳에 얼마나 머무르게 될지 모르는 불확실한 계획도 있었지만 지금 자신에게 가장 큰 약이 되는 바다의 바람과 향기 때문이었다.

"나 당신 그립지 않아."

코끝에서 맴도는 소금이 절린 바다 특유의 냄새가 좋다. 바다 위에는 예전에 없던 유람선이 떠 있기는 했지만, 가도 가도 끝이 없어 오히려 손으로 잡으면 잡힐 듯한 검은 바다와 그 어느 누구에게도 해를 끼치지 못할 듯 작게 물결치는 파도는 여전했다. 성을 내지 않는 바다는 세상 그 어떤 것보다도 포근하고 조용했다.

"그러니까 이제 나한테 찾아오지 마."

따가운 바람이 뺨을 가볍게 스치고 지나갔다. 거친 바람이었지만 그 어떤 부드러움보다도 달콤했다. 그것이 바닷바람의 매력이었다. 하지만 가슴을 스치는 바람은 그 거친 느낌이 그대로 생채기가 되어 자국을 남겼다.

“난 살아 있어. 그리고 나…… 살고 싶어. 잠도 자고 싶고, 마음 편하게 웃고 싶고, 행복하고도 싶어.”

살아 있기에 흘릴 수 있는 뜨거운 눈물이 뺨을 타고 흘러내렸다. 눈물은 고운의 모든 인내력을 처절하게 이겨낸 감정의 극치였다. 바다는 그런 그녀가 안타까운 듯 거세게 파도치기 시작했다.

“살고 싶어, 은환 씨. 자꾸 당신 쫓아가게 하지 마.”

봄의 시작을 알리는 비였다. 커튼이 젖혀진 유리창에 제법 센 빗방울이 달려와 따닥따닥 소리를 낸다. 아직 이른 시간이라 환자가 많지 않다. 고운은 라디오를 켜놓고 창으로 떨어지는 빗방울 수를 세어보고 있었다. 날씨 탓인지 지역 라디오에서는 김현식의 ‘비처럼 음악처럼’이 흐른다.

“흠.”

뒤에서 들리는 인기척에 고운은 흠칫 놀라 황급히 돌아섰다. 색이 다르긴 하지만 어제와 다름없는 트레이닝복에 슬리퍼를 신은 연석이 뒷머리를 긁적거리며 문 앞에 서 있었다.

“내가 방해했나.”

“방해는, 환자가 피티실에 들어오는 거 당연하지. 앉아.”

연석은 말 잘 듣는 학생처럼 고운의 말에 고분하게 따랐다. 그리고 부기가 가라앉은 손을 고운에게 내밀었다. 고운은 온열팩을 꺼내어 연석의 손목을 감싸주었다.

"부기가 많이 가라앉았네."

단지 그 말뿐이었지만, 연석은 얼굴이 화륵 달아오르는 느낌이었다. 아직 통증은 남아 있었지만 병원에 두 번 찾을 만한 것은 못 되었다. 미약한 통증을 핑계 삼아 굳이 병원을 찾은 스스로의 모습에 민망한 것이며 그 모든 것을 고운이 꿰뚫어 보고 있는 것만 같았다.

"안 아플 때까지 오는 게 좋다 케가."

"그래, 잘했어."

거의 무릎이 닿을 만큼 가까이 마주 앉은 두 사람 사이는 요절한 기수의 거친 목소리만 남기고 침묵이 흘렀다. 여운을 남기며 노래가 끝이 나고도 두 사람 사이의 침묵은 계속되었다. 시간이 되자 기다렸다는 듯 고운은 온열 팩을 떼어내고 침대 옆에 위치한 Tens에서 길게 삐져나온 세 개의 코드형 패드를 연석의 손목에 나란히 감쌌다.

"이게 뭐꼬."

"저주파 통증 치료."

아, 뭔지도 모르면서 연석은 고개를 끄덕였다. 순간 손목의 압박에서부터 전해져 오는 날카로운 느낌에 연석의 눈썹이 꿈틀거렸다. 눈치를 챘는지 고운이 묻는다.

"어때?"

"괘안타."

"좀 따끔거릴 거야."

“얼마나 하고 있어야 하노.”

“십오 분.”

십오 분, 연석은 따라 중얼거렸다. 다시 두 사람 사이에는 타닥, 굵어진 빗방울이 창문을 때리는 소리만 남는다. 연석은 물끄러미 자신의 손목을 내려다보는 고운을 바라보았다.

우째 이래 말랐노. 얼굴도 조막만해지고, 손가락은 뼈만 남았네. 손목은 건드리기만 해도 확 뽀사지게 생깃네. 그동안 우째 살았길래 이래 말랐노. 우째 살았길래…….

“요즘도…….”

갑자기 고운이 입을 열자 연석은 황급히 시선을 돌려 버린다.

“싸움하고 다니니?”

“싸움은 무슨.”

“왜, 너 걸핏하면 싸우고 다녔잖아. 성훈이하고 그 패거리랑 다니면서.”

피식 웃음을 터뜨린 연석은 주머니를 뒤져 담배를 찾다 벽 위에 금연이라고 적힌 것을 발견하고 그만두었다.

“지금 내 나이가 몇 갠데. 아도 아이고. 참 성훈이는 지금 카센터에서 일한다. 그라고, 명준이는 조선소에 들어가가 땜질하고…… 또 누가 있었노. 아, 정희 기억나나. 김정희. 가는 벌써 아가 둘이다. 길에서 만나면 가관이다이. 이쪽저쪽 아 손 잡고 진짜 아줌마 다 됐지.”

“김정희…… 알지. 우리 학교 여자애들 중 이거였잖아.”

고운이 희미하게 웃으며 엄지를 치켜들어 보인다. 그때 두 사람 모두에게 찾아온 기억 한 조각이 또다시 침묵을 몰고 온다. 짧은 침묵을 깨고 고운이 입을 열었다.

"너 아니었으면, 난 졸업할 때까지 걔 때문에 좀 고달팠을 텐데."

"내가 무슨……."

살짝 눈을 내리까는 고운의 모습에, 연석은 다친 손목이 다시 저릿해져 오는 것을 느꼈다.

1월, 공식적으로는 방학이었지만 예비 고3 수험생들에게 느슨한 방학이 주어질 리 없었다. 보충 수업과 자율학습을 위해 등교한 아이들로 학교는 방학 시즌이 무색할 만큼 떠들썩했다.

아이들이 떠들어대는 소란스러움에 책상 위에 엎드려 자고 있던 연석의 눈이 살그머니 떠졌다. 밤에는 술집에서 웨이터로, 새벽에는 고깃배에서부터 시장까지 생선을 나르는 일을 하는 연석에게 있어 학교에 있는 시간은 오로지, 수면 시간 그 이상 그 이하도 아니었다.

옆 자리에서 만화책을 뒤적거리던 성훈은 연석이 잠에서 깬 것을 눈치 채고 코끝을 찡그렸다. 그리고 주먹으로 책상을 꽝 하고 내려쳤다.

"것 참, 디이게 시끄럽네."

찬물을 끼얹은 듯 교실 안이 순식간에 조용해졌다. 부스스한 머리칼 속에 손을 집어넣어 북북 긁은 뒤, 연석이 성훈의 어깨를 가볍게 툭 쳤다.

"됐다. 떠들라고 쉬는 시간을 주는 긴데. 야들아, 신경 쓰지 말고 놀아라."

하지만 한번 얼어붙은 분위기는 쉽게 깨어질 것 같지 않았다. 연석은 주머니를 뒤져 담배가 남아 있는 것을 확인하고 자리에서 일어났다. 끼이익, 나무로 만들어진 책상 의자가 바닥에 끌려 소음을 일으켰다.

"어데 가노?"

"한 대 빨고 올꾸마."

자신이 사라져야 교실 분위기가 부드러워질 것이라 생각하고 피해주려는 것이었다. 연석은 따라오겠다는 성훈의 뒤통수를 한 대 가볍게 치곤 '내가 아가' 하며 면박을 주었다. 그리고 혼자서 교실을 나서 복도를 터벅터벅 걸어갔다. 뒤창을 구겨 신은 운동화가 바닥에 끌리며 요란한 소음을 만들어냈다.

학교 건물의 뒤편으로 쓰지 않는 창고와 체육 물품실로 향하는 좁다란 길이 이어졌다. 기가 막히게 좋은 날씨, 겨울이라는 것이 믿기지 않을 만큼 맑은 하늘을 흘낏 올려다보며 연석은 창고로 향했다. 탁, 라이터를 켜서 입에 문 담배에 불을 붙이고 창고 안으로 들어서려던 연석은 안에서 들려오는 여학생들의 날카로운 목소리에 흠칫했다.

"가시나들, 여서 놀지 말라 켓는데."

　인적이 드문 창고 안에서는 종종 험한 일들이 벌어지곤 했는데, 오늘도 여학생들이 또 눈엣가시인 누군가를 불러다가 경을 치는 모양이었다. 연석은 여학생들의 일에 별로 관여하고 싶지 않아 주머니에 손을 찔러 넣은 채 그대로 돌아섰다.

　"눈깔 안 내리까나!"

　"이년이 완전 겁대가리를 상실했네."

　"씨이발, 니 지금 웃나?"

　뒤이어 들려오는 차가운 목소리에 연석은 한 발자국 내딛으려던 걸음을 멈추었다. 귀를 훑고 지나가는 딱딱한 어조의 음성.

　"왜, 울어줄까?"

　연석은 피식 웃음을 터뜨렸다.

　"이년이 죽고 싶나!"

　쫘당, 연석은 창고 문을 열며 입에 물고 있던 담배를 손가락으로 빼내었다. 열린 입술 사이로 담배 연기가 풍겼다. 갑작스러운 연석의 등장에 창고 안은 일순간 모든 것이 정지한 상태였다.

　"가시나들 모이가 계라도 하나. 뭐가 이리 시끄럽노."

　"석아!"

　여학생들의 우두머리 격인 정희가 연석에게 빙긋 웃어 보였다.

　"니가 신경 쓸 일 아이다."

연석은 등을 꼿꼿이 세운 채 여학생들 틈에 서 있는 고운을 물끄러미 바라보았다. 하지만 그녀는 묵묵히 눅눅하게 곰팡이 가 핀 창고 벽을 노려본다.

"시끄러버가 살 수가 있나."

연석은 담배를 한 모금 깊게 빨아들이고, 다시 코를 통해 연기를 내뱉어냈다.

"미, 미안타."

"미안하믄 고마 가봐라."

정희의 눈꼬리가 순간 치켜 올라가며 무슨 말인가 하려고 했지만 무덤덤하던 연석의 눈빛이 순간 번뜩이자, 이내 입을 다물었다. 연석은 천천히 걸음을 옮겨 정희의 앞에 버티고 섰다. 그리고 불량스럽게 흐트러진 그녀의 교복 옷깃을 잡아 가볍게 툭툭 쳤다.

"내가 젤 싫어하는 인간들이, 여럿이서 한 놈 패는 짓거리다. 쪽팔리그로 이게 뭐꼬. 이래 치사하게 놀지 마라."

"박연석!"

연석은 빙그레 웃으며 고개를 숙여 정희의 귓가에 가만히 속삭였다.

"니도 가시나들 사이에서는 날고 길 낀데. 아들 앞에서 쪽 안 팔리고 싶으믄, 쓸데없는 말 지끄리지 말고 귀엽다 귀엽다 칼때 끄지라."

늘 자신들이 하는 일에 무관심하던 연석이 그날따라 그냥 물러설 것 같지 않자, 입술을 지그시 깨문 정희와 그녀의 패거리들이 씨근덕거리며 창고를 빠져나갔다. 툭, 툭 일부러 고운의 어깨를 치고 지나가는 여학생들을 바라보며 연석은 고개를 흔들었다.

창고 안에는 금세 연석과 고운, 두 사람만 남았다. 뿌옇게 먼지가 일어나, 침묵을 지키는 두 사람 사이에 둥둥 떠다녔다. 연석은 고운의 얼굴 반대편으로 담배 연기를 내뿜다, 결국 바닥에 담배를 떨어뜨려 발로 비벼 껐다.

"자존심 다치는 기, 몸 다치는 것보다 나을 끼다."

그녀를 바라보지는 않았지만 고운의 눈빛이 자신의 얼굴에 와 닿는 것이 느껴졌다. 연석은 주머니에 손을 찔러 넣은 채, 어슬렁어슬렁 창고를 걸어나왔다. 겨울이기에, 그렇게 새파랗게 질린 하늘이 머리 위에서 내려다보고 있었다.

거제도는 그랬다. 태어나서 한 번도 다른 곳에 가서 살아보지 못한 연석이기에 다른 지역과 비교할 수는 없었지만, 적어도 거제도는 그랬다. 그 어느 때보다 차가운 겨울의 바닷바람, 하지만 공기에 실려 오는 동안 물기를 털어내고 나면 바람은 코끝을 간질이는 비릿한 바다 냄새만 남을 뿐 차가움은 찾아볼 수 없었다. 바다를 향할 때는 온몸이 꽁꽁 얼어버릴 만큼 춥지만, 등을 돌려 서면 섬 반대편에서부터 불어왔을 바닷바람이 가슴 쪽으로 포근하게 다가왔다. 그것이 섬의 바람이었다.

연석은 돌아서 창고를 바라보았지만 여전히 고운은 그곳에서 나올 생각을 하지 않았다.

"'가시나, 고맙다는 말 한마디 하믄 혀가 짤리기라도 하나'.
창고 안에 있는데 밖에서 네가 그렇게 소리쳤었어."
고운이 웃음 섞인 목소리로 중얼거렸다.
"내가 그랬나……."
"그랬어."
Tens와 연결된 패드를 떼어낸 고운은 US 기계 옆에 올려둔
겔을 집어 들었다.
"그건 뭐꼬."
"겔. 젤 같은 거야."
US를 집어 들어 겔을 발라 미끈해진 연석의 손목에 가져가던
고운은, 그가 묻지도 전에 미리 가르쳐 준다.
"이건 초음파 치료를 하는 거야. 아무 느낌 없을 거고, 금방
끝나. 삼 분."
정말로 금방 끝이 나버렸다고 연석은 생각했다. 연석은 작은
아쉬움을 뒤로하고 티슈로 젤을 닦아내며 침대에서 일어났다.
고운은, 조금 전 추억거리로 함께 웃음 짓던 사람이라고는 믿을
수 없을 정도로 재빨리 등을 돌려 버렸다.
"그라믄 나 가께."
"그래."
떨떠름한 표정으로 연석은 문고리를 잡고 비틀었다. 하지만

무슨 생각이 들어서인지, 고개를 돌려 고운을 부른다.

"서고운."

고운은 몸을 돌려 무심한 표정으로 연석을 마주했다. 라디오에서는 음악 대신, 비처럼 아늑한 진행자의 낮은 목소리가 흘러나온다. 연석은 불러놓고서, 아무런 말 없이 고운의 얼굴을 바라보았다.

그동안 우째 살았노…….

"어제는 말 몬했는데,"

왜 그래 말랐노…….

"이래 보니까, 반갑네. 그라믄 나 진짜 가보께."

돌아선 연석이 열린 문 사이로 사라지자, 고운은 무심한 표정이 흐트러진다. 혼자 남은 물리치료실 안에는 또다시 비 내리는 밤 사랑하는 사람을 그리워하는 노래가 흐르기 시작했다.

• 제 4 장 •

월드 나이트클럽은 유흥가가 밀집한 매립지에서도 바다를 정면으로 향하고 있었다. 연석은 우산을 들지 않은 손으로 주머니에서 담배를 꺼내어 입에 물었다. 그리고 주머니를 뒤적거려 라이터를 찾았다.

비 때문에 매립지에는 바다의 짠 내음이 고스란히 전해졌다. 비릿한 생선 냄새 같기도 해서 외지인들은 곧잘 얼굴을 찌푸리기도 했지만 평생을 이곳에서 살아온 연석에게는 엄마의 품보다도 친근한 바다 냄새였다. 그 바다 향 틈으로 담배 연기를 깊숙이 내뱉어놓으며 연석은 잠시 눈을 감았다.

"서고운."

까맣게 잊고 산 그 이름이 왜 자꾸만 이렇게 입 안에서 맴도는 것인지 모르겠다.

노란색의 12인용 승합차가 클럽 앞에 멈추어 서자, 연석은 황급히 담배를 바닥에 떨어뜨려 발로 밟아 껐다.

"수고하십니더."

연석은 머릿속을 가득 메우고 있던 이름을 애써 지우고 연주를 차에서 내려주는 유치원 선생님을 향해 고개를 꾸벅 숙여 보였다. 그리고 방긋 웃는 연주의 머리칼을 가볍게 헝클어뜨리고는 자신도 덩달아 피식 웃음을 터뜨렸다.

"오늘 유치원에서 잘 놀았나?"

"내가 아가, 놀그로. 공부했다."

자신의 허벅지에 간신히 머리가 닿는 조그만 녀석의 입에서 터진 말에 연석은 고개를 설레 흔들었지만 입가의 미소는 여전했다.

"아빠, 병원은 갔다 왔나?"

"응."

"그라믄 이제 안 아프나?"

"한 개도 안 아프다. 볼래?"

보란 듯이 으차, 소리를 내며 연주를 안아 올린 연석은 우산을 접고 클럽 계단으로 내려가기 시작했다.

"유치원에서 뭔 공부 했는데?"

"영어 공부도 하고, 구구단 공부도 했다."

"요즘 유치원에서는 그런 것도 가르치나."

"와? 아빠 유치원 다닐 쩍에는 안 가르쳐 주더나."

"내는 유치원 같은 거 구갱도 몬해봤다."

영업 준비에 한창이던 웨이터들이 연주의 등장에 잠시 모여들었다가 연석이 '하던 일이나 해라!' 라며 소리를 빽 지르는 바람에 또다시 뿔뿔이 흩어졌다. 연석은 함부로 험한 말을 지껄이는 녀석들이 연주 주위에 있는 것을 극도로 싫어했다. 물론 녀석들이 나쁜 뜻이 있는 것이 아니라 단지 말버릇이 그렇기 때문이라는 사실을 알면서도 혹시라도 연주가 배울까 겁이 났던 것이다. 그래서 이전에는 연석이 집에 돌아갈 때까지 연주를 돌봐주던 이웃 할머니가 계셨지만, 얼마 전 할머니가 돌아가셔서 어쩔 수 없이 당분간은 클럽에 데리고 있어야 했다.

"연주 왔나."

옷을 갈아입고 화장대 앞에서 머리칼을 매만지고 있던 로즈가 얼른 달려와 연석의 품에서 연주를 끌어내렸다.

"오늘 유치원에서 뭐 했노?"

"뭐가 그래 궁금하노. 가서 니 일이나 해라."

연주가 편안하게 있을 수 있도록 낡은 가죽 소파 위에 푹신한 담요를 깔고 난 후 연석은 유치원 가방에서 유치원 선생님이 일일이 그날의 일을 적어주는 생활 기록장을 펴 꼼꼼히 읽었다. 오늘 나온 반찬이 뭐였는지, 밥은 잘 먹었는지, 무슨 놀이를 했는지, 간식은 무엇이었는지 따위의 사소한 것까지 다 읽은 후에야 다시 가방에 집어넣고 연주를 소파에 앉혔다.

"아빠도 물어놓고 와 로즈 아줌마한테 뭐라 하노."

"내랑 지랑 같나? 내는 니 아빠고, 자는 아줌만데. 안 그렇
나?"

"그렇다. 맞다. 흐흐흐."

뭐가 그리 우스운지 연주가 요상한 웃음소리를 터뜨렸다. 그
때 밖에서 연석을 급하게 부르는 소리가 들려왔다. 잠시 눈살을
찌푸린 연석은 몸을 움직이지 않은 채 목청 높여 물었다.

"와? 뭔 일이고?"

"연석이 행님, 오늘 술 주문했소?"

"안 했는데, 와?"

"주문도 안 했는데 왔는 갑네. 와서 확인 좀 해주이소."

유치원에서 금방 돌아온 연주와 길게 대화를 나누지도 못하
고 다시 나가봐야 하자 연석은 쓴 입맛을 다시며 몸을 일으켰
다.

"내 일하러 간데이. 다른 데 가지 말고 여서만 놀아라."

연주는 고개를 크게 끄덕여 보였다. 그때 로즈가 걱정하지 말
라는 듯 연주의 팔을 가볍게 감싸고 빙긋 웃었다.

"내 있는데 뭐 걱정이고. 가서 일 봐라."

"니 때문에 제일 걱정이다, 가시나야. 연주 앞에서 쓸데없는
소리 좀 하지 마라. 알긋나."

로즈가 투덜대는 것을 뒤로하고 대기실을 빠져나온 연석은

홀 한쪽에 가득 쌓인 주류 박스를 발견하고 뒷목이 뻐근하게 굳어오는 것을 느꼈다. 입 안으로 가벼운 욕설을 중얼거리며 주류 박스를 나르고 있는 도매상 직원의 머리를 살짝 때렸다.

"야, 니 뭐 하노."

"아흑, 행님은 내만 봤다 하면 손찌검입니꺼."

사실 도매상 직원의 나이가 연석보다 서너 살 많은 것을 두 사람 모두 알고 있었다.

"남의 장사 시작할 시간 다 됐는데 이래 홀 막고 서 있으믄 되긋나, 안 되긋나. 니가 생각이 있는 기가! 그리고 우리 술 주문도 안 했다."

"분명 주문 들어왔는데."

"내가 넣었다 카드나."

연석은 가득 쌓인 주류 상자를 바라보며 눈썹을 찌푸렸다. 아직 창고에 쌓인 술만 해도 앞으로 일주일은 더 버틸 수 있을 정도였다. 시간이 지나면 괜찮아질 거라고 정 사장에게 말하긴 했지만 요즘 손님들이 줄어든 건 사실이었다. 도매상 직원이 사무실로 전화를 걸어 옥신각신 몇 마디 나누더니 이내 울상에 가까운 표정으로 연석을 바라보았다.

"이상타. 진짜로 월드로 주문 들어왔었는데예."

"근데?"

자신을 향해 한껏 부라리고 있는 연석의 눈길에 주류 도매상 직원의 목소리가 기어들어 갔다.

"지금은 취소됐다 카네예."

"니 지금 사람 놀리나? 장사 한두 해 하나!"

"것 참, 진짜로 이상타. 하여간 얼른 치우겠습니더."

도매상 직원이 혼자서 여기까지 낑낑거리며 옮겼을 것이 분명했다. 연석은 잠시 코끝을 찡그리며 주류 상자들을 내려다보다 할 수 없이 입을 열었다.

"됐다. 고마 놓고 가라."

"아, 아입니더. 방금 통화할 때 사무실 직원이 오더 줬습니더. 그래도 다행인기, 요기 앞에 미인에서 딱 이만치 주문 들어왔네예."

도매상 직원의 말에 순간 웨이터들이 술렁거리기 시작했다. 그리고 강택이 잔뜩 찌푸린 얼굴로 연석의 어깨를 툭 쳤다. 나이답지 않은 농익은 입담으로 무대 위에서 손님을 맞는 일을 했지만, 고등학생 때부터 연석의 뒤를 따라다니던 양아치 기질이 다분한 녀석이었다.

"행님, 이거 그쪽 아들이 장난질 친 긴데. 어째 치도 이래 옛날 수법으로 장난을 치노. 매너 없그로."

도매상 직원의 탓이라도 되는 양 강택이 주류 상자 위로 발을 턱하니 올려놓으며 으르렁거렸다. 하지만 이내 연석의 손길에 뒤로 물러나야 했다.

"됐다. 확실하지도 않은 것 가꼬 감정 상하지 마라. 니도 빨리 가바라. 그래야 거도 장사 시작하지."

"야. 그, 그럼……."

언제 자신에게로 불똥이 튈지도 모른다는 생각에 도매상 직원이 얼른 상자를 나르기 시작했다. 연석은 웨이터 몇 명에게 그를 도우라고 지시한 뒤 걸음을 옮겨 홀 한쪽 소파에 몸을 묻고 앉았다.

"행님! 저거 완전 우리 보란 듯이 하는 짓입니더. 딱 보면 모르것소! 지네는 장사 좀 된다 이거지!"

"시끄럽다. 어디 저런 새끼들 한두 번 상대하나. 우리가 뭐, 피해 본 것도 아인데 흥분하지 마라. 니도 고마 가서 일 봐라."

강택이 대기실 쪽으로 사라진 후에야 연석은 입술 끝이 꿈틀거리며 불편한 심기를 드러냈다. 어느새 환하게 켜져 있던 홀의 형광등이 하나둘 꺼지고 붉은색, 초록색, 파란색이 번갈아 번쩍이는 사이키가 조용히 돌아가기 시작했다. 음악이 없이, 텅 빈 무대 위와 플로어를 혼자서 돌아가는 조명은 못내 쓸쓸해 보였다.

"서 선생님."

등 뒤에서 정혁의 목소리가 들려왔다. 접힌 우산을 펴들던 고운의 손길이 멈추었다.

"이제 퇴근해요?"

"네."

서울에서라면 아직도 마지막 추위가 기승을 부릴 텐데, 거제도는 비가 와도 여느 봄날과 다름없이 따듯했기에 두 사람 모두 가벼운 봄 코트를 걸치고 있었다. 정혁은 가볍고 경쾌한 구두굽 소리를 내며 고운의 앞에서 멈추었다. 정형외과가 입주해 있는 사층 건물의 현관 앞에서 두 사람은 마주했다.

"비도 오는데, 집에 혼자 있으면 쓸쓸하지 않아요? 저녁, 같이 먹어요."

"글쎄요."

애매한 대답은, 거절이었다.

"오늘도 거절하면 나 정말……."

정혁은 안경을 쓰윽 밀어올리고, 부드럽게 미소를 지었다.

"실망할 것 같은데."

"저한테요?"

"아니요, 나한테요. 내가 그렇게 매력이 없나, 집에 가서 거울만 뚫어지게 볼지도 몰라요."

유머가 섞여 있었지만 진심이라는 것을 고운은 알고 있었다. 곧 고운은 고개를 끄덕이고 정혁의 뒤를 따랐다. 조선소 퇴근 시간과 맞물려 거리에는 사람들이 붐볐다. 모두들 하나씩 든 우산, 고운과 정혁은 각자의 우산을 들고 앞뒤로 서서 천천히 걸었다.

"스파게티 어때요?"

"좋아요."

풍차 모양으로 지붕의 멋을 낸 레스토랑으로 들어선 두 사람은 직원의 안내에 따라 창가 쪽 테이블 앞에 자리를 잡았다. 주문을 하고 테이블 위에 놓인 물 잔으로 마른 입술을 축인 정혁이 먼저 입을 연다.

"거제도도 많이 변했죠? 서 선생님이 학교에 다닐 때보다."

"다 그렇죠. 변하지 않는 게 세상에 있나요."

창밖으로 바다가 보인다. 고운은 빗물을 머금은 바다에서 눈을 떼지 않고 대답했다.

"서 선생님이 처음 병원에 찾아왔을 때 좀 놀랐어요."

그제야 고운이 고개를 돌려 정혁을 바라보았다.

"왜요?"

"젊은 사람들은 다 밖으로 나가려고 하잖아요. 특히, 서울에서 대학 공부까지 한 사람들은 돌아오지 않으려고 하고. 서 선생님은 거제도에 남아 있는 친지도 없다고 들었는데."

"윤 선생님도 돌아오셨잖아요."

"저야 형하고 같이 부모님 병원을 맡아야 했으니까요."

비는 언제 멈출까? 오늘 밤? 내일? 아니면 더 오래 내리게 될까? 비가 그치고 나면, 정말로 봄이 오겠구나. 벚꽃이 피고, 꽃잎이 날리겠다. 바닷바람을 타고 손바닥 위로 내려앉던 벚꽃 잎을 떠올리며 고운은 살짝 눈을 감았다가 떴다.

"아무도 없는 줄 알았는데."

스파게티를 테이블 위에 놓는 직원의 손길을 바라보던 정혁이 고운의 목소리에 고개를 들었다.

“있더라고요.”

“누가요?”

박연석. 고운은 그저 웃음으로 대답을 대신하고 포크를 집어 들었다. 패드로 감싼 손목을 내려다보며 코끝을 실룩거리던 연석의 얼굴이 스치고 지나갔다. 겔을 바르며 닿았던 그 손가락 끝이 꿈틀거리던 것도 느꼈다. 자신이 보지 않을 때, 유심히 자신을 살피고 있다는 것도 알고 있었다.

무엇을 찾고 있었을까. 그리고 무슨 말이 하고 싶었을까.

“내가 재미없는 사람인 건 사실이지만, 그렇게 대놓고 다른 생각에 잠겨 있으면 내가 너무 민망하잖아요.”

주먹으로 테이블을 살짝 두드리며 정혁이 그녀의 침묵을 깨어놓았다. 토마토소스를 듬뿍 얹은 스파게티를 입에 넣으며 천천히 씹던 정혁은 갑작스럽게 내던진 고운의 말에 흠칫 놀랐다.

“난 의사랑 연애 안 해요, 윤 선생님.”

“네?”

그저 같은 병원에서 일하게 되었으니 잘 지내보자는 뜻이었다며, 다른 관심은 없었다며, 밥 한 끼에 오버하지 말라며 오히려 오리발을 내밀 수도 있었다. 하지만 정혁은 고운을 뚫어지게 응시하다 묻는다.

“왜요?”

“해봤거든요.”

“그런데요?”

“재미없더라고요.”

정혁은 짧은 한숨과 함께 포크를 테이블 위에 내려놓았다. 레스토랑 안으로 한 무리의 사람들이 들어서며 조용하던 분위기가 순간 왁자지껄해졌다. 사람들은 젖은 머리칼을 털어내며 고운과 정혁의 테이블을 지나쳐 갔다.

“솔직하게 말해줘서 고마워요.”

“아직 윤 선생님이 절 좋아하는 건 아니라는 거, 알기 때문에 말하는 거예요.”

“그건 맞아요. 처음 병원에 찾아왔을 때부터 서 선생님한테 관심이 가긴 했지만, 아직…… 좋아하는 건 아닙니다.”

어둠이 내리기 시작한 바다의 파도가 급격히 휘몰아치기 시작했다. 아마도 비는 오늘 밤, 더 거세어질 듯하다.

“만약 좋아했다면, 그 소리를 듣고 실망했을지도 모르죠.”

“윤 선생님.”

“그런데 지금은 좋아하지 않기 때문인지는 몰라도, 그다지 실망스럽지는 않네요. 의사라서 나랑 연애하기 싫다는 건, 아직 서 선생님이 나의 다른 점들을 모르고 있다는 뜻이기도 하니까요. 좋아요. 오늘 밥은, 별 뜻 없어요. 그러니까 계속 밥 먹죠. 여기 스파게티, 생각보다 맛있는데요?”

정혁은 내려놓았던 포크를 집어 들어 스파게티를 먹기 시작했다. 고운은 입맛이 없어 더 이상 들지 못하고 묵묵히 정혁이 먹는 모습을 지켜보기만 했다. 가끔 눈이 마주치면 웃을 뿐, 정혁은 그녀에게 아무런 부담을 주지 않겠다는 듯 정말 먹기만 한다. 고운은 손가락으로 물 잔을 매만지다 이내 한 모금 입에 담고 칼칼한 목 안으로 넘겼다. 물과 함께 정말 하고 싶었던 말도 그냥 목구멍 안으로 넘겨 버린다.

아직 윤 선생님에 대해 자세히 모르는 건 사실이에요. 하지만 알게 된다 하더라도, 변하는 건 없을 거예요. 윤 선생님이 세상에서 가장 잘난 남자라 하더라도 난 다신 사랑 같은 건, 안 할 거니까요.

비는 이튿날까지 계속되었다. 연석이 물리치료실 안에 들어섰을 때, 고운은 다른 환자를 보고 있었다. 주춤거리며 들어서는 연석을 흘낏 돌아보며 고운은 '앉아' 한마디 할 뿐이다.

"어이, 시원타."

고운이 US 헤드를 허리에 가져다 대자 커튼을 치지 않고 침대에 엎드려 누워 있던 남자가 감탄사를 내뱉었다.

"별 느낌 없으실 텐데요."

"젊은 아가씨가 이래 해주이 기분이 그렇단 말이제, 기분이. 아, 싸나이는 이 허리가 생명인데 이래 자꾸 고장 나서 우짜면 좋노."

남자의 맞은편 침대에 걸터앉아 있던 연석이 눈살을 찌푸리며 두 사람을 바라보았다. 하지만 고운은 표정의 변화 없이 기계적으로 손을 움직일 뿐이었다. 치료가 끝나고 US를 제자리에

돌려놓은 고운이 티슈를 몇 장 빼들고 남자의 허리를 대충 닦아
냈다.

"끝났습니다. 수고하셨습니다."

"벌써 끝났다꼬? 좀만 더 문질러 봐라. 저거저거, 그래 저거
시원터만."

"치료는 끝났거든요."

연석에게 해줄 온열 팩을 챙겨 들고 돌아서려던 고운은 남자
가 갑자기 팔을 낚아채자 균형을 잃고 순간 몸이 기우뚱 기울었
다. 처음부터 두 사람을 지켜보고 있던 연석이 침대에서 일어섰
다.

"젊은 아가씨 손이 시원해서 그란다니까. 거 손님한테 이래도
되나?"

"아저씨는 손님이 아니라 환자시거든요."

"그래서 몬하겠다 이거가?"

손목을 꼭 죄어오는 남자의 힘에 고운의 얼굴이 일그러졌다.
하지만 등 뒤에서 들려오는 연석의 목소리에 남자의 손길에서
순간 힘이 풀렸다.

"그 손 놓으소."

고운은 남자에게서 손목을 완전히 빼내고 붉어진 부분을 손
바닥으로 감쌌다. 그리고 재빨리 돌아서서 위협적으로 서서 남
자를 노려보는 연석을 막아섰다. 큰 키와 다부진 몸, 전체적으
로 물씬 풍겨지는 양아치 분위기에 남자는 이미 잔뜩 졸아든 상

태였다.

"됐어, 연석아. 넌 가서 기다려."

"나이를 묵었으면 나잇값을 해야제. 안 그렇소?"

"연석아."

연석은 고운을 만류에도 불구하고 남자에게 한 걸음 더 가까이 다가섰다.

"안 그렇냐 말이요, 손님. 그라고 여 전세 냈소? 내가 물리치료사 선생님 기다리고 있는 거는 안 보이나?"

여차하면 주먹으로 한 대 칠 기세였다.

"박연석!"

벙어리가 된 듯 남자는 아무 말도 하지 못하고 침대에서 몸을 일으켰다. 연석은 황급히 옷을 챙겨 입고 문으로 향하던 남자를 불러 세웠다.

"어이, 형씨."

정말 폭력이라도 쓸까 싶어 고운은 긴장한 채 남자에게 다가서는 연석을 바라보았다. 하지만 연석은 주머니에서 명함 크기만 한 종이를 남자의 와이셔츠 앞주머니에 끼워 넣어준다.

"여 마사지 아가씨들이 괘안탑디다. 괜히 엄한 데 와가 험한 꼴 보이지 마소."

남자가 물리치료실을 나가 버리고, 연석은 조금 전 위협하고는 전혀 상관없는 사람마냥 쑥스러운 표정으로 고운에게 돌아왔다. 여전히 손목을 감싸 쥐고 서 있던 고운은 어이가 없다는 듯 피식 웃음을 터뜨렸다.

"괘안나?"

연석이 고운의 손목을 흘낏 바라보며 침대에 걸터앉는다.

"괜찮아. 정말 싸움이라도 나는 줄 알았잖아."

"싸움 같은 거 안 한다 안 켓나."

"한 대 칠 기세로 다가서는데, 당연히 싸우는 줄 알지."

고운은 온열 팩을 연석의 손목 위에 올려놓았다.

"저런 놈들 더러 있나?"

"많지. 너처럼 물리치료사를 의사라고 생각하는 사람도 있고, 저 사람처럼 마사지사라고 생각하는 사람도 있고……. 그런데 저런 명함 같은 건 늘 가지고 다니는 거야?"

연석의 얼굴이 확 달아올랐다. 그 모습을 보니 남자에게 위협을 가할 때와 전혀 다른 사람 같다. 고운은 비구름에 대낮인데도 물리치료실 안이 어두워지자 벽에 붙은 스위치로 불을 켰다. 타악, 형광등이 켜지자 침대의 새하얀 시트에 반사되어 주위가 눈부시게 환해진다.

"그냥, 그냥 지나가다 받은 기다."

"네가 이용하는 단골집은 아니고?"

"그냥 지나가다 받은 기라니까!"

쿡, 고운이 웃음을 터뜨린다.

"농담이야."

그제야 자신이 지나치게 목소리를 크게 냈다는 생각이 들어 연석은 팩을 하지 않는 손으로 머리를 긁적거렸다. 고운은 팩을 내려놓고 어제와 똑같은 과정을 반복했다. 이제는 거의 통증이 느껴지지 않는 손목 위로 겔이 발릴 때는 역시 어제와 똑같이 움찔한다.

"흠."

어색한 느낌에 연석이 헛기침을 하며 빗물이 떨어지는 창밖을 바라보았다. '오지게도 오네' 라고 중얼거리던 연석은 고운이 갑자기 고개를 들어 자신을 바라보자 흠칫 놀라며 긴장했다.

"끝났어."

"응? 아, 그래. 수고했다."

오늘도 그냥 돌아서 버리겠지. 괜히 바보 멍텅구리처럼 굴지 말자고 속으로 중얼거린 연석은 수고했다는 말을 인사로 남기고 곧장 문으로 향했다. 미처 채 닦아내지 못한 겔이 끈적거리자 옷으로 대충 닦아낸다.

"연석아."

문고리를 잡은 손이 자신을 부르는 목소리에 멈춘다.

"와?"

"나도 그래."

연석은 천천히 돌아서 고운을 바라보았다. 하지만 고운은 연석을 보고 있지 않았다. 조금 전 연석을 치료했던 기계와 침대를 정리하며 그에게서 등을 보이고 서 있었다.

"뭐가?"

"나도, 너 봐서 반가웠어. 정말이야."

고운은 돌아서 있었기에, 연석의 얼굴에 떠오르던 그 웃음을 보지 못했다. 비집고 터지는 그 웃음을 참으려고 뺨을 실룩거리다, 결국 참지 못하고 물리치료실을 황급히 나가야 했던 것도 몰랐다. 문이 닫히고 나자, 고운은 돌아서서 연석이 앉아 있던 침대에 살짝 기대었다.

"그런데…… 너를 보면 자꾸 옛날 생각이 나. 옛날에 너를 생각했던 마음이, 또 최은환을 생각나게 해. 그래서 너를 보는 게……."

똑같았나 봐. 사랑은 그렇게 다 똑같은가 봐.

"쉽지만은 않아."

· 제 5 장 ·

살이 삐져나온 우산 위로 빗방울이 넘치게 흘렀다. 발걸음을 내딛을 때마다 바닥에 고였던 물이 튀어 슬리퍼 안으로 밀려왔다. 한쪽 어깨는 감당할 수 없을 만큼 젖어버렸고, 바지 밑단이 물을 흠뻑 먹어 무거워졌다. 하지만 병원에서부터 연석의 발걸음은 리듬감있게 앞으로 나아가길 멈추지 않는다. 손가락으로 코끝을 튕기는 연석의 얼굴은 굳이 즐거운 마음을 숨기려 하지 않는 듯 환했다.

"가시나, 사람 쑥스럽그로 그런 말을."

그때 당구장 이씨가 우산을 탈탈 털며 건물 안으로 들어가려다 말고 연석을 부른다.

“박연석이, 뭐가 그래 좋아가 실실 웃고 다니노!”

이발소였던 건물의 일층 가게는 인테리어가 현대적이고 세련된 미용실로 바뀐 지 오래되었지만 이층의 당구장은 연석이 기억할 수 없는 오래전 그때부터 한 번도 문 닫는 일 없이 큐대에 맞은 공 굴러가는 소리가 늘 들려왔다.

“별일 아이오. 요새 장사는 좀 어떻습니꺼.”

“죽지 못해 산다. 느 가게는 어떻노?”

“우리 가게라고 별수있소. 가게 한번 놀러오소, 내 술 한잔 사께.”

“니가 공짜로 친 사구가 몇 판인데 술 한잔으로 떼울라카노!”

정이 넘치는 입씨름이 몇 번 오가고 난 뒤 이씨와 헤어져 클럽으로 향하던 연석은 걸음을 멈추고 돌아서서 이층의 당구장을 올려다본다. 변함없이 그 자리에서 자리를 지키고 있는 낡은 간판이 빗물에 오랜만에 찌든 때를 벗기는 것을, 연석은 뚫어져라 바라본다.

밤 시간은 연석에게 있어 생존을 위한 전쟁이나 다름없었다. 무슨 일이든 하지 않으면, 어마어마한 모친의 병원비를 충당할 수 없었기 때문이다. 그래서 늘 함께하는 패거리가 죽치고 있는 당구장 안으로 연석이 들어섰을 때 친구들은 하나같이 눈을 동그랗게 뜨고 그를 바라보았다.

“석아, 니 일 안 갔나?”

성훈이 큐대를 당구대 위로 냅다 집어 던지고 황급히 연석에게 다가갔다. 검은색 모직 바지와 흰 셔츠, 연석의 말끔하게 잘생긴 얼굴이 아니었다면 우스꽝스러워 보였을 나비 타이까지. 술집에서 일하던 복장 그대로 들어선 연석은 피곤함이 잔뜩 어린 얼굴로 당구장의 낡은 소파에 털썩 주저앉았다.

"뭔 일이고?"

"후우."

습관적으로 담배를 찾았지만, 쉽게 찾을 수 없자 연석은 나직한 한숨만 길게 내뿜었다. 답답했던지 성훈이 그를 더 채근했다.

"짤릿나?"

성훈의 물음에 연석은 고개를 끄덕이며 입을 열었다.

"사장이 납세를 제대로 안 했는가, 짭새가 와가꼬 신분증 내놓으라 카데."

연석의 얼굴에 씁쓸한 미소가 떠올랐다. 미성년이라는 테두리에서 연석이 할 수 있는 일이라고는 시급이 낮은 아르바이트밖에 없었고, 그 아르바이트로는 병원비는 고사하고 생활비조차 벌 수 없었다. 결국 불법이라는 사실을 알면서도 술집에서 일을 할 수밖에 없었던 것이다.

연석의 처지를 너무나 잘 알고 있는 성훈이 얼굴을 찌푸리며 그에게 담배를 내밀었다.

"너무 걱정 말그라. 널린 게 술집인데, 니 하나 일할 데 없굿나.”

　연석은 머리칼 속에 손을 집어넣어 헝클어뜨렸다. 답답한 마음이 들 때의 버릇이었다.

　“아직 밥도 몬 묵었제? 가자. 나가서 밥이나 묵자.”

　성훈의 말에 연석은 목 근처를 간질이고 있던 나비 타이를 풀어 주머니에 쑤셔 넣고, 자리에서 일어났다. 키가 훌쩍 큰 성훈이 연석의 어깨에 가볍게 손을 올리고 위로하듯 툭툭 쳐주었다. 잠시 눈이 마주친 성훈과 연석은 피식 웃음을 터뜨렸고, 다른 친구들과 함께 우르르 몰려 당구장을 빠져나왔다. 좁고 여기저기 시멘트가 깨져 가파른 계단을 내려서 낡은 당구장 건물을 나서던 연석은, 깊은 어둠 속에서 낯익은 얼굴 하나를 발견하고 제자리에 우뚝 멈추어 섰다.

　“와?”

　의아한 듯 성훈이 묻자 연석은 고개를 흔들었다.

　“아이다. 가자.”

　하지만 이미 연석의 시선을 따라 고운을 발견한 성훈이 입꼬리를 슬쩍 치켜올렸다. 긴 머리칼을 하나로 높게 묶고, 교복이 무색할 만큼 늘씬하게 뻗은 몸매와 이목구비가 뚜렷한 서구형의 미인. 귀에 꽂은 이어폰의 줄이 교복 재킷의 주머니 속으로 길게 이어져 있었다. 두 손으론 어깨에 멘 가방 끈을 새치름하게 붙잡고 먼지 하나 묻지 않은 검은색 구두를 또각거리며, 고운은 어둠 속에서 빙글빙글 돌아가는 이발소의 간판 아래를 지나고 있었다. 전혀 어울리지 않는 주위의 배경은 오히려 그녀를 빛나게 해주었다.

"혹시 가시나들이 자 왕따시키는 이유가 이뻐서 그런 거 아이가. 밤에 보이까 훨 이뿌네."

소년들 중 한 명이 감탄사를 내뱉자 성훈이 연석을 놀리듯 입을 열었다.

"적어도 가시나한테는 눈곱만큼도 관심없다든 박연석이 넋을 빼갈 만큼은 이뿌제."

"씨끄럽다! 누가 넋이 나갔다고 지랄이고."

"얼굴까지 빨개 가지고, 가지가지해라."

성훈의 말에 친구 녀석들이 동시에 웃음을 터뜨렸다. 당황한 연석이 그들의 웃음을 막으려고 장난처럼 주먹을 치켜들었지만, 성훈이 그 주먹을 가볍게 막아섰다. 그리고 웃음을 멈추고 눈을 빛냈다.

"함 따라가 보까."

"치아라."

"말이라도 함 해바라. 설마 천하의 박연석이가 가시나 앞에서 말 한마디 몬하는 건 아니겠제?"

연석이 채 말리기도 전에 성훈과 친구들이 우르르 고운을 향해 빠르게 다가가기 시작했다. 약간은 걱정스런 얼굴로, 하지만 나비 타이를 끌어 푸느라 구겨진 옷깃을 바로 하고 얼굴을 한번 쓰다듬으며 연석은 성훈의 뒤를 따랐다.

고운은 자신을 감싸듯 모여든 건장하고 불량기 가득한 소년들의 모습에 눈썹을 한번 치켜올렸다. 귀에 꽂은 이어폰을 뺄 생각도 하지 않고, 말 한마디 건넬 가치조차 없다는 듯 그뿐이었다.

"사람이 앞에 섰으믄, 귀에 꽂은 거 정도는 빼야 예의 아이가?"

고운의 행동이 마음에 들지 않는다는 듯 성훈이 고개를 살짝 비틀며 입을 열었다.

"이 가시나 싸가지를 보아하니 왕따당할 만하네……."

코끝을 찡그리며, 연석이 성훈의 어깨를 가볍게 쳤다. 고운의 시선이 성훈에게서 연석에게 옮겨갔다.

"됐다. 고마 가자."

"있어봐라. 이 가시나가 완전히 겁대가리를 상실했다 아이가."

고운이 피식 입술 사이로 작은 바람이 빠져나가는 소리와 함께 웃음을 터뜨렸다. 성훈의 얼굴이 더욱 험상궂어졌다.

"우리가 웃기나? 우리가 니를 웃기드나?"

"성훈이 이 새끼, 술도 안 먹고 취했나. 됐다이까. 가자."

연석이 성훈의 가슴팍을 뒤로 밀쳤다. 그리고 몸을 돌려 고운을 가만히 내려다보았다. 무슨 말을 할 듯 입술을 잠깐 움찔거리던 연석은 이내 작은 한숨만 토해냈다. 그때 고운이 주머니에서 지갑을 꺼내어 지폐 몇 장을 손에 쥐었다. 그리고 연석을 똑바로 바라보며 그를 향해 돈을 불쑥 내밀었다. 그 지폐를 바라보는 연석의 한쪽 눈썹이 치커 올라갔다.

"뭐꼬, 이게."

하지만 고운은 미동도 없이 돈을 내민 채 연석을 노려보고 서 있었다. 연석의 뺨 근육이 딱딱하게 굳어버렸다. 화를 잘 내지 않는 성격임에도 불구하고, 가슴 쪽에서 움트는 분노에 스스로가 놀랄 지경이었다. 연석은 손을 뻗어 고운의 귀에서 이어폰을 거칠게 빼냈다.

"도로 넣어라."

"원하는 게 이거 아니가?"

고운의 말에 연석의 뒤에 서 있던 성훈이 발끈하며 앞으로 나서려 했다.

"씨발, 이 가시나가 누굴 그지로 보나."

"가만히 있그라!"

평소와 다른 연석의 음성에 성훈은 그 자리에 움찔하고 설 수밖에 없었다. 연석은 아직도 자신을 향하고 있는 지폐를 낚아채듯 집어 들었다. 그리고 주먹 안에 가만히 쥐었다가, 완전히 동그랗게 말린 지폐 뭉치를 바닥을 향해 툭 내던졌다.

"가자."

"석아!"

연석은 고운을 남겨두고 먼저 걸음을 옮겼다. 성훈은 잔뜩 못마땅한 얼굴로 고운을 내려다보다, 몸을 돌렸고 그 뒤로 우르르 친구들이 따랐다. 연석은 등 뒤에서 느껴지는 고운의 시선에 씁쓸한 미소를 지었다.

싸가지, 중얼거리고 다시는 고운을 상대하지 않겠다고 생각했던 기억이 난다. 하지만 그러지 못했다.

간판을 올려다보느라 젖혀진 우산 사이로, 빗방울이 연석의 콧등 위로 떨어졌다.

"그날도 병원 냄새가 났었다……."

기억이라는 놈, 우습기 짝이 없다. 사는 게 바빠 불과 며칠 전까지만 하더라도 이 세상에 서고운이 살고 있다는 사실도 까맣게 잊고 지내놓고서 지금은 그날, 그녀에게서 나던 병원 냄새까지 생생하게 코끝에서 맴도는 듯한 착각이라니.

연석은 손바닥으로 젖은 얼굴을 스윽 닦아내고, 다시 부지런히 걸음을 옮겼다.

가운을 벗어 캐비닛의 옷걸이에 걸었다. 재킷을 챙겨 입고 캐비닛에서 가방을 꺼내어 테이블 위에 올려놓았다. 커피 잔을 씻어 엎어놓고, 치료기기들의 전원을 끄고, 커튼을 쳤다. 가방을 집어 들어 어깨에 걸치고, 마지막으로 불을 끄자 물리치료실은 어둠에 휩싸였다.

"퇴근하세요?"

차트 정리를 하고 있던 김 간호사가 접수대에서 빙긋 웃어 보인다. 언제 봐도 웃고 있는 이 젊은 간호사 선생이 고운은 참 마음에 든다. 너무 밝고, 너무 잘 웃는 모습은 마치 고운도 그렇게 할 수 있다고 응원하는 것만 같다.

"참, 조삼모 환자 다루기 힘들지 않으셨어요?"

"누구?"

"왜, 오전에 왔던 백 환자요. 그 아저씨 때문에 예전에 있던 피티 선생님이 고생 좀 하셨거든요. 서 선생님한테 미리 말씀드린다는 거, 환자가 들이닥쳐서 못 드렸어요. 괜찮으셨어요?"

아, 하고 생각이 난 듯 고운이 고개를 살짝 끄덕였다. 고운에게 치근거리다 연석의 위협에 도망치듯 피티실에서 나갔던 환자였다.

"괜찮았어."

"정말요? 서 선생님이 미인이시라 이전 선생님한테보다 더 치근덕거릴 것 같아 걱정했는데, 다행이네요. 그럼 내일 봬요, 선생님."

고운이 나가는 것을 확인하고 다시 차트 정리를 하던 김 간호사는 문에 달린 종소리를 들으며 고개를 들지 않고 입을 열었다.

"진료 끝났습니다."

"저기."

고운의 목소리에 김 간호사가 고개를 들었다.

"왜요, 선생님? 뭐 두고 가셨어요?"

"박연석 환자 차트 잠깐 볼 수 있을까?"

갑자기 돌아와 환자의 차트를 찾아달라는 고운의 행동에 의아해진 김 간호사는 고개를 갸웃거리며 차트를 찾아 고운에게 내밀었다. 고운은 박연석이라고 적힌 이름 뒤에 의료보험 번호, 그리고 전화번호를 눈길로 훑었다.

"박연석 씨 아세요?"

"응? 아, 옛날에."

고운은 김 간호사가 환자라는 호칭 대신 박연석 씨라고 불렀다는 사실을 깨닫고 차트에서 눈을 떼고 그녀를 바라보았다.

"김 간호사도 알아?"

"월드 나이트의 박연석 하면 이 동네에서 웬만한 사람들은 다 알죠. 그리고 우리 원장님이랑 월드 나이트클럽 사장이랑 친하잖아요. 회식 때마다 2차는 늘 거기로 가는걸요. 월드 나이트 아세요? 저기 매립지에 있는 거, 꿩장히 오래돼서 서 선생님이 거제도에 사실 때도 있었을 텐데."

고운은 고개를 끄덕였다.

"알아. 그럼 나 정말 퇴근할게."

"네. 내일 봬요!"

병원을 나선 고운은 우산을 받쳐 들고 차를 세워둔 병원 건물 뒤쪽 공터로 향했다. 병원 건물주인 예전 윤 정형외과의 원장, 그러니까 정혁의 아버지가 유료로 운영하는 주차장이었지만 병원 식구들은 무료로 이용하고 있었다.

바람을 동반한 빗줄기는 꽤 셌다. 기세를 보니, 쉽게 그칠 것 같지 않다. 아침의 일기예보는 오늘 밤 집중적으로 쏟아져 내리고 내일 오전부터 갤 전망이라고 전했다.

"월드 나이트클럽……."

아직도 거기서 일하는구나. 오래전, 연석은 고운을 데리고 아직 오픈을 하지 않은 클럽 안으로 데리고 들어가곤 했다. 서로의 손을 꼭 쥐고, 먼지 낀 대기실 계단과 무대, 그리고 빽빽하게 들어선 소파와 소파 사이를 걸어다니곤 했다. 그러다 한 번은 다른 웨이터가 들어오는 바람에 고운은 무대와 대기실 사이의 작은 창고에서 꼼짝도 못하고 숨어 있어야 했다.

빨갛고 작은 자동차가 내리는 비를 고스란히 맞으며 고운을 기다리고 있었다. 하지만 주차장 앞에서 고운은 발걸음을 돌렸다. 매립지까지는 그리 멀지 않다.

새 건물이 올라가고, 길이 닦이고, 상점들이 들어섰지만 고운은 스스로가 신기하게 느껴질 만큼 월드 나이트클럽까지 가는 길을 한 번도 헤매지 않았다.

바람 때문에 바다의 파도는 거칠었다. 바닷물이 갯둑 위로 흘러넘치고 흘러넘친 물이 튕겨 올라 우산을 때리는 것이 빗물인지 바닷물인지도 모를 지경이었다. 나이트클럽의 간판을 올려다보며 고운은 몸이 축축하게 젖어드는 것을 느꼈다. 입구로 향하는 지하 계단에는 클럽의 출연자들의 포스터가 줄지어 붙어 있었다.

"변하지 않는 건 없다는데……."

여전히 여기에 있는 너는, 변하지 않은 모습으로, 열아홉 우리가 사랑했던 모습 그대로 여기에 있는 너는…….

툭, 바다에서 불어오는 세찬 바람에 고운은 순간 우산을 떨어뜨렸다. 기다렸다는 듯 비바람이 그녀의 주위를 감쌌다. 몸을 때리고 지나가는 차가운 빗줄기를 피할 생각이 없는 듯 고운은 그 자리에 못 박힌 듯 섰다.

"박연석은 여기에 있는데 최은환, 당신은 지금 어딨니."

너무하잖아. 그 어렸던 사랑도 여기에서, 변함없이 살고 있는데. 최은환 당신은 지금 어디에 있는 거야. 차라리 그때 거제도를 떠나지 않을 걸 그랬어. 그랬다면, 난 대학도 가지 않았을 거고, 당신이 있는 병원에 실습 같은 것도 나가지 않았을 테니까. 그럼 당신을 만날 일도, 사랑할 일도, 당신 결혼식을 보면서 비참해져야 했던 일도, 또 그 사고도! 애초에 없던 일이 될 테니까. 그냥, 연석이랑 여기서 살 걸 그랬어. 그냥 여기서, 변함없이 살 걸 그랬어…….

"뭐꼬 저 여자."

로즈는 우산을 접어 탈탈 턴 뒤, 계단을 내려섰다. 오픈 준비가 한창인 홀 안에 들어서자마자 로즈는 연석부터 찾았다. 구석 소파에 연주와 나란히 앉아 스케치북을 펴들고 있는 연석을 발견하고 손을 번쩍 들어 보인다.

"자기야!"

"저 가시나 또 시작이다."

연석이 혀를 차든 말든 로즈는 다정한 부녀 사이를 파고들었다. 두 사람이 보고 있던 스케치북에는 우리 가족이라는 제목으로 키가 큰 남자와 자그마한 꼬마 여자애가 그려져 있었다.

"와 내는 없노. 연주야, 내도 여 끼워주믄 안 되나."

"니가 우리 가족이가? 또 쓸데없는 소리 한다!"

"말도 한번 몬해보나! 근데 큭큭큭큭, 근데 박연석이는 몸보다 머리가 더 크네. 큭큭큭큭큭."

로즈의 말에 연석이 다시 스케치북을 들어 연주가 그린 자신의 모습을 유심히 들여다보았다. 그녀의 말대로 정말 몸보다 머리가 더 큰 비례로 그려진 것을 확인하고 눈살을 찌푸린다.

"진짜 그르네. 꼬맹아, 아빠 다시 그려도. 와 아빠를 이래 괴물로 만들어놓노."

화가 난 체하는 연석의 모습에 연주가 엄지를 치켜들며 몸을 흔들었다.

"아니다! 괴물 아니다! 우리 아빠가 세상에서 젤로 잘생겼다."

"진짜가? 우와, 어느 집 딸아가 이래 똑똑하노. 진짜 누가 낳았는가, 기가 맥히네."

연주의 머리칼을 헝클어뜨리며 귀여워 죽겠다는 표정을 짓던 연석은 연주의 바로 옆에 붙어 앉은 로즈의 젖은 머리칼에서 뚝뚝 떨어지는 물방울을 발견하고 얼굴을 찌푸렸다.

“가서 물기나 닦아라. 무대 올라갈 가시나가 감기 걸리면 우짤라고 그라노.”

“걱정되면 걱정된다 말로 하지, 와 그래 소리를 버럭버럭 질러쌌노. 근데 밖에 어떤 미친년이 가게 앞에 서 있던데, 가서 쫓아내야 되는 거 아이가?”

애 앞에서 꼭 말을 그렇게, 두 손을 뻗어 연주의 귀를 막은 연석이 눈을 부라렸다.

“누구?”

“몰라. 멍하이 비 맞고 서서 우리 간판 올려다보고 있드라. 비가 억수같이 오는데 그기 미친년이지, 정상이가.”

혹시라도 로즈의 말처럼 정신이 나간 여자가 가게 앞에 버티고 서 있으면 영업에 방해가 될지도 모른다. 연석은 웨이터 한 명을 손짓으로 불렀다. 로즈는 멈추지 않고 연방 조잘댄다.

“얼굴은 홀쭉해가 며칠 굶은 사람마냥 비쩍 말라 가지고, 뭐 그래도 얼굴은 눈도 크고 이뿌장하게 생겼드만 우짜다 그래 됐는가…….”

“몇 살쯤 된 것 같은데?”

“뭐 스물댓 살은 먹은 것 같던데.”

손짓에 한달음에 달려온 웨이터가 연석의 말을 기다리고 있었다. 연주에게서 천천히 손을 떼어낸 연석은 잠시 말을 잃고 테이블 모서리를 가만히 노려본다. 의아한 듯 로즈가 웨이터 대신 채근했다.

"와?"

혹시, 하는 생각이지만 연석은 소파에서 벌떡 몸을 일으켰다.

"어데 가노?"

"아빠아."

그를 부르는 로즈와 연주의 목소리를 뒤로하고 홀을 빠져나온 연석은 두세 계단을 한꺼번에 성큼성큼 올랐다. 채 밖으로 몸을 내밀기도 전에 빗방울이 얼굴을 때렸다. 숨이 턱까지 차고 올랐다.

로즈가 말한 곳에는 아무도 없었다. 대신 우산 하나만 바닥에 나뒹굴고 있었다. 아무리 둘러봐도 비바람이 몰아치는 그곳에 로즈가 말한 사람은 없었다. 그리고 고운도 없었다. 뒤집어진 채 비를 맞는 우산을 바라보며 연석은 긴장이 풀려 어깨가 축 늘어진다.

역시 아니다. 바보같이 왜, 고운일지도 모른다고 생각했을까.

연석은 돌아서서 숨이 터져라 뛰어올라 왔던 계단을 내려가기 시작했다. 흠뻑 젖은 채 돌아온 연석의 모습에 로즈가 소파에서 얼른 몸을 일으켜 손수건을 꺼내 들었다. 얼굴에 흐르는 물기를 닦아주는 로즈의 손길을 무심히 쳐낸 연석은 자신을 걱정스럽게 바라보는 연주의 맞은편에 털썩 앉았다.

"아빠, 와 그라노?"

연석은 쓴웃음을 지으며 연주의 손에 크레파스를 쥐어준다.

"암것도 아이다. 그림 계속 그리라."

　이번에는 자길 그려달라는 로즈와 싫다며 콧방귀를 뀌는 연주를 바라보며 연석은 남모르게 한숨을 내쉬었다. 손등으로 이마를 살짝 닦아내던 연석은, 홀 안을 둘러보다 또다시 스멀스멀 기어오르는 기억 한 귀퉁이를 발견하고 주먹을 꽉 쥐었다. 고운을 만난 이후로 고삐 풀린 망아지마냥, 함께했던 기억들이 머릿속을 휘몰아치고 다닌다.

　이 밥통자식아, 그래도 가가 여 올 리가 없다 아이가. 서고운이가 올 리가 없다 아이가…….

제 6 장

몸이 무겁다.

출근을 하기 위해 침대에서 일어난 순간, 고운의 머릿속에 스친 생각이었다. 어제 비를 잔뜩 맞은 채 돌아와 제대로 옷도 갈아입지 못하고 쓰러지듯 누워 잠이 든 것이 문제를 일으킨 모양이다. 문제는 자신뿐만이 아니었다. 시계를 확인하려고 집어 든 휴대전화기의 전원이 켜지지 않는다. 아무래도 어제 비를 맞을 때 단단히 물에 젖은 모양이었다. 결국 고운은 전화기를 포기하고 욕실로 향한다.

컨디션이 그다지 좋지 않은 상태에서 출근 준비를 끝내고 펜션을 나온 고운의 머리 위로 아침 햇살이 보드랍게 내리쬐었다.

언제 바람이 불었냐는 듯 파도는 고요했고, 언제 비가 왔었냐는 듯, 햇살도 따스했다.

봄이다…….

바다에 접한 펜션에서 살기 위해 고운은 병원이 있는 시내까지 차로 삼십 분 걸리는 거리를 출퇴근하는 수고를 감수해야 했다. 하지만 한 번도 바다 앞 펜션을 임대한 것을 후회하지 않았다. 설령 좀 피곤하더라도 진하게 탄 커피 한 잔을 들고 펜션의 발코니에 기대서서 바다를 마주할 때면 피곤함은 온데간데없이 사라져 버렸다.

그러나 몸이 무거운 오늘은 운전하는 것이 귀찮게만 느껴졌다. 두통 때문에 아스피린을 두 알 삼켰는데, 그 때문인지 병원에 도착할 때까지 몽롱한 기분에 취해 정신을 차릴 수가 없다.

"서 선생님, 어디 아프세요?"

김 간호사가 눈을 동그랗게 뜨고 고운을 맞았다. 한눈에 봐도 알 정도인가, 고운은 컨디션이 좋지 않다는 사실을 출근하게 된 지 얼마 되지 않은 새 직장 사람들에게 알리고 싶지 않아 억지로 얼굴을 폈다.

"아, 괜찮아."

물리치료실에 들어선 고운은 늘 하던 대로 가운으로 갈아입고, 커튼을 젖히고, 기계들을 세팅하고 커피 물을 올렸다. 하지만 다른 날처럼 쉬운 날이 될 것 같지는 않아 짧은 한숨을 내쉬었다.

늘 오던 시간에 도착해서 들어섰기에, 고운은 돌아보지 않아도 연석임을 알 수 있었다. 고개를 들어 가볍게 고개를 끄덕인 다음, 다시 돌아서 침대에 누운 환자의 치료를 계속했다.

등 뒤에서 연석의 눈길이 느껴진다.

"수고하셨습니다."

쉴 틈도 없이 연석이 앉아 있는 침대로 걸어간 고운은 Tens의 패드를 집어 들고 연석의 손목에 감싸기 시작했다. 팩을 빼먹었지만, 문제의 손목이 더 이상 통증을 일으키지 않는다는 사실을 알고 있는 두 사람 모두 그 말을 언급하지 않았다.

"어디 안 좋나."

"아니."

"근데 안색이 와 이리 안 좋노."

고운은 어색하게 웃으며 손바닥으로 자신의 뺨을 한번 쓸었다. 그 모습을 지켜보단 연석은 자신의 손바닥으로 그녀의 야윈 두 뺨을 감싸주고 싶은 충동에 하마터면 정말로 손을 뻗을 뻔했다.

원래부터 똑똑한 놈은 아니었지만 서고운이가 나타난 이후로 완전 밥통 멍텅구리가 다 됐네, 박연석이.

"밥은 좀 묵고 댕기나."

"그럼."

근데 얼굴이 와 그렇노, 연석은 가까스로 그 말을 참아냈다. 오늘따라 더 파리해 보이는 모습이 자꾸 마음에 걸린다. 연석은 아픈 것에 대한 자신의 노이로제 때문이라고 애써 변명을 했다.

첫사랑이라고 해서, 다시 만났다고 한들 꼭 옛 감정이 되살아나는 법은 없다. 지금 자신이 느끼는 것은 그저, 해후 이후 감당할 수 없을 정도로 밀려오는 추억을 함께했던 사람에 대한 예의일 뿐이다.

"니……."

말을 꺼낸 연석이 쉽사리 다음 말을 잇지 않자 고운이 고개를 들었다.

"응?"

"아주 내려온 기가."

그렇다고도 할 수 있고, 그렇지 않다고 대답할 수도 있었다. 직장을 구했다는 사실은 아주 거제도로 돌아온 것이라 생각할 수 있었고, 집 대신 펜션을 임대한 사실은 잠시 온 것이라 말할 수도 있었다. 하지만 고운은 솔직하게 대답했다.

"잘 모르겠어."

"맞나……."

연석은 습관적으로 담배를 찾으려는 손길을 충동을 억지로 참는다. 젤이 발리는 손목을 내려다보며, 더 이상 병원을 찾지 않아도 된다는 사실을 깨닫고 있다. 정 사장이 아니었다면, 애초에 병원에 올 것도 아니었다. 하지만 결국 병원을 찾았고, 고운을 만났다.

잘 지내라, 간다…… 인사하고 돌아서 버리면 된다. 고운이 나타나기 전으로 돌아가면 그만이다. 연주를 키우며 정신없이 살다 보면 다시 고운에 대한 기억은 가슴속 깊은 곳에 꽁꽁 숨겨질 것이다.

잘 지내라, 간다…… 인사하고 돌아서면 된다.

"서 선생님."

그때 흰 가운을 입은 남자가 물리치료실 안으로 들어섰다. 연석은 그가 누군지 알고 있었다. 정 사장과 절친한 친구 사이인 윤 정형외과 원장의 동생, 윤정혁과는 가끔 병원 회식 때 클럽에 놀러와 안면 정도는 익힌 사이였다. 정혁 역시 연석에게 아는 체 고개를 살짝 끄덕여 보인다.

"환자 분이 계신지 몰랐어요. 미안합니다."

고운은 연석에게 '잠깐만' 하고 중얼거리고는 자리에서 일어나 정혁에게 다가갔다. 목소리를 줄이기는 했지만 연석에게 그들의 대화가 들리기에는 충분했다.

"몸이 안 좋다면서요? 김 간호사가 감기인 것 같다고 해서, 약 좀 가져왔어요."

"괜찮은데……."

정혁에게서 약 봉투를 받아 드는 고운을 바라보던 연석은 끝내 고개를 돌린다. 얼룩 한 점 없이 새하얀 가운을 똑같이 입고 함께 서 있는 두 사람은 썩 잘 어울렸다. 이제 고운은 그런 사람이었다. 더 이상 자신의 손을 잡고 낡은 클럽 안을 뛰어다니던 그 서고운이 아니다.

약을 건넨 정혁이 물리치료실을 나가자 고운은 약 봉투를 테이블 위에 올려놓고 다시 연석에게 돌아왔다.

"아픈 것 맞네."

"별거 아니야. 감기야."

고운이 티슈를 건네주자, 연석은 치료가 다 끝났다는 사실을 깨달았다. 젤로 미끈해진 손목을 닦아내는 손길이 느릿해진다.

그렇게 마음속으로 연습했던 인사를 하고, 돌아서서 가면 끝이다. 고운이 거제도에 계속 머무르는 한, 어쩌면 길을 가다 마주칠지도 모른다. 하지만 더 이상 그녀를 만나기 위해 아프지도 않은 손목을 쥐고 병원을 찾지는 않을 생각이었다.

"고맙다."

"뭐가, 내가 할 일인데."

우연히라도 마주치길 바라는 마음, 또 그렇지 않은 마음이 반반이다. 그저 살던 것처럼 살도록, 더 이상 예전의 기억을 되살리느라 바보처럼 멍해지고 싶지 않았다. 하지만 기억을 되살리며 오래전의 그 감정들이 마치 지금의 것인 양 달콤한 느낌에 취하는 기분은 마약과도 같았다.

"잘 지내라. 간다."

오늘은 연석이 먼저 돌아선다. 단단히 결심한 듯, 어깨에 잔뜩 힘이 들어가 있었다. 고운은 연석이 나가고 문이 닫힐 때까지, 시선을 떼지 않았다. 고운은 연석의 생각을 짐작하고 있었다. 추억 속에서 함께였던 그들이었던 만큼, 혼란 역시 두 사람 모두의 것이다.

　해후처럼, 이별도 담백해서 좋다. 실제로는 서로 전혀 영향력이 없는데도 불구하고 오래전 기억과 미화된 추억으로 꾸며진 영향력은 환상일 뿐이다.

　갑자기 문이 열리자, 고운은 흠칫 놀라 몸을 움찔거렸다. 당차게 나가던 모습과는 달리, 다시 들어서는 연석의 발걸음은 망설임으로 느릿했다.

　"이거."

　접수대에서 빌린 듯, 연석은 윤 정형외과의 이름과 전화번호가 적힌 메모지를 고운에게 내밀었다.

　"내 전화번호다. 뭔 일 있으면 전화해라."

　니 인자 거제도에 아무도 없다 아이가, 연석은 뒷말을 붙이지 않았다. 지금 새삼스레 그녀의 보호자처럼 굴면 우스워진다는 사실을 알고 있었기 때문이다. 고운이 조용히 메모지를 받아 들자 연석은 인사도 없이 돌아섰다.

　레퍼토리는 늘 똑같았다. 강택의 음담 섞인 농담이 마이크를 통해 전해지면 연방 웃음이 터져 나왔고, 기가 막히게 감칠맛이 나는 로즈의 목소리를 들으며 사람들은 플로어 위에서 스텝을 밟았다.

　오늘 유치원에서 많이 뛰어 놀았는지, 연주는 다른 날보다 일찍 꾸벅꾸벅 졸기 시작했다. 업어 재우기 전에 수월히 깊은 잠에 든 연주를 가만히 내려보던 연석은 담요를 목까지 덮어 토닥거린 후 대기실에서 나와 홀로 향했다. 홀에서는 여전이 로즈가 부르는 '와인 그라스'가 울려 퍼지고 있었다. 로즈가 가장 부르기 좋아하고, 또 손님들이 가장 선호하는 노래였다. 덕분에 연석은 원치도 않으면서 대부분의 가사를 외울 정도였다.

오늘은 그나마 손님이 좀 있는 편이었다. 연석은 앞으로 상황이 조금씩 나아질 것이라 예상하고 있었다. 거제도가 관광지로 부각되면서 새로운 금싸라기 땅으로 떠오르는 매립지에는 유흥가가 밀집되기 시작했고 한 달 사이에도 몇 개의 상가가 망하고 새로 생겨났다. 매립지가 허허벌판이었던 이십 년 전부터 자리 잡고 있던 월드 나이트클럽은 그러고 보면 장수 가게임은 분명했다.

"양아치 새끼들."

미인 쪽은 웨이터와 가수들까지 모두 마산에서 내려온 외지인들이었다. 손바닥만한 땅덩어리에, 건너 건너면 모두 면식이 있을 법한 상권에 반 이상이 인맥 장사인 거제도에서 외지인이 성공하기란 하늘에서 별을 따는 것만큼이나 힘든 일이었다. 얼마 못 가 백기를 들 것이 분명하기에, 연석은 그들의 작은 장난질쯤이야 눈감아주기로 마음먹었던 것이다.

그때 바지 주머니에 넣어둔 휴대전화기가 진동했다. 전화기를 꺼내 들고 번호를 확인했지만 전혀 모르는 번호에 대번에 무시하고 다시 주머니에 넣었다. 하지만 상대방은 끈질기게 전화

를 해댔다. 끊겼나 싶으면 다시 몸을 흔들어댔고, 결국 연석은
시끄러운 홀을 피해 주방 쪽으로 걸어가 전화를 받았다.

"여보세요."

[거기 누구 되십니꺼.]

연석은 피식 웃음을 터뜨렸다.

"그것도 모르고 전화를 걸었소?"

[환자 주머니에 번호만 있고 이름이 없어서 그렇습니더. 여
대일병원인데예, 젊은 여자 한 분이 응급실에 실려 오셨어예.
신분증도 엄꼬.]

순간 꺼림칙한 기분이 연석의 뒷목을 스치고 지나갔다.

"젊은 여자?"

[머리가 짧고, 되게 말랐는데 모르십니꺼. 청바지에 녹색 티
셔츠를 입고 있는데.]

"거 어디라고예?"

[대일병원 응급실입니더.]

"다쳤소?"

[기냥 잠깐 기절했습니더. 곧 깨어날 틴데 얼른 데리러 오이
소.]

고운이라는 확신이 들었다. 머리가 짧고, 말랐다. 청바지에
녹색 티셔츠가 아니더라도 연석은 그녀라고 생각하고 있었다.
그녀가 아니면, 자신의 전화번호 따위를 주머니에 넣고 있을 젊
은 여자가 있을 리 없었다.

연석은 강택을 불러 자리를 비우겠다고 말한 뒤, 대기실에서 잠들어 있는 연주를 간간이 들여다봐 달라고 부탁했다. 그리고 클럽을 나서서 택시를 잡아탔다. 밤을 밝히는 조명만큼은 어느 곳 못지않게 호화스러운 매립지 유흥가를 지나자 칠흑같이 어두운 도로가 나타났다.

대일병원. 일이 참 아이러니하다. 그곳은 응급실이 있는 거제도에 몇 개 없는 종합병원이긴 했지만 하필이면 그 병원이라니. 추억에 혼란스럽고 싶지 않아 고운의 병원에 가지 않겠노라 결심했던 것이 우스꽝스러워졌다. 게다가 대일병원은 과거의 두 사람이 가까워지기 시작했던 출발점이다.

생각에 잠겨 있는 동안 택시는 빠르게 대일병원 응급실 앞에 멈추어 섰다. 택시에서 내린 연석에게서 급박함이라거나 초조함은 보이지 않았다. 오히려, 주위의 분위기와는 어울리지 않게 어슬렁거리며 응급실에 들어섰다.

더 이상 서고운은, 박연석에게 있어 알 수 없는 야릇한 감정을 가져다주는 소녀가 아니라고, 자신 역시 가슴 뛰는 설렘을 안고 그녀의 반 교실을 지나치는 열아홉 소년이 아니라고 스스로를 다그쳤던 게 효과가 있었던 모양이다.

연석은 어렵지 않게 고운을 찾아냈다.

그렇게 다그쳤지만 막상 마주치면 그 사실을 까맣게 잊어버린다. 한 걸음, 한 걸음 내딛어 고운에게 다가갈수록 심장 박동수가 빨라지며 호흡이 거칠어진다. 똑같은 침대에 똑같은 모습으로 누워 있는데도 그녀는 주위의 다른 사람과 달랐다. 오로지 그녀에게만 광채가 나는 것 같이, 주위가 환한 느낌이었다. 야윈 얼굴 전체에서 풍기는 분위기는 보는 사람으로 하여금 간이 녹아들게 만들 만큼 애달팠다.

"우째 된 겁니꺼."

지나가는 간호사를 붙들고 묻는다.

"저 지세포 가기 전에 소동 바닷가에 펜션촌 있다 아입니꺼. 거 해변가에 쓰러져 있는 거를 해안 경찰이 발견해가 실어 왔대예. 다른 데는 이상 없고 고열에 영양 결핍 때문에 실신했습니더. 링거만 다 맞으면 가셔도 됩니다."

연석은 고운의 침대 옆에 가만히 앉아 그녀를 내려다보았다.

고등학교 때의 그녀는 좀 더 화려한 느낌이 있었다. 그렇다고 그녀가, 연석과 왁자지껄 몰려다니던 여자애들처럼 화장을 한다거나 옷을 야하게 입고 다니지는 않았다. 하지만 우윳빛 피부나 큰 눈, 붉은빛을 띠는 입술만으로도 감히 남학생들이 범접할 수 없을 만큼 도도한 분위기를 드러냈었다.

지금의 그녀는 화려하지는 않았다. 우윳빛이었던 피부는 창백하게 변해 버렸고, 뺨은 야위었고, 입술은 핏기를 잃었다.

"고마 깨라."

연석은 주술처럼 중얼거렸다. 그런데 그 목소리를 듣기라도 했는지, 마법처럼 고운의 눈꺼풀이 가늘게 떨리기 시작했다. 그녀가 잠에서 깨어나고 있다는 사실을 눈치 챈 연석은 의자에서 일어나 주머니에 손을 찔러 넣었다.

“깼나.”

“여기가…….”

목소리가 쉬어 쉿소리가 터져 나왔다. 한참 동안 눈을 깜빡거리던 고운이 연석을 알아본 듯 눈썹을 치켜올렸다. 네가 여기에 왜 있는 거야, 라고 묻고 있는 듯했다. 연석은 입술을 비틀며 미소를 지었다.

“내한테로 전화 왔드라. 응급실에 실려 왔다꼬.”

“응급실?”

그제야 자신이 누워 있는 곳이 병원임을 깨달은 고운은 부스럭거리며 몸을 일으켰다. 어째서일까, 고운을 향한 막연한 분노에 연석은 스스로가 의아할 정도였다.

“아까 윤 선생님이 약도 주더만, 와 길에 쓰러지고 다니노. 영양 결핍이란다. 뭘 먹고 살길래 영양 결핍이라노.”

잠시 고운과 눈이 마주치자 연석은 얼른 피해 버렸다.

“고마워.”

연석은 고운이 침대에서 일어날 때 부축을 해줘야 하는지 잠시 고민했다. 하지만 걱정과 달리 고운은 가볍게 일어나서 걸음을 옮겼다. 쓰러져 한참 동안 정신을 잃고 있었던 사람이라고는 믿기지 않을 만큼 아무렇지도 않게 응급실을 나서는 모습에 연석은 어이가 없을 정도였다.

연석과 고운은 병원 앞 택시 정류소 앞에서 차가 오기를 기다렸다. 응급실을 나와 택시 정류소까지 오는 내내 두 사람은 아무런 말도 꺼내지 않았다. 하지만 두 사람 모두, 등 뒤에서 그들을 지켜보듯 버티고 선 회색 빛 병원 건물의 존재감을 뼈저리게 느끼고 있었다.

대일병원의 8인용 병실은 언제나 왁자지껄 시끄러웠다. 연석은 그 소음들을 귓등으로 흘려버리며 작고 불편한 의자에 앉아 잠이 든 모친의 얼굴을 내려다보고 있었다. 최근 일여 년 사이에 너무나 야위어 버린 모친의 모습은 연석의 가슴을 한없이 아프게 했다.

"석아, 의사 선상님 뵙고 왔나?"

옆 침대를 쓰는 할머니가 연석을 안쓰러운 듯 바라보다 귤 한 개를 건네며 말을 붙였다. 연석은 소리없이 한번 웃어 보이고는 귤을 손 안에 꽉 쥐었다.

"그래. 이제야 마 의사 선상님이 다 무슨 필요가 있겠노. 그래도 맘 단디 묵어야 한다. 어매 아프다고 핵교 안 가고 그라지 말고, 밥도 꼬박꼬박 챙기 묵고."

여전히 연석은 대답이 없었다.

"박씨도 진짜 너무하제. 인간이 그라믄 몬 쓰는데. 우째 아한테 병수발이고 병원비고 다 맡기 뿌고 딴 가시나랑 살림을 차리노. 그 가시나도 남편이 있다매. 쯧쯧, 천벌을 받을 끼다."

아무리 용서받지 못할 사람이라 해도, 아들 앞에서 못할 말을 했다는 듯 할머니가 순간 입을 다물었다. 연석은 귤을 모친의 머리맡에 가만히 올려놓고 의자에서 몸을 일으켰다. 이불을 목 끝까지 당겨 도닥거린 후, 할머니를 향해 고개를 꾸벅 숙이고 병실을 나섰다.

"천벌을 받을 끼다."

만약 하늘이 그 벌을 내리지 않는다면, 연석은 자신이 아버지를 죽일지도 모른다는 생각을 하던 차였다. 하지만 당분간은 아무것도 생각하고 싶지 않았다. 슬픔이든 좌절이든 감정에 사로잡혀 있는 것도 지금 자신에게는 사치였다.

연석은 병원 정문을 나서 터벅터벅 가파른 내리막길에 발을 옮겼다. 추위를 조금이라도 피해보려고 주머니에 손을 찔러 넣고 어깨를 잔뜩 웅크린 채 걸어가던 연석은 병원 본관 건물 옆에 붙어 있는 장례식장 앞을 지나다 흠칫했다. 환하게 등이 켜진 장례식장 입구 앞으로 연방 사람들이 드나들고 있었지만, 연석의 시선을 끌었던 것은 그들이 아니었다.

"자가 여기는 와……."

장례식장 입구에서도 멀찍이 떨어진 주차장, 주차되어 있는 자동차와 자동차 사이로 희끗하게 보이는 물체가 고운이라는 사실을 자신이 눈치 챘다는 것도 놀라웠지만 그녀가 입고 있는 것이 소복이라는 사실을 깨달았을 때는 손끝이 얼어붙어

버렸다.

 고운은 다리를 구부려 쪼그려 앉은 채 주차장의 낮은 난간에 기대고 있었다. 연석은 고운의 표정을 읽기 위해 조금 더 가까이 다가갔다. 그리고 그녀의 머리에 꽂힌 흰 리본 핀이 보일 만큼 다가간 순간, 의도하지 않았던 일이 벌어졌다. 고운이 연석에게로 고개를 돌린 것이다. 잠시 두 사람은 말없이 서로를 바라보았다.

 "담배 있나?"

 먼저 입을 연 사람은 고운이었다. 연석은 주머니를 부스럭거리며 담배를 꺼내 들었다. 몇 개 남지 않은 담배 한 개비를 고운에게 건네기 위해 연석은 그녀 가까이로 걸음을 옮겼다. 연석에게서 담배를 건네받은 고운은 익숙하게 입에 물었다. 그리고 다시 연석을 빤히 바라보았다. 그제야 아차 하고 생각난 듯 연석이 라이터를 꺼내 불을 붙여주었다.

 "누가…… 돌아가싯나?"

 우물쭈물 그녀 곁에 앉지도, 떠나지도 못하고 있던 연석이 고운의 입 끝에서 발갛게 타 들어가는 담배를 바라보며 건넨 말이었다.

 바보가! 그럼 누가 죽지도 않았는데 미칫다고 소복 입고 병원에 있겠나! 연석은 무슨 말이든 해야 할 것 같아 입을 열었지만 이내 혀끝을 질끈 깨물었다.

 "후우."

고운은 연기를 입 밖으로 뿜어내며 담배를 손가락 사이에 끼우고 연석을 흘낏 바라보았다.

"담배를 피울 때, 다른 사람들은 깊게 빨아들여서 뱃속까지 니코틴이 가득해질 때를 기다렸다가 코를 통해서 다시 내뿜어 내더라."

고운은 연석의 질문을 듣지 못하기라도 한 듯 엉뚱한 이야기를 꺼냈다.

"근데 난 이렇게 입 안에만 머금고 있다가 내뿜어 내는 게 좋더라."

"그럴 꺼믄 뭐 하러 담배를 피우노. 담배 피우는 사람 옆에서 입만 벌리고 있어도 되긋네."

쿡, 고운이 웃음을 터뜨렸다. 그리고 연석에게 피우다 만 담배를 내밀었다.

"와? 진짜로 입만 벌리고 있그로?"

"원래 몇 모금 안 빨아. 아깝잖아. 피워. 왜, 이것도 거지한테 동정하는 것 같나?"

그때 냅다 집어 던진 돈 이야기를 하는 것이다. 연석은 순간 얼굴을 찌푸렸지만 이내 어깨를 한번 으쓱거리고는 담배를 받아 들었다.

"동정은 무신. 내 담밴데."

그러면서도 고운의 작고 도톰한 입술이 닿았던 그 촉촉한 부분에 자신의 입술이 닿는 순간 얼굴이 화끈 달아오르는 것이 느

꺼졌다. 다행히 고운은 눈치 채지 못하고 하늘을 올려다보았다.

"사람이 죽으면 정말…… 저리로 갈까."

자신에게 묻는 것이 아니라 혼잣말이라는 사실을 알면서도 연석은 무심히 대꾸했다.

"말이 되나. 땅에 묻으이 땅으로 가지."

"그런가."

고운은 하늘에서 시선을 떼고 연석을 바라보았다.

"죽었다."

"누가?"

"우리 엄마."

툭, 담배가 연석의 손에서 땅으로 떨어졌다.

"곧 죽을 거라는 건, 알고 있었는데. 그래도 이런 기분일 줄은 몰랐다."

"괜안나?"

모친을 잃었다고 하기에는, 너무나 태연스러운 열아홉의 소녀. 오히려 연석이 숨이 딱 막혀 무슨 말을 건네야 할지 몰라 눈동자만 이리저리 굴려댔다.

"아직은 믿기지가 않아서, 잘 모르겠다. 지금이야, 잠깐 눈에 보이지 않는 것뿐이라는 생각밖에 안 드는데 뭐. 앞으로…… 이제 그 어디로 고개를 돌려도 엄마가 보이지 않을 테니까. 그걸 깨달을 때마다, 슬프겠지."

운동화 끝으로 바닥을 툭툭 차며 한참 동안 생각에 잠겼던 연석이 천천히 입을 열었다.

"우리 엄마도 여 입원해 있다. 원래는 마산 큰 병원에 있었는데, 별시리 희망이 없다 케가 일로 옮긴지 며칠 안 됐다."

누가 듣는다면 두 사람 모두 자신들과 전혀 상관없는 사람을 이야기하는 거라 생각했을 것이다. 그만큼 두 사람의 목소리는 지나칠 만큼 건조했다.

"상은, 니 혼자 치르고 있는 기가."

아비가 누군지도 모르는 작부 딸, 성훈이 말하던 것을 떠올리며 연석이 물었다. 고운은 그 질문에 대답을 하지 않았다. 이후로도 고운은 아무런 말을 하지 않았다. 그녀가 말을 하지 않는 것이 아니라, 입을 열면 울음이 터질 것 같아 참고 있는 것이라는 사실을 연석이 알게 된 것은 그렇게 침묵 속에서 한 시간을 보내고 난 뒤였다.

죽음을 앞둔 자신의 어머니를 보며, 애달픈 어머니의 삶이 이대로 끝나 버리면 어떻게 하나 싶어 찢어지게 가슴이 아팠다. 그 고통을 그녀가 견디고 있었다. 혼자서 감당하고 있는 그 어깨를 내려다보며 연석 역시 목 안에서 꿈틀거리는 따끔한 통증에 시달려야 했다.

"있다 아이가."

지금 이 소녀를 웃게만 할 수 있다면, 무슨 짓이라도 할 것만 같았다. 지금 이 소녀를 고통과 슬픔 속에서 벗어나게만 해준다면 목숨도 내놓을 수 있을 것만 같았다. 그것이 사랑의 열병이라는 사실을, 연석은 아주 오랜 후에야 깨달았지만.

"니 지금 울어도…… 그거 내만 안다."

고운이 고개를 들어 연석을 바라보았다.

"아무도 모른다."

고운이 두 손을 들어 자신의 이마를 짚고, 눈을 가린다.

"아무도 모를 끼다."

욱, 하는 소리와 함께 고운의 손가락 사이로 눈물이 후두둑 떨어진다.

그렇게 풀어라, 그렇게 털어라, 그렇게 버려라, 그렇게…… 울고 나면 괜찮아질 기다. 돌아봐서 엄마가 옆에 없다고 해서 눈물이 나올 것 같으면, 그렇게 울고 보내 드리라. 눈물도 없으믄, 어떻게 털어버린단 말이고.

연석은 흔들림이 심해지는 고운의 어깨를 내려다보며, 자신도 모르게 손을 뻗었다. 손바닥이 고운의 어깨에 닿았을 때, 어깨의 흔들림이 그의 손끝을 통해 온몸으로 전해졌다.

"괜찮다."

괜찮을 기다…….

택시가 두 사람 앞에 섰다. 연석은 고운이 먼저 탈 수 있도록 비켜선 뒤 자신도 뒤따라 올라탔다. 고운이 어깨를 맞닿은 연석을 바라보았다.

"혼자 갈 수 있어."

"소동으로 가입시더."

고운이 구급차에 실려 왔던 그 어두운 길을 돌아서 택시는 빠르게 헤쳐 달려나가기 시작했다.

"어떻게 알았어?"

"뭐가."

연석이 되물었다. 시선은 택시 기사가 쥐고 있는 운전대에 고정 시킨 채, 목소리는 꾸며낸 무심함으로 가득 차 있었다.

"소동에 있다는 거."

"그 펜션촌 바닷가에서 실려 왔다 카더라. 거 사는 거 아니면, 이 시간에 니가 거 왜 있었겠노."

연석이 내밀었던 메모지를 받지 않을 걸 그랬다. 무심하게 주머니에 넣은 그 메모지가, 다시 보지 않는 게 좋을 것 같았던 인연을 잇고 말았다. 불과 반나절 만에, 두 사람의 결심을 이토록 가볍게 배신해 버렸다.

"아직도 그 나이트클럽에서 일하고 있다며?"

어떻게 알았냐는 듯, 연석이 돌아본다.

"우리 병원 간호사 선생님이 그러더라."

택시가 뒤쪽으로는 낮은 산등성이, 앞쪽으로는 모래 해변이 펼쳐진 펜션들 앞에 멈추어 섰다. 피서객이 몰리는 철이 아니라 그런지 몰려 있는 펜션들 중 불이 켜진 곳은 한 곳뿐이다. 그곳이 고운이 지내는 곳일 것이라 연석은 짐작했다.

"여기서는 택시 잡기도 힘든데, 내리지 말고 그냥 타고 가."

고운의 만류에도 불구하고 연석은 택시에서 내려 그녀와 함께 펜션 앞까지 걸었다. 텅 비어버린 펜션촌의 바닷가는 파도 소리만 가득했다. 바닥으로 푹푹 빠지는 연석의 슬리퍼 안으로 모래가 비집고 들어온다.

"집에 먹을 거는 있나."

"응."

"잘 좀 챙겨 먹고 댕기라. 춥다. 들어가라."

답답한 마음에 잠깐 바람 쐬러 나갔다 쓰러졌던 터라, 펜션 안은 초저녁에 켜놓은 환한 불 그대로 그녀를 맞이했다. 고운은 연석을 남겨두고 혼자서 펜션으로 들어섰다. 문이 닫히는 순간까지, 등 뒤에 선 연석의 눈길을 느꼈다. 닫힌 문 안쪽에 선 고운은 머리를 딱딱한 문에 기대고 눈을 감았다.

"……고마워."

그런 꼴 보이고 싶지 않았다. 좋은 모습만 기억해 주었으면 좋겠다고 생각했다. 자신이 기억하는 박연석이 꼭 그런 것처럼, 좋은 사람으로, 감사하는 사람으로 박연석을 기억하는 것처럼 자신도 그에게 그랬으면 했다.

갑자기 목이 탔다. 고열로 거칠어진 입술이 바싹 말라 버렸다. 손등으로 이마를 살짝 누르며 고운은 부엌으로 가 생수통을 꺼내 들었다. 컵에 물을 따르고 입술을 축이며, 고운은 습관적으로 창가로 발걸음을 옮겼다.

"연석이?"

연석이 해변의 모래 위에 앉아 바다를 바라보고 있었다. 그의 주위로 희뿌연 담배 연기가 희미하게 퍼져 나간다. 바닷물에 반사된 달빛만이 쓸쓸하게 연석의 머리를 비추고 있었다. 고운은 손가락으로 창문의 유리를 손가락으로 문질렀다. 천천히 연석의 머리와 어깨를 따라 손가락이 움직인다.

"어차피 만나게 될 거였다면."

너와 나 사이의 비어버린 팔 년이, 애초에 없었으면 좋았을 걸. 그래서 지금처럼, 네가 나를 볼 때 나는 너를 못 보고 내가 너를 볼 때 네가 나를 못 보는 이런 상황이 아니라, 그냥 네가 내 옆에서 옛날처럼 어깨 빌려주며 등을 토닥여 주며 그렇게 살면 좋을 텐데……. 세상에서 가장 깊은 위로가 되었을 텐데.

어차피 만나게 될 거였다면!

고운은 컵을 아무렇게나 내려놓고 돌아섰다. 다리가 제멋대로 움직인다. 굳게 닫았던 문을 열고 밖으로 나가자마자 제법 센 바람이 그녀를 기우뚱 흔들어놓았다. 하지만 발걸음을 멈추지 않았다.

새카만 그림자가 모래사장 위에 길게 드리워지자, 연석이 고개를 돌렸다. 그리고 고운의 모습에 입에 물었던 담배를 툭, 하고 바닥에 떨어뜨렸다.

"고운아."

"연석아."

그제야 정신을 차린 연석이 모래사장에서 일어나 고운을 붙들었다.

"아직 날씨 많이 쌀쌀하다. 뭐 하노, 빨리 들어가라."

"연석아."

"들어가라니까."

"나."

연석은 불어오는 바람에서부터 그녀를 보호하듯 바다를 등지고 섰다. 그것으로도 모자라 고운의 어깨에 걸쳐 주려는 듯 트레이닝 상의의 지퍼를 쭉 열고 벗었다 반소매 티셔츠만으로 감당하기 어려운 바닷바람이었지만 연석은 눈썹 하나 까딱하지 않았다. 하지만 이어지는 고운의 말에 흠칫 놀라 옷을 바닥에 떨어뜨리고 만다.

"한 번만 안아주라."

제 7 장

차르르르르, 해변으로 몰려왔다 다시 밀려가는 파도 소리
가 두 사람의 정적을 깨뜨리고 있었다. 연석은 허리를 숙여 자
신이 떨어뜨린 옷을 집어 들어 고운의 어깨 위에 걸쳐 주었다.
그리고 바지 주머니를 뒤적거려 담배를 꺼내 입에 물었다. 타
악, 어둠 속에서 라이터 불이 환하게 켜졌다 금방 사라진다.

"한 번만 안……."

"도대체 무슨 일이고."

"뭐?"

굳은 연석의 얼굴은 당황한 것 같기도 했고, 화가 난 것 같기
도 했다.

"묻고 싶었다. 근데, 이제 내는 니한테 그런 거 물을 사람이 아이라서 참았다. 나한테 그럴 권리가 없는 것 같애가, 그동안 어떻게 지냈는지도 안 물었다."

침착했던 연석의 목소리가 조금씩 커지기 시작했다.

"옛날보다 얼굴이 반쪽이 돼가 나타났는데, 잡으면 부서질 것 같이 말라 비틀어져가 눈뜨고 봐줄 수조차 없이 변해서 돌아왔는데, 차마 물을 수가 없드라. 니 입에서 뭔 소리가 나올지 겁이 났고, 옛날에 마음 품었다는 이유로 겁내는 내가 바보 밥통 천치 같아가……! 일부러 꾹꾹 참았다."

서로 마주치기민 하면 누기 먼저랄 것도 없이 피하기에 바빴던 두 시선이, 한 치의 흐트러짐 없이 정확히 서로를 향하고 있었다.

"근데 인자 좀 알아야겠다."

"연석아."

연석이 고운의 어깨를 꼭 붙들었다. 어찌나 세게 붙잡았던지, 연석의 트레이닝 상의 위로 손가락이 깊게 파고들었다.

"와 이렇게 됐노! 도대체, 무슨 일이 있었노! 그렇게 갔으믄, 잘살든가! 돌아오지 말든가! 와 이래 돼가꼬 왔냔 말이고. 와 이렇게 말랐고, 와 이렇게 못 묵고, 와 이렇게…… 사람 간장 녹그로 애잔하게 만드노."

연석은 고운을 잊고 지냈던 시간들이 원망스러웠고, 고운은 연석을 잊고 지냈던 시간들이 죄스러웠다. 만약 지난 시간 동안 서로에 대한 생각을 두고두고 했었다면 지금처럼 골이 패이고 죄책감에 휩싸이지는 않았을 것이란 생각이 든다.

"안아달라고? 그래, 내 얼마든지 해줄 수 있다. 옛정이라 생각해도 좋고, 우정이고, 나발이고, 뭐라 해도 내 다 해줄 수 있다. 근데, 그 좋아 죽고 못살던 그때 말이다. 니는 꼭 못 견디게 힘들 때만 내한테 그 말을 했었다. 느그 엄마 보고 싶을 때, 느 삼촌이 찾아와가 서울 가자 했을 때, 그라고 거제도 떠나기 전에……. 그래서 내는 알아야겠다. 도대체, 니한테 무슨 일이 있었는지 내는 알아야겠다."

참다 참다 눈물이 터졌던 어느 날, 왜 자동차 키 하나를 달랑 들고 차에 올라타 서울에서 쉬지 않고 거제도까지 와야 했었는지 고운은 그 이유를 바다 때문이라 생각했었다. 하지만 이제야, 연석과 마주한 이제야 정확한 이유를 알 것 같다.

박연석 때문이었다. 처음으로 사랑이라는 것을 알게 해준, 그리고 티없이, 한없이 순수하기만 했던 사랑을 받게 해준 연석을 한시도 잊은 적 없는 잠재의식이 그녀를 이곳으로 이끌었다.

연석 때문에 은환이 생각나 괴롭다고 믿었다. 그래서 만나고 싶지 않았다. 하지만 연석을 만나면서부터 끊임없이 이어지는 오래전 기억들이 그녀를 위로하고 있었음을 지금에서야 깨닫는다.

"웃을 수가 없었어."

고운이 천천히 입을 열었다.

"그렇다고 울 수도 없었지."

뜬금없이 시작된 말이었지만 연석은 아무것도 묻지 않고 묵묵히 들었다.

"웃어도, 울어도 난 죄인이 된 기분이었어. 지난 이 년 동안 그렇게 살았어. 그렇게 힘들게 살다 보니까, 사랑이라는 거…… 원망이 되더라. 그리움이라는 거…… 무서워지더라. 그냥, 벗어나고 싶을 뿐인데 죄책감이 나를 놔주지 않아."

모든 잘못이 남은 내 탓이었던 거야. 차라리 그때 같이 죽었더라면, 적어도 이렇게나 짓누르는 마음의 짐은 반씩 나누어지고 갈 수 있었을 텐데.

"누구든."

연석이 입을 연다.

"떠난다."

무엇을 알고 했던 말은 아니었다. 그저, 고운이 사랑하는 사람과 이별하게 된 것이라 짐작할 뿐이었다.

"사람 마음, 다 한때다. 평생토록, 오래오래. 내는 그거 안 믿는다. 우리 부모도, 니네 부모도, 그거 보여줬다 아이가. 우리 아부지는 남편 있는 유부녀랑 바람나서 집 나가 버렸고, 우리 어머니 돌아가실 때까지 나타나지도 않았다. 느그 엄마, 니 낳아준 남자 진짜로 사랑했다고 니한테 그랬다매. 근데 니가 태어나서 이날 이때껏 그 사람이 니 앞에 한 번이라도 나타난 적 있

나. 사랑했던 여자 배에서 난 애새끼를 거들떠도 안 보는 기, 그기 사랑이가. 다 필요 없는 기다. 다 한때다.”

연석이 사랑에 관해 이런 생각을 가지게 된 가장 큰 원인은, 그를 남기고 거제도를 떠나 버렸던 고운에게 있었지만 굳이 그녀를 입에 올리지는 않았다.

“그래 허망할 거, 그냥 마음을 비워 뿌라. 가버린 남자는 잘 먹고 잘살라 그라고, 니도 더 이상 힘들게 살지 마라.”

뼛속까지 자신을 이해해 줄 것 같은 사람, 세상 모든 사람이 손가락질을 해도 무조건 내 편이 되어줄 것만 같은 사람이 있다면 그건 지금 눈앞에 있는 이 사람이라고, 박연석이라고, 고운은 생각했다. 힘들게 살지 마라. 온전히 자신만을 위한 위로를 해주는 사람은 이 세상에서 박연석밖에 없을 것이다. 이 세상에 오로지, 박연석.

쌀쌀한 바람에 코끝이 발개진 채로, 다 잊어버리라고 퉁명스럽게 말하는 연석은 나만 보니까 울어도 된다고 말해주던 그때의 모습과 변한 것이 없었다. 열아홉 살이 되던 그해 겨울의 연석이 지금 고운의 앞에서 다시 괜찮다고 말해주고 있었다.

“누가…….”

은환 씨, 나 이렇게 위로받아도 될까.

“그런 말 해달라고 했어?”

“뭐라고?”

이렇게, 조금만 기대도 될까.

고운은 주먹을 살짝 들어 연석의 가슴팍을 제법 세게 쳤다. 연석은 미간을 찌푸리며 투덜거리려고 했지만, 눈물 고인 눈으로 웃고 있는 고운을 마주하며 입을 다물었다. 아직도 열이 있어 얼굴이 달아오른 채로, 바람결에 부서질 것처럼 야윈 몸의 그녀가 아주 잠깐 팔 년 전의 서고운으로 보였다.

"내가 안아달라고 했지, 누구라도 다 할 수 있는 그런 말 해달라고 했어?"

이제야, 정말로 서고운과 마주하고 있다는 생각이 든다. 과거의 그녀는 세상을 상대로 마음을 닫아버린 소녀였지만 자신의 앞에서만은 밝게 웃었다. 따스하게 손을 붙잡고, 얼굴을 맞대고 웃던 고운이었다. 하지만 한껏 지친 모습으로, 야위고 차가운 얼굴로 팔 년 만에 돌아와 연석과 마주했던 그녀가 이제야 비로소 웃는다. 흰 가운을 입은 고운과 재회했을 때부터 환상처럼, 꿈처럼, 지난 기억과 뒤섞여 혼란스러웠던 몽롱한 기운이 머릿속에서 걷히는 것이 느껴졌다.

고운을 따라 연석도 빙그레 미소를 지었다. 그리고 손에 들고 있던 담배를 그녀의 눈앞에 장난스럽게 흔들어 보인다.

"한 대 피울래?"

"됐어."

"와? 옛날에는 잘 피웠다 아이가. 맨날 한 두 모금 빨다가 꽁지 피던 거 내한테 넘겨주고 그랬다 아이가."

고운이 과장된 몸짓으로 어깨를 으쓱거렸다.

"내가 언제?"

"헛, 이 가시나 모른 척하는 거 봐라."

두 사람은 동시에 웃음을 터뜨렸다. 길게 이어지던 웃음이 사그라질 때, 고운이 어깨에 걸치고 있던 옷을 벗어 연석에게 내밀었다.

"그만 가. 일하다 온 거잖아."

"그래."

연석은 손가락으로 담배를 튕겨 버리고, 고운에게서 옷을 받아 들었다. 옷을 걸쳐 입고 그녀의 온기를 느끼고서야, 자신이 얼마나 한기를 느끼고 있었는지 깨달았다.

"간다."

고운에게서 돌아선 연석은 모래 속으로 푹푹 빠지는 발을 무시하고, 발가락 사이로 파고드는 모래들을 무시하고 발걸음을 옮겼다. 걸음을 옮길수록 잠시 잊고 있었던 가게와 연주 생각에 마음이 급해졌다. 담배 한 대만 피우고 가겠다던 것이, 너무 늦어졌다.

"연석아."

고운의 목소리에 연석은 부지런히 놀리던 걸음을 멈추고 돌아섰다. 어두워 고운의 얼굴이 잘 보이지 않는다.

"전화할게."

연석은 자신의 표정 역시 그녀가 볼 수 없다는 사실을 알면서도, 살짝 주먹을 쥐고 비실 웃음이 비집고 나오는 입을 꾹 틀어막았다. 하지만 터지는 웃음을 참기에는 역부족이다. 어두운 사위가 새삼 감사해진다.

"그래."

카디건만 걸쳐도 괜찮을 따듯한 날씨였다. 하얀 구름이 적당히 떠다니는 하늘에 포근한 햇살도 창을 통해 들어왔다. 열도 내렸고, 두통도 따라서 수그러들었다. 애먹이는 환자도 없었고, 바쁘지도 않았다.

환자가 없어서 그런지, 로비 겸 대기실에 모인 병원 식구들이 떠들어대는 소리가 물리치료실까지 들려왔다. 고운이 문을 열고 얼굴을 내밀자, 방사선사 선생이 손짓으로 그녀를 불렀다.

"서 선생님, 오늘 저녁 시간 되죠?"

"네?"

그때 김 간호사가 끼어들었다.

"원장님이 오늘 쏘신대요! 회식이요."

어떤 식으로 거절을 해야 좋을까, 방사선사 선생이 저녁 시간을 물을 때부터 고운의 머릿속에 떠오른 생각이었다.

"글쎄요, 전 컨디션이 좀……."

"그런 게 어디 있어. 지난번 서 선생님 환영식 때도 달랑 밥만 먹고 헤어졌잖아요. 오늘은 꼭 2차 가서 술 한잔 해야죠. 안 그래, 김 간호사?"

"그럼요."

난감해진 고운이 다시 입을 열려는 찰나, 진료실 문이 열리면서 정혁이 모습을 드러냈다. 안에서 모두 듣고 있었다는 듯, 정혁이 고운의 편을 들어준다.

"다들 어제 서 선생님 쓰러질 것 같았던 모습 봤잖아요. 좀 더 쉬어주는 게 좋을 것 같다는 게 의사의 진단입니다!"

말을 끝내며 정혁이 판결을 내리는 판사처럼 장난스럽게 접수대를 주먹으로 탕탕 친다. 김 간호사가 실망한 얼굴로 고운의 팔을 붙잡고 친언니에게 하듯 졸라댄다.

"그래도 같이 가면 좋을 텐데……. 2차까지는 아니더라도, 밥이라도 같이 먹어요. 네?"

고운은 미안한 표정으로 쓴웃음을 짓다 문득 예전에 김 간호사가 했던 말이 퍼뜩 머릿속에 스치고 지나갔다.

"월드 나이트의 박연석하면 이 동네에서 웬만한 사람들은 다 알죠. 그리고 우리 원장님이랑 월드 나이트클럽 사장이랑 친하잖아요. 회식 때마다 2차는 늘 거기로 가는걸요."

모여 있던 사람들—방사선사 선생과 원무과장, 그리고 김 간호사—이 각자 자신의 자리로 돌아가려는 찰나 고운의 목소리에 모두들 제자리에 멈추고 그녀를 바라보았다.

“갈게요.”

사실 고운 자신도 예상치 못하고 터진 말이었다.

“정말요?”

“그래, 서 선생님. 잘 생각했어요.”

방사선사 선생이 고운의 어깨를 살짝 두드리며 방사선실로 사라지자, 곁에 있던 정혁이 근심 어린 눈으로 고운을 내려다보았다.

“괜찮겠어요?”

“네.”

왜 갑자기 마음이 바뀌었는지 의아해하는 정혁의 시선을 뒤로하고 고운은 물리치료실로 돌아왔다. 테이블 위에서 마시다 만 커피가 그녀를 기다리고 있었다. 컵을 집어 들고 한 모금 마시긴 했지만 이미 미지근하게 식어 버렸다.

“정말 왜 이러니, 서고운…….”

하지만 말만 그러할 뿐 고운의 얼굴에는 후회나 망설임을 찾을 수 없었다.

“아빠, 누가 전화 건다고 했나?”

대기실 낡은 소파에 기대어 앉아 허벅지 위에 올려놓은 휴대전화기를 물끄러미 노려보던 연석은 연주의 목소리에 움찔하며 고개를 들었다. 강택이 카드로 보여주는 손장난에 즐거워하며 까르르 웃어대던 연주가 어느새 자신을 물끄러미 바라보고 있었다.

"아이다."

"근데 와 아까부터 핸드폰만 그래 노려보는데?"

"아빠가 언제?"

"행님 아까부터 계속 노려보든데예."

눈치도 없이 끼어든 강택의 뒤통수를 때리며 연석이 소파에서 몸을 일으켰다. 그것으로도 모자라 홀에서 짠짠짠, 음악이 마무리되는 익숙한 리듬이 들려오자 연석은 강택의 정강이를 살짝 걸어찬다.

"논다고 정신이 없나. 음악 끝나가는데 나갈 준비 안 하고 뭐하노!"

아직 좀 시간 있는데, 투덜거리던 강택은 한 대 더 맞을 것 같자 얼른 대기실에서 나가 버렸다. 연석은 미련을 버리고 휴대전화기를 주머니에 넣으려다 마지막으로 슬라이드를 올려 전원을 확인했다. 어젯밤 밤새도록 충전기에 꽂아놓았으니 배터리도 네 칸, 풀이다.

"아빠!"

"와?"

"혹시……."

연주가 연석의 바짓가랑이를 부여잡고 몸을 배배 꼰다. 녀석이 이런 조심스런 행동을 하는 건 단 한 가지 이유 때문이다. 연석은 순간적으로 어깨에 몰려드는 긴장으로 몸이 움츠러드는

것을 느끼면서도 태연하게 연주를 안은 채로 소파에 도로 앉았
다.

"와? 말해봐라."

"혹시…… 엄마가 전화한다 켓나?"

엄마 이야기를 꺼냈을 때 단 한 번도 화를 내거나 침묵을 지
켰던 적이 없었지만 연석이 꺼려한다는 사실을 본능적으로 깨
달았던 모양인지 연주는 '엄마' 라는 말을 잘 꺼내지도 않는 꼬
맹이였다.

"꼬맹이, 엄마 보고 싶나."

"아이다! 내는 내 싫다고 갔다는 엄마, 한 개도 안 보고 싶
다."

연석이 눈살을 찌푸렸다.

"그런 거 아이라 켓제! 꼬맹이 니 엄마는 니 싫다고 간 거 아
이다. 아빠가 싫다고 간 거다. 니 서로 데리고 갈라고 했다고 몇
번이나 말해줬다 아이가. 엄마가 니 데리고 간다고 했는데, 아
빠가 우리 꼬맹이 없으면 못 사니까…… 그래서 엄마가 어쩔 수
없이 간 기다."

하지만 엄마의 부재와 그 의미를 알게 된 무렵부터 버림을
받았다는 상처가 가슴 깊이 패인 연주의 얼굴은 금방 울상으로
변해 버린다. 그런 연주를 연석은 가슴으로 안아 등을 토닥였
다.

"근데 와 전화도 한 번 안 하노."

그 말에는 뭐라고 대꾸해 줄 수가 없는 연석의 마음은 타 들어간다. 무슨 생각이 들었는지, 연석의 가슴에 얼굴을 파묻고 있던 연주가 홱 고개를 들었다.

"엄마는 이뿌나?"

"응?"

"로즈 아줌마보다 이뿌나?"

연석은 연주 엄마를 마지막으로 보았던 수년 전으로 기억을 되돌려 그녀의 얼굴을 되새김질해 본다. 그리고 고개를 저었다. 아이의 환상을 위해서 거짓말을 할 것이냐, 진실을 알게 해야 할 것이냐 잠시 고민하다 결국 후자를 택했다.

"이뿌기는 로즈 아줌마가 더 이뿌다."

"치잇. 거짓말 마라. 엄마가 몬생겼는데 내는 왜 이렇게 예쁘나?"

큭, 연석은 웃음을 터뜨렸다.

"그거야 아빠가 잘생겼으이까 그렇지."

연주도 언제 울먹였냐는 듯 잘도 웃는다.

"맞다, 맞다. 아빠가 잘생겨서 그렇다. 우리 아빠가 젤로 잘생깃다. 전번에 재롱잔치에 왔을 때 보니까 딴 아빠들보다 우리 아빠가 젤로 잘생겼더라. 젤로 젊고."

공주병 걸린 딸에 왕자병 걸린 아빠라, 로즈가 장난스럽게 눈을 흘기며 대기실에 들어섰다. 짙은 메이크업 위로 땀이 흘러 번들거리는 얼굴로, 화려한 무대 의상이 구겨지는 것도 아랑곳

하지 않고 소파에 털썩 몸을 묻듯 앉았다.

"아빠랑 딸내미랑 쿵짝이 잘 맞네. 뭐, 맞는 말이다. 인물 하면 우리 박연석이가 어디 내놔도 안 빠지지. 장동건이 울고 갈 얼굴 아이가."

다분히 과장스런 억양의 로즈의 말에 연석이 고개를 흔들었다.

"니 진짜로 그래 생각하나."

연석의 의심 섞인 눈초리에 직전까지 쉴 틈 없이 노래를 부르느라 목이 아픈 상태임에도 불구하고 로즈가 큰 소리를 탕탕 친다.

"내 말을 못 믿나? 장동건이 지금 내한테 와가, 니 내랑 살래 박연석이랑 살래, 이카믄 내는 고민할 필요도 없이 박연석이라고 말할 수 있다."

그때 대기실 문이 열리며 웨이터 한 명이 연석을 불렀다. 홀에 나와달라는 말이었다. 틈을 놓치지 않고 로즈가 다시 한 번 강조한다.

"진짜라이까!"

연주를 내려놓으며 몸을 일으킨 연석이 코끝을 실룩거렸다.

"장동건이가 미칫나. 니한테 같이 살자고 하그로. 니, 내 홀에 갔다 올 동안 연주 옆에 있지 마라! 알긋나?"

으름장을 놓아봤자 소용없다는 사실을 알고 있었다. 분명 로즈는 연주 옆에서 '엄마라고 불러봐라', '내가 집에 가서 맛있는 밥해주까? 맨날맨날 해줄 수 있다' 따위의 말들을 재잘댈 게 뻔했다.

"홀에 무슨 일 있나?"

대기실을 나서며 연석은 자신을 부르러 온 웨이터에게 물었다.

"그기 아이고, 윤 정형외과 원장님이 오싯습니더."

순간 연석이 걸음을 우뚝 멈추었다.

"윤 원장님? 그 병원 회식이라 카더나."

"야. 일단 룸으로 모싯습니더."

잘했다고 중얼거리며 연석은 다시 천천히 걸음을 옮겼다. 룸이 가까워질수록 왠지 모를 쑥스러움이 밀려들기 시작했다. 그렇다고 정 사장의 절친한 친구인 윤 원장이 왔다는데 가서 인사를 하지 않을 수도 없었다.

똑똑, 노크를 하고 룸의 문을 열자 이제 막 도착한 윤 정형외과의 사람들이 자리를 잡느라 분주한 모습이 보였다. 대부분 낯이 익은 사람들이다. 윤 원장과 동생 윤정혁 선생이 나란히 앉은 방향을 향해 연석이 꾸벅 인사를 해 보인다.

"오싯습니꺼."

"아, 박 실장. 손목은 좀 어떻노."

윤 원장은 꼭 연석을 박 실장이라고 불렀다. 정 사장과 동석한 어느 술자리에서, 나이도 어린 사람에게 감투없이 일을 시키면 아랫사람들 앞에서 위신이 서지 않는다며 장난삼아 붙여준

직급이었다.

"선생님이 봐주싯는데 벌써 나았지요."

고운이 보이지 않자, 안도 반 실망 반으로 연석이 중얼거렸다. 하지만 얼른 정신을 차리고는 말을 이었다.

"뭐 필요하신 것 있으시믄 뭐든지 아아들한테 말씀하십쇼."

다시 한 번 허리를 숙여 꾸벅 인사를 한 연석이 돌아서서 룸을 나왔다.

고운이는 왜 안 왔을까, 혹시, 몸이 더 아픈 건 아닐까. 그래서 전화도 못한 건가. 여러 가지 생각들이 한꺼번에 몰려와 연석의 머릿속을 복잡하게 만들었다. 연주가 있는 대기실로 돌아가기 전 홀을 둘러보려고 룸과 홀 사이의 좁은 복도를 지나던 연석은 고운과 정면으로 부딪히게 되자 온몸이 굳어버렸다.

"연석아."

실오라기 하나 걸치지 못하고 홀딱 벗겨진 알몸이 되는 것처럼, 고운 앞에 서면 머릿속도 가릴 수 있는 것 하나 없이 모조리 그녀에게 들키는 것만 같았다. 화장실에서 나온 듯 손수건으로 손을 닦고 있는 고운을 뚫어져라 바라보며 연석이 입을 열었다.

"왔나."

"응."

"니!"

연석이 벌컥 목소리를 높이는 바람에, 고운이 움찔하며 눈을 크게 떴다. 하지만 고운이 놀라는 모습에 금방 기세가 꺾인다.

"흠, 니 전화, 전화한다 켓다 아이가."

"아."

아, 라니. 연석의 입술이 순간 실룩거렸다.

"나 핸드폰이 고장 났거든. 아직 새 핸드폰을 못 샀어."

고운이 빙긋 웃자, 연석은 그제야 자신이 너무 속내를 드러냈다는 사실을 깨닫고 얼굴이 화륵 달아올랐다.

"혹시 내 전화 기다린 거야?"

"기다리긴 누가 기다려? 그냥, 전화한다 켓는데 안 하길래 야가 혹시 또 어디 아픈가 싶어서 그랬지. 고, 고마 들어가 봐라. 사람들 기다리겠다."

고운에게 길을 비켜주기 위해 연석이 복도 한쪽으로 비켜섰고, 고운이 한 걸음 앞으로 내디뎠을 때였다.

"아빠!"

천진난만한 목소리에 고운과 연석은 동시에 고개를 돌려 연주를 바라보았다. 붙잡고 있던 로즈의 손을 뿌리치고 연주가 연석에게로 달려들었다.

"연주가 화장실 가고 싶다 케가."

얼떨결에 연주를 품에 안아 올린 연석은 로즈의 말을 듣지도 못하고 당황한 표정으로 고운을 돌아보았다. 고운이 연주와 연

석, 로즈, 그리고 다시 연주와 연석을 번갈아 바라보다 혼잣말
처럼 중얼거렸다.
　"아빠?"

. 제 8 장 .

한동안 아무도 입을 열지 않았다. 연석은 입을 살짝 벌린 채 자신을 바라보는 고운의 눈을 피하지 않고 바라보다, 이내 연주를 안은 팔에 힘을 주었다. 연석의 얼굴에는 당혹감이 사라졌지만 대신 체념 비슷한 것이 떠올랐다.

고운은 연석을 꼭 닮은 연주의 얼굴을 멍하니 들여다본다. 연석과 고운의 분위기가 심상치 않음을 본능적으로 느낀 로즈가 얼른 연석의 옆에 달라붙어 고운에게 시위하듯 그의 팔에 팔짱을 꼈다. 고운은 연주에서 그 팔로 시선을 옮겼다.

아, 왜 한 번도 그 생각은 하지 못했을까. 연석에게 누군가 있을 거라고 왜 생각하지 못했을까. 적은 나이도 아닌데, 흐른 시간이 얼만데.

"놔라."

연석이 눈살을 찌푸리며 로즈의 팔을 뿌리치려고 했지만 연주를 안고 있어 쉽지가 않았다.

"아빠, 누고?"

"응? 아, 음……."

어린 연주가 눈치 챌 만큼 연석은 오랫동안 망설였다.

"아빠 친구다."

"친구?"

로즈가 눈을 치켜뜨며 되물었지만 그 눈초리는 금방 가늘어진 채 고운의 머리끝에서 발끝까지 샅샅이 훑고 지나갔다. 하지만 고운이 얼마 전 클럽 앞의 그 여자라는 사실은 눈치 채지 못했다.

"니한테 이런 친구가 어딨노?"

여자의 본능이었을까, 로즈는 예민해진 목소리로 물었다.

"까불래? 다음에 니 타임 아이가. 가서 무대 올라갈 준비나 해라."

여전히 고운은 말문이 막힌 채, 로즈의 날카로운 시선을 받아내고 있었다.

"얼른 가라."

무덤덤하긴 했지만 연석의 목소리에는 단호함이 서려 있었다. 어쩔 수 없이 로즈는 연석의 팔을 풀어주고 홀을 향해 몸을 틀었다. 하지만 통통한 볼을 실룩거리며 하고 싶은 말은 꼭 토해놓고 만다.

"내 올라갔다 와서 보자."

로즈가 사라지자 그제야 연석이 뜻 모를 한숨을 내쉬었다. 고운은 사라진 로즈의 뒷모습에서 시선을 떼어내며 연석을 바라보았다. 연석은 무슨 말을, 그것도 연주까지 있는 상황에 무슨 말부터 꺼내야 할지 몰라 입을 벌렸다가도 이내 다물고 만다.

"그 아이……."

결국 고운이 먼저 입을 열려는 찰나, 룸의 문이 열리며 정혁이 복도로 나와 멀뚱히 선 연석과 고운을 발견했다.

"서 선생님, 뭐 하고 있어요? 지금 찾으러 가려는 중이었잖아요."

"아, 죄송해요."

연석이 고운이 봐주던 환자라 인사라도 하는 모양이라고 생각하는지 정혁은 두 사람의 시선이나 침묵을 깨닫지 못했다. 고운은 다시 한 번 연석과 연석의 딸을 번갈아 바라보았다.

"지금 가요……."

결국 아무런 말도 하지 않는 연석을 두고, 고운을 돌아설 수밖에 없었다. 등 뒤의 연석의 시선이 느끼며 고운은 정혁의 뒤를 따라 천천히 걸음을 옮겼다. 룸 안에는 이미 원무과장이 걸죽한 목소리로 트로트 한 곡을 뽑아내고 있었다.

자리를 잡고 앉은 후에도 고운은 조금 전 연석의 품에 안겨 있던 작은 여자 아이의 눈동자를 지워내지 못했다. 쌍꺼풀이 없으면서도 또렷한 눈매와 선한 빛과 다부진 또렷함을 가진 두 눈이 연석과 빼닮았다.

"서 선생님, 한 잔 받으세요."

김 간호사가 따라주는 맥주를 한 모금 마셔보았지만, 눈앞에 아른거리는 그 아이를 떨쳐 버리지는 못했다.

솔직히, 연석에게 아이가 있을 거라고는 상상도 하지 못했다.

"아빠……."

고운의 중얼거림은 원무과장의 노랫소리에 묻혔다.

아까 그 여자가 아이의 엄마일까. 하지만 화장이 진했을 뿐, 아이에 비해 여자가 많이 어린 것 같던데.

이내 고운은 쓴웃음을 지었다. 아이가 있다고 해서, 여자가 있었다고 해서 새삼 신경 쓸 일이 뭐가 있단 말인가. 위로받고 싶고, 또 위로받았다고는 하지만 그렇다고 연석과 옛날처럼 서로에게 특별한 사람이 되려고 한 것은 아니었다. 굳이 지금의 연석과 자신의 관계를 따지려고 든다면 좋은 추억을 함께 간직한 옛 친구, 그뿐이었다.

고운은 정혁을 바라보았다. 정혁의 따스한 시선이 자신에게 향하고 있었다. 눈이 마주치자 고운은 정혁을 향해 살짝 미소를 지어준 뒤, 고개를 돌린다.

사랑은 더 이상 안 한다고 했다. 이렇게 아프고, 이렇게 슬프고, 이렇게 괴로운 사랑 따위는 평생 하지 않을 거라고 스스로에게 맹세했다. 사랑이 떠나고 난 뒤 남는 것은 얼마간의 그리움과 평생을 안고 갈 죄책감, 그리고 미움밖에 없다. 차라리 감정이 바싹 메마르거나 날카로운 송곳으로 후벼 파도 고통 따위는 느끼지 못하도록 무감각해지는 쪽을 택하지, 사랑 같은 건 다시는 안 할 것이라고 스스로에게 말했다.

그러니, 연석에게 아이가 있든 여자가 있든 그건…… 나와는 상관없는 일이다.

연주가 잠이 들자 연석은 등에 업고 있던 연주를 내려 소파에 눕혔다. 입을 살짝 벌리고 쌕쌕 숨을 쉬는 연주를 한참 동안이나 물끄러미 내려다보았다. 헝클어진 연주의 머리칼을 쓸어 넘기고, 포동포동한 뺨을 손바닥으로 가볍게 문질렀다. 보드라운 살결이 손끝에 애틋하게 와 닿는다.

이곳이 나의 자리다.

연주를 안은 채 고운을 마주하고 선 순간 연석의 머릿속에 스치고 지나간 깨달음이었다. 윤 선생 같은 사람과 어울리는 고운이었고, 자신은 엄마도 없이 혼자 키우는 딸아이의 품에 안은 양아치에 불과했다.

"아빠는……."

연석은 연주의 이마에 가볍게 입술을 가져다 댔다.

"우리 꼬맹이밖에 없다."

담요를 끌어당겨 연주의 목까지 덮어 토닥거린 후, 연석은 홀을 둘러보기 위해 대기실을 빠져나왔다. 이제 막 무대에서 내려오던 로즈가 연석을 발견하고 이마에 흥건한 땀을 훔치면서 빠르게 다가선다.

“내랑 이야기 좀 하자.”

“뭔 말.”

지금까지의 매출과 테이블 수를 확인한 연석은 심드렁하게 대꾸하며, 몸을 주방 쪽으로 돌린다.

“아까 그 가시나 누고!”

“말했다 아이가. 친구다.”

“친구는 무슨! 내 물어보이까 윤 정형외과에 새로 온 서울 사람이라 카던데, 거제도 한 번 못 떠나본 니가 무슨 서울 사람을 친구로 두노!”

연석은 더 이사 대꾸도 없이 과일 안주 만들기에 여념이 없는 주방에 들어갔다. 김씨 아주머니가 두 사람이 들어오는 것을 보았으면서도 말이 없었다. 바쁘기도 바쁘거니와 로즈의 날이 선 목소리에 젊은 사람들의 사랑 싸움이라고 생각했던 것이다.

“왜 말을 안 하노!”

“내가 왜 니한테 구구절절 설명을 해야 하는데?”

“내가 니를 모르나! 아까 그 여자 보던 니 눈빛을 내가 꼭 말로 설명해야겠나!”

연석은 속으로 뜨끔하면서도 태연한 척 김씨 아주머니에게 실한 과일들로만 골라서 담아내라고 지시했다.

“누구 왔나?”

그제야 김씨 아주머니가 입을 열고 물었다.

“윤 원장님네.”

윤 원장이 오면 으레 나가는 서비스 안주임에도 불구하고, 로즈의 눈초리가 더 매서워졌다. 연석은 주방을 돌아 나와 다시 홀로 들어섰다. 로즈가 눈치 채지 못할 정도로 빠르게 룸 쪽을 향해 시선을 한 번 던졌을 뿐 연석은 다시 대기실을 향해 걸음을 옮겼다.

“갑자기 벙어리가 됐나! 말 좀 해보란 말이다!”

주위의 손님들이 쳐다보는 것도 아랑곳하지 않으며 로즈가 카랑카랑 소리치자, 연석이 얼굴을 찌푸리며 그녀의 팔을 낚아챘다. 그리고 질질 끌듯이 데리고 대기실로 향했다. 하지만 대기실 앞 삐걱거리는 낡은 마루의 복도에서 로즈가 연석의 팔을 뿌리쳤다.

“그 여자 누고!”

연석은 순간 주먹을 꽉 쥐었지만 가까스로 참아내고는 입을 연다.

“친구다. 진짜 친구 맞다. 가, 서울 가기 전에는 거제도에서 살았다. 됐나?”

“하나도 안 됐다. 근데 와 그렇게 쳐다보는데? 그 여자는 또 와 그렇게 연주를 보면서 놀라는데?”

“시끄럽다. 참을 때 조용히 해라, 알겠나.”

로즈는 처음 여자를 보았을 때부터 밀려오는 두려움과 경계심이 빚어낸 의심을 묻지 않을 수 없었다.

"혹시."

대기실 문 앞에 서서 문고리를 잡으려던 연석은 등 뒤에서 들려오는 로즈의 목소리에 움찔 놀라 돌아섰다.

"그 여자가 연주 엄마가?"

드디어 폭발한 듯, 연석이 휙 몸을 돌려 성큼성큼 로즈에게로 다가섰다. 그 기세에 놀란 로즈가 몸을 움츠린 순간, 연석의 그녀의 두 팔을 꽉 움켜쥐었다.

"그래, 맞다. 연주 엄마다. 됐나? 알았으면 다시는 니 입에서 그 여자, 그 여자 그 소리 안 나오게 입단속 잘해라. 내 니한테 이래 떠들라고 권한 준 적 없다. 어리다고, 하는 짓 귀엽다고 넘어갈 때 알아서 자제해라. 다시 한 번 주제넘게 떠들면, 내 니다시는 안 본다. 알겠나?"

너무 심했나, 순간 연석은 혀끝을 살짝 깨물었지만 그렇다고 했던 말을 취소할 수도 없는 노릇이다.

한 번은 짚고 넘어갈 문제였다. 자신을 향한 로즈의 감정이 깊고 진심일수록, 기대하지 않게 하기 위해 무관심하게 행동해야 한다는 걸 알고 있었고 또 그래 왔다. 하지만 정말로 냉정해지지 않았던 것도 사실이다.

마음이 더 약해지기 전에 자리를 피하려던 연석에게 웨이터 한 명이 달려왔다.

“행님, 윤 원장님 일행 가신답니더.”

“벌써?”

다시 홀로 나가기 전, 연석은 로즈를 돌아보았다. 그 자리에서 꿈쩍도 하지 않고 서 있는 로즈의 뒷모습이 마음 한구석을 싸하게 만들었지만 연석은 눈을 한 번 질끈 감았다 뜨고는 그대로 홀로 걸음을 옮겼다.

윤 원장이 계산을 하는 동안 병원 사람들은 이미 룸에서 모두 빠져나와 하나둘 입구를 벗어나 계단을 오르고 있었다. 연석은 사람들 틈에서 고운을 찾을 새도 없이 윤 원장에게 달려가 꾸벅 고개를 숙였다.

“벌써 가십니꺼.”

“벌써는 무신. 열두 시가 다 됐구만. 정 사장 거제도에 오믄 술 한 잔 하자 케라.”

“야.”

연석은 윤 원장의 뒤를 따라 계단에 올라서 클럽 밖까지 따라나섰다. 차가운 밤기운을 맞고 선 사람들 틈에서 고운을 찾아낸 것은 그때였다. 고운은 연석을 향해 가볍게 웃어 보인다.

“자, 다들 조심해서 들어가.”

술이 얼큰하게 취한 원무 과장과 윤 원장은 3차를 하겠다며 먼저 자리를 떴고, 나머지 사람들도 인사를 건네고는 뿔뿔이 흩어졌다. 어느새 클럽 앞에는 정혁과 고운, 그리고 두 사람에게서 시선을 돌린 채 주머니를 뒤적거려 담배를 찾는 연석만이 남았다.

"정말 데려다 주지 않아도 되겠어요?"

모른 척하려고 해도, 정혁의 목소리가 귀에 들리는 것은 어쩔 수 없었다. 연석은 라이터로 불을 붙이고 담배를 깊이 한 모금 빨아들였다.

"네. 대리 기사 불렀는데요 뭐. 얼른 가보세요."

"기사 오는 거 보고 갈게요."

고운이 고개를 흔들었다.

"혼자 생각하면서, 술 좀 깨고 싶어서 그래요."

혼자 두고 가는 것이 마음에 걸리는 듯했지만 고운에게 부담을 주지 않으려는 듯, 정혁은 이내 돌아서서 택시를 잡고는 자리를 떠났다. 정혁이 가고 난 후에도 연석은 고개를 돌리지 않았다. 하지만 또각또각, 그다지 예민하지도 않은 그의 청각은 고운이 자신에게 가까이 다가서는 것을 감지해 낸다.

"나한테 뭐…… 할 말 없어?"

장난기가 묻어 있는 고운의 물음에 연석은 담배를 떨어뜨릴 뻔했다. 분명 연주에 대해 묻는 것인데, 그녀는 이렇듯 아무렇지도 않게 묻는다. 정말로 오랜만에 만난 친구가 주먹으로 어깨를 살짝 치면서 웃음기 섞인 목소리로 '언제 애가 생긴 거야?' 하고 묻는 것처럼. 씁쓸함과 안도감을 동시에 느끼며 연석은 입 밖으로 담배 연기를 뿜어냈다.

"없다."

"정말?"

이런 아무렇지도 않은 고운의 목소리는, 그녀의 야윈 얼굴에 심장이 덜컥 내려앉았던 자신을 놀리는 것만 같아서 괜스레 화가 치밀어 올랐다.

"없다."

그 말은, 내가 본 대로 생각해도 된다는 거겠지. 고운은 애써 더 크게 웃어 보였다. 그리고 주머니에서 자동차 열쇠를 꺼내어 흔들었다. 연석이 자동차 열쇠와 고운을 번갈아 바라보았다.

"기사 안 불렀나?"

"네가 있잖아."

담배를 입에 물고서 고운을 뚫어져라 응시하던 연석이 이내 주머니에서 휴대전화기를 꺼내어 들고 어디론가 전화를 걸었다.

"내다. 잠깐 나갔다 올 테니까 뭔 일 있으면 전화해라."

전화를 끊는 동시에 담배를 바닥에 떨어뜨려 비벼 끈다. 그리고 고운의 손에서 달랑거리는 자동차 열쇠를 받아 들었다. 고운의 차는 매립지 주차장에 반듯하게 서 있었다.

붉은색 소형차의 운전석에 올라타며 연석은 차 안 가득한 고운의 향기에 잠시 손끝이 떨린다. 하지만 이내 시동을 걸고, 고운의 안전벨트를 확인한 뒤, 차를 출발시켰다.

"예쁘더라."

고운은 자동차가 달리는 도로 옆으로 쭉 펼쳐진 바다를 응시하며 손가락으로 차창에 원을 그렸다.

"누구?"

"그 사람."

로즈. 연석은 한 손으로 운전대를 붙잡고 나머지 한 손으로는 다시 담배를 찾았다. 하지만 차 안에서 담배를 피우면 고운에게 좋지 않을 것 같아 이내 포기하고 말았다.

"너 많이 좋아하는 것 같더라."

연석은 뭐라고 말을 해야 할지 몰랐고, 고운은 연석이 뭐든 말을 해주길 기다렸다. 하지만 곧 두 사람에게 찾아드는 건 침묵밖에 없다.

연석은 능숙하게 운전을 했고, 차는 빠르고 매끄럽게 달렸다.

"너 많이 좋아하는 것 같더라."

학교 옥상, 거대한 노란색 물탱크 위에 누워 하늘을 올려다보던 연석은 고운의 말에 고개를 돌렸다. 고운은 귀에 이어폰을 꽂은 채, 바다를 내려다보고 있었다. 하늘에 구름 한 점 없는 날이면 바다가 하늘인지, 하늘이 바다인지 모를 만큼 경계선이 모호해지곤 했다. 손가락을 뻗어 살짝 닿으면, 푸른 빛이 묻어나올 것만 같다.

"뭐라고?"

하지만 조금 전 고운은 아무 말도 하지 않았다는 듯 입을 다물어 버린다. 그리고 볼륨을 어찌나 높였던지 이어폰과 귀 사이에서 새어나오는 음악 소리가 연석에게 들릴 만큼 컸다. 연석은 벌떡 몸을 일으켜 고운의 귀에서 이어폰을 빼버렸다.

"방금 뭐라고 했나?"

"아니."

"했잖아."

무슨 말인지 모르겠다는 듯 고운이 어깨를 으쓱거린다. 의심스런 눈길로 고운을 뚫어지게 바라보던 연석이 빙그레 웃었다.

"아까 초콜릿 갖다 준 가 때문에 그러나."

2월 14일 밸런타인데이. 연석에게 직접 녹여 만든 초콜릿을 선물한 후배 여학생을 고운이 복도를 지나다 우연찮게 본 것이다. 쑥스럽기도 하고, 아이들 시선도 부담스러워 학교에서는 서로 모른 체하며 지내는 고운과 연석이기에 어쩔 수 없이 별다른 말 없이 그대로 지나치기는 했지만 사실 연석도 고운이 보았다는 사실에 신경이 쓰여 초콜릿을 받지 않았다.

"아니라니까."

"그래. 가가 내를 좀 좋아하는 것 같긴 하드라."

"뭐?"

연석이 웃음을 터뜨렸다. 엉망으로 구겨지고 단추를 단정히 채우지는 않았지만 햇살을 받아 눈부시게 새하얀 교복 셔츠가 연석의 웃음에 따라 흔들린다.

"농담이다. 근데."

연석이 고개를 쭉 빼고 고운의 손, 등 뒤를 찾아보았다.

"와 니는 빈손이고. 뭐 없나?"

"내가 니한테 왜 주노. 니가 내한테 뭐라도 되나?"

연석이 어이가 없다는 듯 입을 딱 벌린다.

"헛, 이 가시나 봐라. 이제 와서 생깔라 카네."

정말로 고운이 아무것도 주지 않자 연석이 투덜거리며 사다리로 걸어가 물탱크를 내려가기 시작했다.

"나쁜 가시나. 품에 안겨 펑펑 울 때는 언제고, 그게 뭐지. 뭐가 별거가?"

따악, 뒤통수를 강타하는 충격에 연석의 몸이 흔들렸다. 사다리를 꽉 붙들지 않았다면 발을 헛디딜 뻔했다. 십 년 감수한 얼굴로 고운을 돌아본 순간 다시 한 번 날아드는 조그마한 막대사탕이 눈에 들어온다. 이번에는 사다리를 한 손으로만 붙잡고 다른 손으로 사탕을 거뜬히 받아냈다. 표정을 읽기도 전에 고운이 다시 고개를 돌리고 조금 전 연석이 누웠던 바로 그 자리에 다리를 뻗고 누워버렸다.

막대 사탕을 손에 쥐고 사다리를 내려온 연석은 물탱크 위에서 펄럭거리는 고운의 교복 끝을 바라보았다.

"가시나……."

포장을 뜯어 입에 문 연석은 옥상을 가로질러 걸음을 옮겼다. 그날은 하늘이 바다인지, 바다가 하늘인지 모를 만큼 구름 한 점 없이 맑은 날이었다. 그리고 사탕은 달았다.

사탕의 단맛이 실제인 것처럼 입 안에 침이 고였다. 연석은 차를 세우고, 고운을 따라 내렸다. 두 사람은 모래사장 위를 말 없이 걸어 펜션 앞에 도착했다. 연석이 자동차 열쇠를 내밀었지만 고운이 고개를 저었다.

"그냥 타고 가. 택시 잡기 힘들잖아."

"됐다."

"타고 가라니까."

"아침에 출근할 때 타라. 여는 아침에도 교통 불편한 데다. 들어가라."

억지로 고운의 손에 열쇠를 쥐어준 연석은 돌아섰다. 어둠 속으로 사라지는 연석의 뒷모습을 바라보며 한참을 펜션 앞에 서 있던 고운은 코트 주머니를 뒤져 알사탕 하나를 꺼내 들었다. 포장을 벗겨내고 입 안에 넣고 굴리는 순간 단맛이 전신으로 퍼지는 기분이다. 고운은 이제 거의 보이지 않는 연석을 바라보며 혼잣말을 중얼거렸다.

"예쁘더라……. 너 많이 좋아하는 것 같았어."

마지막 환자를 보내고 기계들을 오프로 돌렸다. 주말 동안 쓸쓸히 남을 침대들을 정리하고 퇴근하기 전에 커피를 마실 생각으로 몸을 돌렸을 때였다. 물리치료실 문이 열리며 김 간호사가 곤혹스러운 표정으로 얼굴을 내밀었다.

"서 선생님."

"응?"

"잠깐 좀…… 나와보세요."

무슨 일이지, 고개를 갸웃거리며 로비로 나간 고운은 대기실 의자에 걸터앉아 있는 연주를 발견하고 걸음을 멈추었다. 샛노란 유치원복에 점퍼를 걸친 연주가 고운이 나오자 의자에서 벌떡 몸을 일으켰다.

"넌……."

차마 연석의 딸이라는 말이 나오지 않는다. 고운이 아무 말도 못하고 있는 동안, 연주가 뚫어지게 그녀를 바라보다 이내 맑은 눈망울에서 뚝뚝 눈물을 떨어뜨렸다. 울음이 점점 심해지는 듯 통통한 두 뺨이 가볍게 경련을 일으켰다. 김 간호사와 고운은 동시에 당황하여 서로의 눈을 마주 보았다. 차마 연주에게 다가서지 못하는 고운 대신 김 간호사가 연주를 달래려고 다가섰다.

"꼬마야, 어디 아픈 거야? 그래서 병원에 온 거야? 그럼 물리치료사 선생님 말고 의사 선생님을 찾았어야지. 울지 마. 의사 선생님이 안 아프게 해주실 거야. 그러니까 그만 뚝!"

하지만 연주의 조그마한 입술에서는 쉴 새 없이 울음소리만 터져 나온다. 고운은 자신을 바라보며 작은 몸이 부서져라 우는 연주의 모습에 자신도 모르게 손을 뻗었다. 아이를 품 안으로 끌어안자 작은 등이, 어깨가, 팔이 연주에게로 파고들었다.

"울지 마……."

고운은 연주를 품에 안은 채, 물리치료실로 향했다. 그러다 생각난 듯 고개를 돌려 김 간호사에게 입을 열었다.

"연석이, 아니, 박연석 씨한테 전화 좀 해줄래?"

"네."

연석의 전화번호를 찾기 위해 황급히 차트를 찾는 김 간호사를 뒤로하고, 고운은 연주를 안아 물리치료실로 데려왔다. 정리해두었던 침대의 시트를 걷어내고 연주를 앉히려고 했지만 연주가 자신에게서 떨어지지 않자 하는 수없이 연주를 안은 채로 고운이 침대에 앉았다.

정말 어디가 아픈 건 아닐까 싶어 연주의 이마에 손을 짚어보지만, 열은 없었다.

이 아이가 어떻게 여기를 찾아왔을까. 왜 나를 찾아왔을까. 연석이의 아이가 왜 여기까지 나를 찾아왔을까.

"이제 다 울었어?"

한참 동안 눈물을 뿌린 연주의 울음이 잦아드는 것을 느끼며 고운이 중얼거렸다. 여전히 품에 안겨 있던 연주가 고개를 들고 고운의 얼굴을 빤히 들여다본다. 연주의 자그마한 손이 불쑥 올라오더니, 고운의 뺨을 가볍게 스치고 지나갔다. 불에 덴 듯 고운은 흠칫 놀랐지만 연주의 손을 피하지는 않았다.

"와…… 전화도 안 했노."

"뭐?"

"와, 한 번도 안 찾아왔노."

연주가 무슨 말을 하는지 몰라 고운은 말문이 막혀 버렸다.

연주가 다시 입을 열려는 찰나, 문이 벌컥 열리며 연석이 뛰어 들어 왔다. 급하게 달려왔는지 연석의 이마에 땀방울이 맺혀 있었다. 연주와 연주를 안고 있는 고운을 번갈아 바라보던 연석의 표정이 일그러졌다. 이내 무섭도록 딱딱하게 굳은 얼굴로 다가와 연주의 팔을 붙들었다.

"꼬맹이 니가 와 여기 와 있노!"

"내 여 있을 끼다. 엄마 옆에 있을 끼다! 놔라. 내 엄마랑 있을 끼다!"

연주가 바락바락 소리를 지르며 고운에게서 떨어지지 않기 위해 바동거렸다. 고운과 연석은 동시에 눈을 크게 뜨며 중얼거렸다.

"엄마?"

"내 다 들었다. 아빠가 로즈 아줌마한테 하는 소리 다 들었단 말이다! 우리 엄마라꼬 하는 소리 다 들었단 말이다! 아빠가 우리 엄마라고 했다 아이가!"

무슨 말이냐는 듯 묻는 듯한 고운의 시선에 연석은 입술을 질끈 깨물었다. 그리고 억지로 연주를 고운에게서 떼어놓았다. 몸 부림치는 연주의 두 팔을 단단히 붙들고, 연주를 일으켜 세웠다.

"아빠 말 잘 들어라. 아이다. 이 사람 느 엄마 아이다."

"거짓말 하지 마라! 아빠가 엄마라고 하는 거 내 똑똑히 들었다."

“그기 거짓말이다.”

“아이다! 거짓말이다! 아빠가 거짓말이다! 우리 엄마다! 우리 엄마라 켓다 아이가! 엄마다! 엄마다!”

연석의 팔을 뿌리친 연주가 치료실 바닥에 드러누워 몸부림치며 울기 시작했다. 그립지 않은 척, 무심한 척했어도 여덟 살 꼬마에게 엄마란 존재가 얼마나 사무쳤으면 이럴까 싶어 연석은 억장이 무너진다. 주먹을 꽉 움켜쥐고 쓰린 가슴을 누른다.

“우리 엄마다! 우리 엄마다! 우리 엄마라 켓다! 아빠가 그랬자나!”

악을 쓰며 우는 연주를 고운과 연석은 그저 바라볼 수밖에 없었다.

∙ 제 9 장 ∙

조그마한 몸에서 기운이 모두 빠져나가 축 늘어진 채, 연주는 잠이 들었다. 침대에 웅크리듯 누워 잠든 연주를 내려다보던 연석은 입을 꾹 다문 채 고운의 시선을 피해 버린다. 연주의 숨소리만이 치료실 안의 침묵을 흔들어놓았다.

"연석아."

"미안하다."

연석은 고운의 다음 말을 기다리지 않고 미안하다는 말만 내뱉고 침대에서 연주를 일으켜 안았다. 무거운 표정으로 치료실을 나서는 연석을 고운은 붙잡을 수 없었다. 해가 지는 차창 너머로 어둠이 밀려오고 있었다.

"와 전화도 안 했노. 와 한 번도 안 찾아왔노."

그렇게 연석을 빼닮은, 어디서 어떻게 달라진 모습으로 만나
도 그 눈빛 하나면 알아볼 수 있을 만큼 연석과 닮은 눈빛으로
말하던 연주. 순간 마치 연석이 자신에게 원망하듯 묻는 듯한
착각도 들었었다.
"엄마라니⋯⋯."
어째서 연석이 그런 말을 했던 것일까.
"왜."
고운은 가운을 벗어 캐비닛 안에 처박듯 내던지고 가방을 움
켜쥔 채 물리치료실을 뛰어나왔다. 차트 정리를 하고 있던 김
간호사가 다급한 듯한 고운의 발걸음에 눈을 동그랗게 뜨고 그
녀를 바라보았다.
"서 선생님!"
"미안. 나 먼저 퇴근할게!"
계단을 달려 내려가자 연주를 안은 채로 병원 건물 앞 신호등
아래에 서서 신호가 바뀌길 기다리고 있는 연석의 뒷모습이 눈
에 들어왔다. 고운은 숨을 몰아쉬며 연석에게 달려가 그의 팔을
붙들었다.
"연석아."
연석이 움찔하는 것이 손끝을 통해서 느껴졌다.

"내 차로 가자."

"괜찮다."

"업고 가려면 힘들잖아. 만날 나만 신세지는데, 이럴 때라도
갚아야지."

더 이상 연석의 말을 듣지 않고 고운은 돌아섰다. 난감한 표
정을 짓고 있던 연석은 어쩔 수 없이 고운의 뒤를 따라 걸음을
옮겼다. 병원 뒤 주차장에서 차를 몰고 나온 고운이 입구에서
기다리고 있던 연석 앞에 차를 세운다. 떼어놓으면 깰까 싶어
연석은 연주를 안은 채로 뒷좌석에 앉았다.

"아이가 많이 흥분하고 지친 것 같은데, 클럽으로 데려가는
건 좀 그렇지 않아? 집으로 가. 집으로 데려다 줄게. 집은 어디
야?"

연석이 집 근처의 건물 이름을 대자, 고운은 어렴풋한 기억을
되새겨 차를 몰았다. 자신이 살던 때에도 낡았었고, 지금도 낡
은 집들이 옹기종기 모인 골목에 도착하자 그제야 고운은 그곳
이 클럽에서 그다지 멀지 않은 곳에 위치했음을 깨달았다.

"여기 사는구나……."

시동을 끄며 고운이 중얼거렸다.

"고맙다. 가봐라."

연주 때문에 조심스럽게 차에서 내리던 연석이 따라 내리는
고운에게 덧붙여 말했다.

"운전 조심하고."

"연석아."

이층짜리 연립주택, 군데군데 칠이 벗겨진 파란색 대문 앞으로 발걸음을 돌리던 연석은 고운이 부르는 소리에 걸음을 멈추었다.

"나, 묻고 싶은 게 있는데……."

묻지 않으려고 했었다. 자신이 은환에 대해 말할 수 없는 것처럼, 연석에게도 그러한 일 하나쯤은 있을 거라고, 묻고 싶어도 참으려고 했다. 하지만 결국 입을 떼고 말았고, 대답은 연석에게 달려 있었다. 그가 노, 라고 한다면 그때는 정말로 더 이상 묻지 않을 것이다.

한참 동안 제자리에 서서 움직이지 않던 연석이 손으로 대문을 열자 녹이 슨 쇳소리가 귀청을 때린다. 말해줄 수 없는가 보다, 고운이 허탈함을 느끼며 돌아서려던 찰나 연석이 고개를 돌려 입을 열었다.

"올라가자."

매립지 근처인데다 주위에 높은 건물이 없어 이층으로 향하는 가파른 계단을 오르자마자 바다가 눈에 들어왔다. 조선소에 정박된 거대한 유조선 뒤로 거의 진 해가 마지막 진저리를 치고 있었다. 바다 위에 어둠이 절반쯤 내려앉았다.

연석은 주머니에서 열쇠를 꺼내어 문을 열고 안으로 들어섰다. 고운은 바다에서 시선을 떼고 연석을 따라 집 안으로 들어갔다. 거실의 마룻바닥은 올라서자마자 삐걱 소리를 낸다. 넓지는 않지만 텔레비전과 동그란 작은 테이블만 자리를 차지하고 있어 답답하지는 않았다. 단출한 부엌은 거실과 연결되어 있었고 연석의 큰 키가 불편할 만큼 낮은 방문이 세 개 있었다. 그중 한 곳으로 연석이 연주를 데리고 쑥 들어가 버렸다. 한 곳이 화장실, 그리고 나머지 한 곳이 연석이 방이라 짐작하며 고운은 테이블 앞에 앉았다.

연석은 오랫동안 방에서 나오지 않았다. 이불을 펴고 누인 연주의 얼굴과 머리를 하염없이 쓸어내리는 모습이 열린 문틈 사이로 보인다.

연석이 마음 아파하고 있다. 연주를 내려다보는 눈빛에서, 굳게 다문 입술에서 그의 쓰린 고통이 고스란히 배어나왔다. 긴 한숨을 토해낸 뒤에야 연석은 연주의 방에서 나와 조용히 문을 닫는다.

연석은 고운과 약간 떨어진 채 벽에 등을 기대고 앉았다. 뒤적뒤적, 담배를 찾아 입에 물고 라이터로 불을 붙이고 깊이 빨아들이고 연기를 토해내고, 그 후로도 또 한참의 시간이 걸렸다.

"미안하다."

연석이 두 번째 담배를 꺼내 물며 처음으로 꺼낸 말이다.

"대기실에서 놀고 있는 줄 알았는데 갑자기 병원에서 전화가 와가 내도 놀랬는데, 니도 마이 놀랬겠네."

"그게 무슨 말이야? 내가 저 아이……."

고운은 잠시 말을 멈추었다. 시간이 잠시 지난 후에야 연석은 그녀의 시선을 깨닫고 대답해 준다.

"연주."

"연주……. 내가 연주 엄마라는 거, 무슨 말이야?"

"그것도 미안하다. 가게에, 연주한테 쓸데없는 소리 많이 하는 가시나가 하나 있는데. 가한테 으름장 놓으면서 한 거짓말인데 그걸 꼬맹이가 들었나 보다."

연석의 곁에 서서 노려보던 그 어린 아가씨, 고운은 로즈를 떠올려 냈다. 그리고 연주한테 쓸데없는 소리를 한다는 이유 말고도 연석이 그녀를 떼어놓으려고 그런 거짓말을 했다는 사실을 어렵지 않게 눈치 챘다.

"순간적으로 화가 나가 생각없이 터진 기라. 이래 니한테 피해 끼치게 될 줄 몰랐다. 미안하다."

정작 묻고 싶은 것이 혀끝에서 끊임없이 맴돌고 있는데 고운은 다른 걸 묻는다.

"몇 살이야?"

"여덟 살. 삼월에 학교 들어간다."

여덟 살. 고운이 떠나고 난 직후거나 최소한 육 개월 안에 다른 사람을 만났다는 의미다. 고운은 목 안쪽이 따끔해지는 것을 느꼈다. 은환이 있는 병원으로 실습을 나가기 전까지 자신이 안고 살았던 그리움과 죄책감이 무색해지는 것 같다.

떠나 버린 건 너였잖아, 서고운. 곧장 다른 사람 만났다면 다행인 일이지. 너도 최은환을 만난 뒤로 연석을 까맣게 잊고 살 았잖아. 그랬잖아.

"연주 엄마, 누구니?"

그렇게나 망설여지던 그 질문이 느닷없이, 자신도 모르게 입 밖으로 튀어나오자 놀란 사람은 고운이었다. 연석은 입에 담배를 문 채로 고운을 뚫어져라 바라보았다. 타 들어가는 담뱃재가 마루 위에 툭 떨어질 때쯤, 그리고 고운이 대답 듣기를 반쯤 포기했을 때쯤에서야 언석이 몸을 일으켰다.

"나가자."

혹시라도 연주가 또 들을까 싶어서라는 것을, 조심스럽게 방문을 흘낏거리는 연석의 행동으로 눈치 채고 고운도 따라 몸을 일으켰다. 현관문을 열고 나서자 완전히 내려앉은 어둠이 두 사람을 맞는다. 난간에 기대어 선 연석은 담배를 떨어뜨려 껐다. 그의 발 아래에는 언제 피웠는지 모를 담배꽁초들이 너저분하게 버려져 있었다.

"내가 아는…… 사람이니?"

피식, 연석이 뜻 모를 웃음을 터뜨린다.

"내가 몇 번 말한 적 있을 테니까 아는 사람이라 하믄, 아는 사람이제."

"뭐?"

물론 연주의 출생이나 엄마에 대해 아는 사람이 아예 없지는 않았다. 하지만 그 사람들과 만나는 것을 꺼리면서까지 사실에 대해 알려지는 것을 막고 싶었다. 아니, 두려워했다. 언젠가는 연주가 알게 되겠지만 그전까지는 자신의 딸아이에게 상처없이 사랑만 쏟고 싶었다. 그러기 위해서는 연주는 자신의 온전한 딸, 연석은 연주의 온전한 아빠로 살아야 한다고 다짐했다.

하지만 고운에게는 털어놓고 싶었다.

"니가 거제도 떠나고 바로 얼마 후에, 엄마가."

잠시 말을 멈춘 연석이 가만히 눈을 감았다.

"돌아가셨다."

새 살림을 차렸다는 그 집을 찾아냈을 때, 연석의 손에는 끝이 구부러진 쇠 파이프가 들려 있었다. 상을 모두 치를 때까지 단 한 번도 얼굴을 보이지 않았던 아버지를 발견한 순간 연석은 눈동자가 뒤집히는 것 같았다. 한달음에 대문을 박차고 들어간 연석의 모습에 마당의 평상에 앉아 사이좋게 과일을 나누어 먹던 그의 부친과 여자가 벌떡 몸을 일으킨다.

"지금 그게……."

앙다문 잇새 사이로 터진 연석의 목소리는 부들부들 떨렸다.

"목구멍으로 넘어가나!"

파이프가 허공을 가로지르자 휙, 바람 소리가 귓전을 때린다. 파이프 끝에 걸린 장독대 하나가 요란한 파열음을 내며 부서졌다. 생선 젓갈을 담가둔 것인지 비린내가 훅 코끝을 때리고 지나간다.

"당신이, 사람이가!"

피를 토하는 고통이 이보다 더할까. 터져 나오는 울음을 삼키느라 목이 타 들어가는 것 같았다. 그 슬픔은 분노와 뒤섞여 연석을 더욱 날뛰게 만들었다. 연석이 파이프를 휘두를 때마다 요란한 파열음과 둔탁한 소리가 뒤따랐다. 좁은 마당은 흡사 전쟁터 같다.

"니가, 니가! 인간이가!"

아버지라는 사람은 눈에 보이는 모든 것을 부수며 날뛰는 연석을 말릴 생각조차 하지 못하고 여자의 어깨를 감싸 안고 주저앉아 있었다.

한 번만 왔어도, 병원에 있을 때 한 번만 얼굴을 들이밀었어도! 이러지는 않았을 것이다. 장례를 치르는 동안 전화라도 한 통화 해주었다면! 이러지는 않았을 것이다. 쓸쓸하게 죽어간 어머니와 쓸쓸하게 그 죽음을 지켜보아야 했던 소년의 가슴은 찢기고 헤어져 너덜해져 버렸다.

연석의 싸늘한 시선이 여자에게로 향하자, 아버지는 얼굴이 하얗게 변한 채 아들의 다리에 매달렸다.

"내를 죽이라. 내는 죽이도 되는데, 석아. 지발, 지발 이 사람은 건드리지 말그라. 이 사람 지금 홑몸 아이다!"

이제껏 아버지는 연석에게 비겁하게 도망치는 모습밖에 보여주지 않았었다. 그랬던 그가 도망치지 않고, 여자를 보호하려고 애를 쓰고 있었다. 연석은 아직은 평범한 여자의 복부를 바라보며 터져 피가 솟을 만큼 입술을 깨물었다.

"그랬나? 이십 년을 함께 살았던 부인은 하루하루 죽을 고비를 넘기고 있는데, 아들은 밤새도록 일을 하며 병원비를 벌고 있는데…… 당신은 여서 저 여자랑 아까지 만들면서 잘살고 있었나. 엄마가 죽을 고비 넘기다 못 넘기고 숨이 끊어지고 있는 동안, 아들 혼자서 그거 보고 있는 동안 이래 서로 먹여주고 입혀주면서 살았더나."

"석아!"

처음 집을 나가던 아버지가 그랬었다. 인생에 단 하나밖에 없다는 운명의 사랑을 만났다고. 그게 운명이면 처음부터 왜 불쌍한 어머니를 만났으며, 왜 자신을 낳았단 말인가. 왜 아무 죄 없는 우리 두 사람을 이렇게나 비참하게 만들었단 말인가.

"운명의 사랑? 지랄한다. 그래. 좋다, 운명. 근데 말이다. 그렇게 사랑한다고 해도, 조금만 참으면 안 됐나. 누구나 다 그렇게 사는 거 아이가!"

더 이상 참지 못하고 연석은 울부짖었다.

"내도 당신이 퍼질러 놓은 아들 아이가. 내도! 당신 아들이었다. 그라믄, 최소한…… 내 가슴에 한 남기는 짓은 안 해야 되는 거 아이가!"

잔뜩 쉬어버린 연석의 목에서는 이제 울음 대신 낮은 신음 소리가 터져 나왔다. 기운이 쭉 빠져 더 이상 파이프를 휘두를 힘도 남아 있지 않았다. 파이프를 바닥에 떨어뜨리자, 조금 전 살

기등등했던 기세는 자취를 감추고 데구루루 힘없이 굴러간다.

연석은 여전히 무릎을 꿇은 자신의 아버지와, 아이를 가진 아버지의 여자를 바라보았다.

"당신은 인자부터 내 아버지가 아이다."

바람이 부는지, 매립지에 즐비한 네온사인이 비쳐 붉어진 바다가 요동쳤다. 고운은 바람보다 더 추운 느낌을 주는 싸늘한 연석의 얼굴에 몸을 떨어야 했다.

고운의 안색도 좋지 않았다. 자신이 떠나고 난 뒤 그가 겪어야 했던 고통들이 고스란히 전해져 온다. 자신이 힘들 때 온 힘을 다해 다독여 주었던 그에게 고운은 뒷모습을 마지막으로 보여주지 않았던가. 고운은 머리를 흔들어 애써 죄책감을 털어낸다.

"그럼 연주는……."

그렇게 미워하던 아버지와 그 여자의 아이를 어떻게 해서 연석이 키우게 되었는지 모를 일이다.

"한 일 년쯤 됐나……. 아니, 일 년하고도 반년쯤 더 지났을 때인 갑다. 그 사람들이 죽었다꼬 전화가 왔드라."

"뭐?"

"집에 불이 났다 카더라. 방화였제. 그 여자 전남편이 질렀고 그 불에 같이 죽었단다. 아버지란 사람은 아기만 구해놓고 못 나온 그 여자 구하러 다시 들어갔고, 그래 들어가서 못 나왔제."

어머니가 죽었을 때는 얼굴 한 번 안 내밀던 위인이 그 여자하고는 같이 죽었다, 연석은 입 안으로 중얼거렸다.

"그래서 네가 키우게 된 거구나."

"버릴라 했다."

고운은 눈을 크게 뜨고 연석을 바라보았다.

"엄마가, 내가! 피눈물 흘리고 있을 때 자기들끼리 사랑입네 하고 낳은 거 아이가. 근데 내가 와 그 아를 키워야 하노. 그래서 버릴라 했다. 그래 마음먹고 있는데, 옆에서 아가 빽빽 울어 대는 거 아이가. 배가 고파서 우는데 울지 말라고 말을 해도 아가 뭔 말을 알아듣겠노. 아는 죽을 것같이 울제, 어떻게 해야 할지 몰라서 옆집 할매한테라도 데려갈라고 안았는데."

연석은 잠시 말을 멈추었다.

"그 조막만한 얼굴이, 웃드라. 그렇게 까무러칠 것처럼 울던 아가, 내 팔 안에 안겨가 방긋방긋 웃는 기라. 이렇게 조그만게, 배가 고파서 우는 게 아니라 사람 손길이 그리워서 울었나 싶어서…… 아는 웃는데 내가 눈물이 나드라."

"연석아."

"그 아 얼굴에……."

그제야 연석이 고개를 돌려 고운과 눈을 마주했다. 실핏줄이 솟아오른 연석의 눈동자가 새빨갛게 충혈되었다.

"아버지가 있고, 내가 있드라."

고운은 연석을 안아주고 싶었다. 하지만 그녀에게는 염치없는 짓이다. 그것은 오래전에 해주었어야 할 위로였다. 고운은 자신 대신 바다로부터 불어오는 바람이 그를 위로해 주길 바라며 곁에 서 있을 수밖에 없었다.

한참 시간이 흐른 후, 연석이 난간에 기대고 있던 몸을 일으켰다.

"이제 됐다……. 늦었는데 가봐라."

"나."

고운은 잠시 망설이다 입을 열었다.

"연주 얼굴 한번 보고 갈게."

연석의 대답을 듣지도 않고 고운이 먼저 집 안으로 들어왔다. 연주는 아직 깨지 않은 듯 집 안은 조용했다. 연주가 잠이 든 방에 들어서자 아이의 뒤척임이 느껴졌다. 바닥에 무릎을 꿇고 앉은 고운은 연석이 그랬던 것처럼 연주의 뺨을 가볍게 쓸어주었다.

아무것도 모르는 아이. 아빠가 사실은 오빠라는 것도 모르고 있으며, 진짜 엄마와 아빠는 이미 오래전에 죽었다는 사실도 모르고, 또 그 진짜 엄마 아빠가 죽게 된 사연이 그들의 어긋난 사랑이라는 사실도 모른다. 언젠가는 모든 사실을 알게 될 것이며, 연석이 아빠가 아니라는 사실과 자신이 어긋난 사랑으로 인해 태어난 사람이라는 사실에 감당 못할 큰 충격을 받게 될지 모른다. 아무것도 모르는 아이에 대한 안쓰러움이 밀려와 고운은 가슴이 아파왔다.

　고운 자신이 그 충격과 고통을 알고 있기 때문이다. 어릴 때
는 마냥 예쁜 엄마가 좋기만 했었다. 하지만 불과 열두 살 때,
사람들의 손가락질과 귓속삭임들로 엄마는 술집 여자이며 술만
따르는 것이 아니라 몸까지 판다는 말의 의미가 무엇인지 알았
다. 고운은 그것을 혼자 감당했으며, 그로 인한 상처로 연석을
만나기 전까지는 그 누구에게도 마음을 열지 않았던 기억이 뼈
아프게 남아 있었다.

　"어떡하니……."

　몸을 뒤척이던 연주가 눈을 뜨자, 고운은 흠칫 놀라 얼굴을
쓰다듬던 손을 떼어냈다. 고운의 얼굴에 연주의 눈에 금방 그렁
그렁 눈물이 맺혔다. 연석이 울고 있는 것만 같은 착각에 고운
의 마음은 더 아파온다.

　"진짜로……."

　울음과 같이 터진 목소리였다.

　"진짜로 우리 엄마 아이가……. 진짜로, 우리 엄마…… 우리
엄마 아이가……. 우리 엄마 아이가."

　아이는 고운의 무릎에 얼굴을 묻고 운다. 눈물의 따스함이 고
운의 몸 전체로 퍼져 나가기 시작했다. 작은 두 손이 고운의 다
리를 붙들고 있었다. 놓치고 싶지 않다는 듯, 떠나지 못하게 하
려는 듯 안간힘을 다해 붙들고 있었다.

　고운의 입술이 파르르 떨렸다.

　그때, 함께 죽었어야 한다고 생각했었다. 은환과 함께 죽었어

야 한다고, 차라리 그게 낫다고 생각했었다. 하지만 사실 그건, 사람들의 날카로운 시선을 의식하고 만들어낸 죄책감에 불과했다. 살고 싶다. 정말로, 살고 싶지만 이 세상 누구도 그녀 혼자 살아난 것을 기뻐해 주지 않는다고 생각해서 만들어낸 의지일 뿐이었다.

그런데 아이가 그녀를 붙들고 있었다. 누군가에게 이렇게 절대적이고 감사한 존재가 된다는 기쁨이 이런 것이었다. 연석이 알게 해주었고, 은환이 채워주었지만 결국에는 상처로 지워졌던 그 기쁨의 기억이 연석의 아이로 인해 되살아나고 있었다.

"진짜 우리 엄마 아이가…… 우리 엄마 아이가……."

고운은 연주의 두 뺨을 감싸 쥐고 자신을 바라보게 했다. 고운의 눈에서도 눈물이 흐르고 떨어져, 연주의 눈물과 뒤섞였다.

"맞아……. 맞아, 연주야. 맞아……. 맞아."

• 제10장 •

가슴 부근이 간지럽다. 작은 손가락들이 꼼지락거리며 열심히 고운의 몸을 더듬고 있었다. 눈을 뜨자 창을 통해 쏟아져 내리는 햇살이 가장 먼저 그녀를 반긴다. 눈두덩이 부근이 무겁다. 볼썽사납게 퉁퉁 부어올랐을 게 분명했다.

"큭."

장난스런 웃음소리에 고운은 고개를 숙여 품 안에 안긴 채 자신을 바라보고 있는 연주를 마주 보았다.

"잘 잤어?"

그렇게 아이를 안고, 쓰다듬으며 울다, 자신도 모르게 잠이 들었던 모양이다. 따듯한 아이의 체온을 느끼며 단 한 번도 중

간에 깨는 일 없이 아침이 되어서 눈을 뜬 것이다. 꽉 끌어안은
아이가 계속 키득거린다.

"얼굴에 뭐 묻었어? 왜 자꾸 웃는 거야?"

"그기 아이라…… 그냥 좋아서."

아이의 웃음소리는 사탕보다 달고, 커피보다 향기롭고, 바다
보다 깊고 맑았다. 연주를 따라 웃던 고운은 자신의 어깨에서
흘러내리는 이불 자락을 깨닫는다. 잠들 때까지 보지 못했던 것
이니, 잠든 후에 연석이 덮어주고 간 것이다.

"엄마."

고운은 한참 동안 연주를 내려다 본 뒤, 천천히 입을 열어 대
답했다.

"응?"

"엄마."

"응?"

"엄마."

그때야 고운은 연주가 할 말이 있어 자신을 부르고 있는 것이
아니라는 걸 깨닫고 빙그레 미소를 지었다. 마냥 좋은지 연주는
고운의 품 안에서 떨어질 줄을 모른다. 그렇게 나란히 붙어 누
워 있던 고운과 연주는 잠에서 깬 지 한참이 지난 후에야 몸을
일으켰다.

"엄마! 아빠 깨우러 가자."

"응?"

“얼른.”

“자, 잠깐만…….”

연석의 방문 앞까지 연주의 손에 이끌려간 고운은 난감한 표정으로 한 걸음 뒤로 물러났다. 하지만 그런 고운을 아랑곳하지 않고 연주는 문을 발칵 열고 연석의 방 안으로 뛰어들어 갔다. 방문이 열리자 소주 냄새가 문 앞까지 풍겼다. 열린 문 사이로 이불을 제대로 덮지도 않은 연석이 드러누워 자고 있는 것이 보인다.

“아빠아!”

연주는 레슬링을 하듯 두 팔을 쫙 벌려 연석의 등을 덮쳤다. 훅, 충격과 통증으로 연석이 숨을 들이키며 잠에서 깨어났다. 아침마다 늘 있는 일인 듯, 연석은 눈을 제대로 뜨지도 않고도 익숙하게 손으로 연주의 목과 가슴을 가볍게 누르며 조르기를 시도했다.

“으윽, 괴물이 반격한다! 엄마! 도와도!”

연주의 입에서 터진 엄마 소리에 연석은 눈을 번쩍 떴다. 놀라기는 방문 앞에 서 있던 고운도 마찬가지였다. 연석은 눈을 몇 번 깜빡이며 그녀를 빤히 바라보았다.

“흠! 일, 일어났나.”

“응? 아, 응.”

고운은 연석의 눈을 피하며 고개를 돌렸다. 연주를 떼어놓고 몸을 일으키던 연석은 자신이 팬티 차림이라는 사실을 깨닫고 얼른 이불을 끌어당겼지만 이불 끝이 발에 밟혀 있는지도 모르고 서두르는 바람에 몸이 기우뚱 기울었다.

"으읏."

겨우 중심을 잡고 선 연석은 이마에 식은땀이 솟는 것을 느꼈다.

"꼬, 꼬맹아. 아빠 옷 갈아입고 나갈 테니까 나가 있어라."

나가지 않겠다고 버티는 연주를 간신히 등 떠밀어 내보낸 후, 연석은 문을 닫고 후다닥 옷을 챙겨 입었다. 옷매무새를 가다듬고 서둘러 방을 나가려다 말고 벽에 걸린 작은 거울 앞에서 걸음을 멈춘다. 뒷머리는 눌리고 앞머리는 뒤집힌 채 이마를 반쯤 가리고 있었다. 머리칼을 수습하려고 손을 대지만 쉽지가 않다. 결국 포기한 채 방을 나섰다.

"그럼 입학하기 전까지 계속 유치원에 다니는 거야?"

"응. 근데 오늘은 토요일이라 안 갔다."

"그럼 토요일 오전에는 뭘 하는데?"

"아빠랑 나가서 국밥 사묵고, 놀이터에 가서 논다."

"흠!"

연석의 헛기침 소리에 거실에 나란히 붙어 앉아 이야기를 나누던 연주와 고운이 동시에 고개를 돌렸다. 머리를 긁적거리며 멋쩍게 서 있는 연석의 모습에 고운 역시 괜스레 어색함을 느낀다.

"난, 이만 가볼게."

고운이 엉거주춤 몸을 일으키자 연주가 벌떡 일어나 그녀의 다리를 붙들었다.

"어디 가는데? 응?"

"아, 멀리 가는 게 아니라…… 저기……."

뭐라고 이야기를 해야 할지 몰라 고운이 입 안으로만 말을 중얼거렸다. 그때 연석이 연주를 번쩍 안아 올린다.

"고운이는 옥포에 안 살고, 꼬맹이 니 접때 아빠랑 학동 가던 길에 이뿐 집들 많은 동네 안 지나갔더나. 거 산다."

"왜? 왜 우리 집 냅두고 거 사는데?"

"음……. 그게 있다 아이가."

대답을 기다리던 연주의 볼이 갑자기 통통 부어올랐다. 아빠가 싫어서 엄마가 떠난 거라던 연석의 말을 떠올렸던 것이다. 연주가 치잇, 혀를 차며 고운과 연석을 번갈아 바라보았다.

"알겠다. 그래도 엄마, 밥 묵고 가라. 좀만 더 같이 있다가. 응?"

잠시 연석과 눈이 마주친 고운은 이내 연주를 향해 고개를 끄덕였다.

세 사람은 집에서 나와 동네 어귀의 국밥집으로 향했다. 집 밖에서 연석이 안아주는 걸 좋아하는 연주였지만 오늘은 한사코 내려 걸어가겠다고 우긴다. 오른쪽으로 연석의 손을 잡고, 왼쪽으로는 고운의 손을 붙잡은 채 기세등등해진 연주의 발걸음은 한껏 들떠 있었다.

　좋아하는 연주의 모습을 보니 연석 역시 기분이 좋았지만 한편으로는 걱정도 앞선다. 그래서인지 그의 표정이 어두웠다.

　"하이고, 우리 연주 왔나."

　테이블을 닦고 있던 국밥집 아주머니가 연주를 반기다 그 곁에 선 고운의 모습에 눈을 크게 떴다.

　"이건 누꼬?"

　"우리 엄마다."

　"뭐라꼬?"

　잔뜩 호기심이 섞인 시선이 자신을 훑고 지나가자 고운은 어찌해야 할지 몰라 당혹감에 입술이 마른다.

　"연주 아빠야, 진짜가? 이 처자가 진짜 연주 엄마가?"

　연석 대신 연주가 신경질을 부리듯 냅다 대답했다.

　"우리 엄마라카이!"

　그리고는 고운의 손을 잡아끌어 테이블 앞에 앉히고, 그 옆자리를 차지하고 앉았다. 연석은 떨떠름한 표정으로 국밥 세 개를 시킨 후 두 사람의 맞은편에 자리를 잡고 앉는다. 고개를 갸웃거리면서 주방으로 사라지는 아주머니의 뒷모습을 바라보던 연석은 난감한 표정의 고운과 눈이 마주치자 짧은 한숨을 내쉬었다.

　"꼬맹아, 고운이는……."

　"연석아."

　고운이 가만히 고개를 저어 보이자 연석은 입을 다물 수밖에

없었다. 따끈한 김이 모락모락 퍼지는 순대국밥이 나오자 연주
가 신이 나서 숟가락을 집어 든다.

“연주는, 이런 것도 잘 먹네.”

“와?”

되레 연주가 눈을 크게 뜨고 묻는다.

“응? 아, 보통 아이들은 잘 안 먹잖아.”

“우리 꼬맹이는 몬 묵는 거 없다. 저 한 그릇, 금방이면 뚝딱
한다.”

“정말?”

국물을 후루룩 마셔가며 국밥을 먹는 연석과 연주는 친부녀
지간처럼 꼭 빼닮았다. 신기한 듯 연석과 연주를 바라보느라 고
운은 국밥을 거의 먹지 않았다.

“입에 안 맞나? 딴 데로 갈 걸 그랬다.”

“아니야. 아침부터 이렇게 밥 먹는 게 오랜만이라 입이 깔깔
해서 그래. 맛있는데 뭐.”

숟가락질 몇 번, 그것도 국물만 얼마간 먹는 둥 마는 둥이다.
연석은 못마땅한 시선으로 고운의 국밥을 바라보았지만 더 이
상 아무 말도 하지 않았다.

밥을 먹고 나온 세 사람은 국밥집에서 멀지 않은 동네 놀이터
에 도착했다. 놀이터라고 해봐야 자잘한 자갈이 많이 섞인 질
나쁜 모래 위에 시소와 미끄럼틀, 그네 두 개가 다였지만 그래
도 연주는 신이 나서 미끄럼틀에 오르기 위해 뛰어갔다.

"엄마아아아, 아빠아아아."

연주가 미끄럼틀을 내려오며 손을 흔든다. 함께 손을 흔들던 연석과 고운은 누가 먼저랄 것도 없이 낮은 그네에 엉덩이를 걸치고 앉았다. 다시 미끄럼틀 계단에 오르는 연주를 바라보며 고운은 발로 그네를 살짝 밀었다.

바람이 불어 고운의 짧은 머리칼이 흩날린다.

"어짤라고 그라노."

연석의 목소리에 고운이 고개를 돌렸다.

"뭐가?"

무엇을 묻고 있는지 알면서 고운은 생각할 시간을 위해 다시 되물었다.

"꼬맹이한테 니가 엄마라 칸 거."

자신이 엄마라고 말하며 연주를 부둥켜안고 눈물을 흘리던 고운을 연석은 방문 밖에서 지켜보았다. 감히 두 사람 사이에 끼어들어서, 아니라고 말할 용기가 없었다.

"어제는 내도 머릿속이 좀 복잡하고 꼬맹이가 너무 심하게 흥분하고 상처받은 것 같애가 아니라고 말을 몬하겠더라. 근데, 생각해 보니까 그래 거짓말하는 게 능사는 아닌 거 같다."

"난……."

"물론 니는 꼬맹이가 불쌍하기도 하고, 마음이 약해져가 거짓말한 거 이해한다. 근데 충동적으로 그래 뿌면 뒷일을 우떻게 감당하노. 그래. 지금은 어케어케 넘어간다 치자. 나중에 엄마가 아니라는 거 알게 되믄 아가 얼마나 더 힘들겠노. 내가 아빠가 아니라는 사실 끝까지 숨길 수 없다는 거 안다. 근데 이 일은, 애초에 없어서 안 받아도 될 상처 아이가. 엄마 자리 채워줬다 또 뺏는 거랑 뭐가 다르겠노.”

고운은 한참이나 말이 없었다. 그녀의 시선은 아무것도 모르는 얼굴로 미끄럼틀 타기에 여념이 없는 연주를 따라다닌다.

“알잖아. 연주가 지금도 엄마의 빈자리 때문에 상처받고 있다는 거.”

“그래도 그거는.”

“네가 아빠가 아니라 오빠라는 사실을 알게 된다면, 어차피 다른 것들도 알게 될 거야. 그 어느 쪽이나 상처는 같지만 그래도, 모든 것을 알게 되었을 때 내가 연주라면.”

고운은 변명을 하고 있는 자신을 보았다. 그녀가 거짓말을 했던 것은 연주를 위해서가 아니라, 그녀 스스로를 위해서라고 연석에게 말할 자신은 없다.

“엄마가 없어서 쓸쓸하고 외로웠다는 것보다, 엄마는 없었지만 따듯하고 행복했다고 생각하는 쪽이 상처가 덜할 것 같은데. 너도 그렇게 생각했기 때문에, 언젠가 연주가 모든 것을 알게 될 거라는 사실을 알면서도 오빠가 아니라 아빠로 살아온 거 아니야? 동사무소에 가서 호적 한 번만 떼어보면 알게 될 사실을 굳이 숨긴 건, 어린 시절만이라도 부모의 사랑을 받게 하고 싶었기 때문이잖아.”

연석은 말문이 막혀 버렸다. 고운이 그의 마음을 정확히 짚어 냈던 것이다. 고운은 그렇게 그의 모든 것을 꿰뚫을 것 같은 눈으로 마주하고 있었다.

"우리 지금은 이렇게 하자."

"고운아."

"나중에 다 알게 되더라도, 조금만 힘들고, 조금만 슬프고, 그렇게 이겨낼 수 있게…… 지금은 연주 마음 따듯하게 해주자."

말을 끝낸 고운이 연석을 남겨두고 혼자서 몸을 일으켰다. 그리고 연주에게 다가가 함께 미끄럼틀에 올랐다. 곧이어 어린아이 같은 고운이 웃음소리가 들려온다. 연석은 두 손을 깍지 낀 채 고운을 바라보았다. 고운의 말이 다 맞다고 해도 연석은 이해하기 힘든 부분이 있다.

"니는 왜 그러는 건데."

한참 동안 생각을 해도 이렇다 할 이유가 생각나지 않자, 결국 연석은 포기해 버렸다. 지금 중요한 것은, 연주뿐만 아니라 고운도 웃고 있다는 사실이다. 자신에게 마음을 열었던 그 옛날의 서고운처럼.

"행님, 연주는 어디 갔소."

강택이 클럽 안으로 혼자 들어서는 연석을 향해 눈을 크게 뜨고 물었다. 토요일이면 연석은 으레 출근 때부터 연주 손을 잡고 일찌감치 클럽으로 오곤 했던 것이다.

"봐줄 사람이 있어서."

"아 봐줄 사람 구했소?"

"그거는 아이고, 잠깐만."

소파에 털썩 앉으며 연석은 한숨을 내쉬었다. 연주는 고운을 따라 소동의 펜션으로 갔다. 클럽 일이 끝나고 데리러 와도 된다고 말하는 고운이었지만, 그녀에게 부담을 주는 것 같아 미안함과 당혹감이 여전히 그를 갈등하게 만들고 있었다.

담배를 꺼내어 물자 옆에 있던 강택이 라이터를 꺼내어 불을 붙여준다.

"어, 로즈 왔네. 가시나. 자는 뭘 묵고 저래 만날 예뻐지노."

키득거리는 강택의 목소리에도 연석은 담배를 한 모금 깊숙이 빨아들일 뿐, 뒤돌아서 로즈를 바라보지 않았다. 그녀 역시 늘 출근하자마자 자신을 찾아 달려오던 것과는 달리 훌쩍 대기실 안으로 들어가 버린다. 강택이 얼굴을 찌푸리며 로즈에서 연석으로 고개를 돌렸다.

"자가 웬일이요. 행님, 로즈랑 싸웠소?"

"자랑 내가 싸울 일이 뭐 있노."

"근데 와 저라노. 행님 로즈한테 너무 심하게 통박 준 거 아인교?"

연석이 아무런 말이 없자 강택은 이어서 조잘거린다.

"너무 그라지 마소. 아 기가 팍 죽었네. 옛날부터 행님 좋다고 죽자사자 쫓아다닌 안데. 솔직히 까놓고 말하자면 로즈가 행님

한테 아깝제. 어리제, 이뿌제. 성깔이 좀 있어서 그렇지 뭐 그것
도 행님 앞에서는 꼼짝 몬한다 아인교. 행님같이 아 딸린 홀아
비한테 목매다는 것도 어려서 뭘 모르니까 그라는 긴데. 뭐 모
를 때 확 데꼬 살아 뿌야지!"

연석은 재떨이에 담배를 비벼 끄고 소파에서 몸을 일으켰다.
그리고 손바닥으로 강택의 뒤통수를 툭 쳤다.

"쓸데없는 소리 하지 말고 오픈 준비나 해라."

투덜거리는 강택을 뒤로하고 연석은 술 창고에 가기 위해 홀
을 가로질러 걸음을 옮겼다. 그때 복도에서 불쑥 나타난 로즈가
연석의 앞에 버티고 섰다. 두 팔을 허리에 얹고 연석을 노려본
다.

"와, 인자는 그 여자가 연주 봐준다 카나."

"가서 화장하고 옷이나 갈아입어라."

연석은 로즈를 비켜서 걸음을 옮겼다.

"아무리 연주 엄마라 해도, 그 여자가 니하고 같이 살아줄 것
같나?"

우뚝 제자리에 멈춘 연석이 고개를 돌려 로즈를 바라본다. 어
둡고 굳어지는 연석의 표정에 로즈는 순간적으로 움찔했지만
하던 말을 멈추지는 않았다.

"병원 선생이라 카던데, 니가 가당키나 하나? 옛날에는 뭔 정
이 있어가 아까지 낳았는지는 모르지만 지금은 아이다. 처지가
달라졌단 말이다. 니같이 생양아치 같은 놈이랑 병원 선생이 어

울린다고 생각하나?"

연석은 아무런 대답 없이 로즈가 마지막까지 뱉어내는 말을 끝까지 들었다.

"잊지 마라. 니한테 어울리는 사람은, 양아치가 일하는 클럽 밤무대에서 노래 부르는 내 같은 가시나다."

로즈가 먼저 돌아섰다. 어깨에 잔뜩 힘을 준 채 대기실로 돌아가는 그녀의 뒷모습을 바라보다 연석도 몸을 돌렸다.

강택아, 와 그라냐고 했제. 그래서 그러는 기다. 어리제, 이뿌제, 뭘 모르제……. 한 살만 더 먹어도 세상이 달라 보이는데, 나이 들어가 후회하게 할 짓 뭐 한다고 하게 하겠노. 뭘 알고 살아도 서로 배신하고, 상처 주고, 배신당하고, 상처받는 인생인데, 그것도 모르는 아한테 내가 뭘 어짜겠노.

"니같이 생양아치 같은 놈이랑 병원 선생이 어울린다고 생각하나?"

로즈의 말을 애써 가슴에 묻으며 연석은 담담히 걸음을 옮겼다.

택시에서 내렸을 때, 새벽 두 시가 넘어가고 있었다. 사실 아직 클럽은 마감 전이었지만 더 늦어지면 고운을 찾아가기 힘들 것 같아 잠시 시간을 내 찾아온 것이다. 연석은 택시에서 내려

모래사장을 가로질렀다. 몇 개의 작은 집들 사이에 고운이 지내는 펜션만이 불을 밝히고 있었다.

연석은 조심스럽게 문을 두드렸다.

"왔어?"

잠들었던 건 아닌 모양인지 고운은 금방 문을 열어주었다.

"꼬맹이는?"

"잠들었어. 들어와."

연석은 잠시 망설이다 펜션 안으로 발을 들여놓았다. 그녀 혼자만 지내는 공간에 자신이 들어선다는 사실 자체가 부담이자 설렘이었다. 부엌, 방 하나가 이어진 아담한 거실에 엉거주춤 서서 연석은 주위를 둘러보았다. 소파와 텔레비전, 그 흔한 액자 하나 없이 간소한 가구들로만 채워진 거실은 이곳이 사람이 사는 '집'이 아니라 잠깐 와서 지내다 가는 '펜션'이라는 사실을 깨닫게 해준다.

"늦게 미안하다. 잠도 못 자고."

"미안하긴, 내가 우겨서 데려온 건데."

연주가 자고 있을 그녀의 침실까지 들어가지는 못하고 연석은 머뭇거렸다.

"생각보다 일찍 왔네?"

"니도 자야제. 너무 늦으면 잠 깨울까 봐 일찍 온다고 왔는데도 이 시간이네. 미안하다."

"괜찮다니까. 그리고 아까 좀 잤어. 아까 연주 재우려다, 내가 먼저 잠들었지. 내가 연주를 재운 게 아니라 연주가 나를 재워버렸어.”

아이에게서 풍기는 천진하고 달콤한 느낌에 마음이 편해졌던 것일까. 고운은 연석이 도착하기 고작 몇 분 전까지 곤히 잘 잤다. 거실과 이어진 부엌으로 들어간 고운은 커피포트에 물을 올렸다.

“커피 한 잔 할래?”

‘아이다. 늦었는데, 꼬맹이 델꼬 고마 가야지’ 라는 말이 입 밖으로 나오지 않고 혀끝으로만 맴돌았다. 연석의 침묵을 예스라고 생각했던 모양인지 얼마 후 고운은 커피가 담긴 두 개의 머그잔을 들고 거실로 나왔다.

소파에 나란히 앉은 두 사람의 등 뒤 창밖으로 밤바다의 파도가 해변으로 밀려들어 왔다 이내 물러갔다. 아무것도 넣지 않은 아메리카노가 입에 맞지는 않았지만, 연석은 무심히 커피를 마셨다.

“꼬맹이가 애 안 먹이더나.”

“애는 무슨. 같이 해변에서 놀았어. 날씨가 따듯해서 다행이지 안 그랬으면 너무 오래 바닷바람을 맞아서 감기 걸렸을 거야.”

그리고 무슨 생각이 났던지 고운이 미안한 표정을 지었다.

“밥, 잘 챙겨 먹이고 싶었는데 갑자기 데려오는 바람에 시켜 먹었어. 집에는 인스턴트밖에 없거든. 미안해.”

“미안하기는.”

두 사람 사이에 침묵이 흘렀다. 얼마 후 그 침묵이 어색했던 지, 머그잔을 만지작거리던 고운이 먼저 입을 열었다.

“옥포에서 소동에 오갈 때, 우리가 다녔던 학교 앞으로 지나 가잖아.”

“응? 아, 그렇제.”

윤 정형외과가 있는 곳은 옥포, 옥포에서 조선소를 따라 쭉 이어진 도로를 달리다 보면 늘 그곳을 보게 된다. 통학 때 오가 던 벚나무 길과 그 길 끝의 대일병원, 그리고 대일병원 옆으로 중학교와 함께 붙어 있는 천주교 재단의 고등학교, 바로 그녀와 연석이 다녔던 곳이다. 그 학교를 지나 마전동 방향으로 운전대 를 돌리면 시내가 지나고 굽이굽이 휘돌아가야 하는 산 포장길 이자 옆으로는 바다를 낀 해안도로가 나타난다. 그렇게 해안도 로를 달리다 보면 나오는 곳이 소동이다.

“지나갈 때 가끔…… 옛날 생각이 나.”

고운은 살짝 눈을 감았다. 오래전 기억들이 낡은 영화 필름처 럼 눈앞에 펼쳐진다. 연석은 눈감은 그녀를 가만히 들여다보았 다. 서로 말은 하지 않았지만, 두 사람은 똑같은 풍경과 똑같은 향수를 느끼고 있었다.

가파르던 언덕 길, 가장 먼저 학생들을 맞아주던 연못의 성모 마리아상, 늘 바람이 불었던 얼음골, 아치형 창문의 붉은색 벽 돌 건물, 창문까지 솟아올랐던 스탠드의 아름드리 플라타너스,

보드랍던 운동장의 잔디, 잔디 위에 서서 맞던 벚꽃, 나폴나폴 눈이 내리듯 머리와 손바닥 위로 닿던 그 꽃잎. 옥상의 샛노란 물탱크에 누워 올려다보던 하늘.

고운은 천천히 눈을 떴다.

"내가 악몽 같았던 그곳을 이렇게 좋게 추억할 수 있는 건, 아무래도."

희미하게 웃어 보이는 그녀의 얼굴을 마주하며 연석 역시 가볍게 미소를 지었다.

"네 덕분이겠지."

쉬는 시간을 알리는 종이 울리자 교실은 금방 소란스러워졌다. 종소리에 부스럭거리며 잠에서 깬 연석은 늘어지게 하품을 하며 뒤적뒤적 주머니의 담배를 찾았다.

"와? 없나?"

연석이 담배가 없는 듯하자 나란히 앉아 있던 성훈이 자신의 것을 내민다. 성훈에게서 담배를 받아 들던 연석은 갑자기 교실을 뛰어들어 온 아이의 목소리에 고개를 돌렸다.

"야야! 지금 1반 난리났다. 미친개가 또 아 잡고 있드라."

"누구?"

"와?"

별 관심 없이 연석은 성훈과 함께 자리에서 몸을 일으켰다. 하지만 촉새처럼 빠르게 교실 곳곳으로 퍼지는 목소리에 순간 몸이 굳는다.

“그 1반 왕따 있다 아이가. 서고운. 가시나들이 딴 짓하다 걸린 거를, 그 가시나한테 덮어씌웠다 카더라. 미친개한테 서고운이만 된통 물렸지 뭐.”

구경을 하기 위해 아이들이 우르르 교실을 빠져나가고, 성훈은 연석의 눈치를 살핀다. 연석의 턱 근육이 살짝 꿈틀거리는가 싶더니, 손에 들고 있던 담배가 반으로 부러져 바닥에 떨어졌다.

“석아!”

성훈은 교실을 성큼성큼 걸어 나가는 연석의 뒤를 황급히 쫓았다. 1반 교실은 이미 몰려든 아이들로 북적거린다. 1반 교실 앞에 멈추어 선 순간, 누구 하나 말릴 생각 없이 모여든 아이들에게 구경거리가 되어 미친개의 따가운 손길을 감당하고 있는 고운의 모습이 연석의 눈에 들어왔다.

“석아, 이라지 마라.”

늘 사고를 치는 쪽은 다혈질인 성훈이었다. 그리고 성훈을 막고 제어하는 쪽이 연석이었지만, 오늘은 성훈이 연석을 막아섰다. 그렇지 않아도 선생들의 눈엣가시인 그들이 나서면 일이 더 크게 벌어질지도 모른다.

철썩, 하지만 선생의 손길이 고운의 뺨을 내려치는 순간 연석은 성훈의 손길을 뿌리치고 앞으로 나섰다. 고개가 완전히 돌아간 고운의 얼굴을 노려보며 아이들 사이에서 ‘미친개’ 라 불리는 교련 선생이 더운 숨을 토해낸다.

"감히 내 수업에 딴 짓을 하나! 니는 정신 상태가 글러먹었다!"

이미 몇 차례 얻어맞아 발갛게 부어오른 뺨 위로 다시 늙고 주름진 손바닥이 닿으려는 순간, 연석의 그 팔을 붙들었다. 주위를 둘러싸고 있던 아이들이 일제히 숨을 들이쉬었다.

"박연석이, 이기 미칫나. 이거 안 놓나?"

연석은 입을 굳게 다물고 자신보다 훨씬 키가 작은 선생을 내려다보았다. 등 뒤의 고운의 존재가 뼈아프게 느껴진다. 피가 거꾸로 솟는 것 같기도 하고 온몸의 근육이 에이는 것처럼 아프기도 하다.

연석은 천천히 손에서 힘을 빼고 선생의 팔을 놓아준다.

"적당히 하소."

아이들의 웅성거림이 번지기 시작했다.

"뭐라꼬? 니 방금 뭐라 켓노?"

미친개 선생의 얼굴이 분노로 붉게 달아올랐다.

"적당히? 니 방금 적당히라 켓나? 다시 한 번 말해봐라."

하지만 연석은 묵묵히 그를 노려볼 뿐이었다.

"눈깔 안 내리까나. 이게 쥐약을 처묵었나! 다시 한 번 말하라 카이!"

철썩, 차라리 자신의 뺨을 내려치자 연석은 마음이 편해졌다. 철썩, 고개가 왼쪽으로 돌아가면 왼쪽 뺨을 때려 오른쪽으로 고개가 꺾이며, 그렇게 오른쪽으로 돌아가면 다시 오른쪽 뺨을 때린다. 철썩, 내려치는 손길의 힘은 반복될수록 커지고 어느새 입술이 터져 피가 흘렀다. 철썩, '다시 한 번 말해보라카이!' 악을 쓰는 미친개가 힘이 빠져 더 이상 팔을 들지 않을 때까지 연석은 피하려는 움직임 한 번 없이, 입 한 번 열지 않고 고스란히 맞는다.

"다시 한 번 눈에 거슬리 봐라. 그때는 학교 때리치우게 해줄 테니까."

미친개 선생이 숨을 거칠게 내쉬며 교실을 나가 버린 후에도, 그 모습을 지켜보던 아이들은 누구 하나 움직이지 않고 연석과 고운을 바라보았다. 연석은 몸을 돌려 고운과 마주하고 섰다. 여전히 고개가 돌아간 채로, 고운은 교실 바닥을 노려보고 서 있다.

연석은 입술에서 솟아난 피를 바닥에 툭, 뱉어내고 쭉 둘러선 아이들을 날카롭게 훑었다.

"서고운이."

연석의 목소리에 서린 분노에 모두들 움찔한다.

"건드리지 마라."

하지만 사실 그건 분노가 아니었다. 그의 목소리에 섞인 슬픔을 알아볼 수 있는 사람은, 그리고 돌아간 고개로 바닥을 노려보는 고운의 서글픔을 알아볼 수 있는 사람은 오로지 연석과 고운, 서로일 뿐이다.

"건드리면 누구든."

속사정이야 어떻든 간에, 대내외적으로 체벌이 문제시되고 있는 상황에 미친개가 이렇게 마음 놓고 날뛸 수 있는 이유는 그들에게 아무도 없다는 사실을 알고 있기 때문이었다. 그들이 맞았다고 해서 찾아오거나 항의 전화를 해줄 사람조차 없다는 사실을 알고 있기 때문이다.

"내 손에 죽는다."

연석의 입에서 터진 울분에 찬 목소리가 사실은 슬픔이라는 것을, 고운만이 알아듣는다.

"죽는다……."

연석은 고운의 손을 붙잡고 교실을 나섰다. 두 사람이 지나갈 때마다 아이들은 두 갈래로 나뉘어 길을 터주었다.

두 손을 잡고 연석과 고운은 붉은색 학교 건물을 빠져나온다. 플라타너스가 만든 스탠드의 그늘 아래를 가로지르고, 계단을 내려와 운동장의 잔디를 밟고 얼음골을 지나고, 늘 눈을 감고 있는 성모 마리아 상 앞에서 숨을 가다듬고, 다시 언덕길을 내려선다.

"밥통같이 와 맞고만 있노."

"그 밥통 대신 맞는 니는 뭐고."

잡아줄 이 손이 있어서 고운은, 다행이라고 눈물 나게 안도했다. 가슴속의 피눈물을 이 길 위에 쏟아내지 않아도 서러움을 알아줄 사람이 있어서, 손을 잡고 걷는 그 길 위에서 두 사람은 서로를 바라보았다.

서로가 있어서, 그 길이 서럽지가 않다. 서로가 있어서, 그 길 위에서 부은 뺨과 터진 입술로도 웃는다.

"누가 봤으면 미쳤다고 생각했을 거야. 두 사람 다 엉망인 얼굴로, 웃느라 정신없었으니까."

커피를 마시려던 고운은 차갑게 식었다는 걸 깨닫고 머그잔을 내려놓는다. 더욱 깊어진 새벽은 칼날같이 시린 어둠을 창밖에 뿌려놓았다. 셀 수도 없이 많은 별들이 까만 바다와 하늘에 점점이 박혀 새벽을 밝힌다.

"그 미친개는 아직도 학교에 있을까?"

"없을 끼다. 인자 교련은 안 배운다 카더라."

연석도 잔을 내려놓고 몸을 일으켰다. 너무 오래 머물러 있다는 걸 순간적으로 깨달았던 것이다.

"연주 데리고 나올게."

고운이 방으로 들어가더니, 연주를 안고 나왔다. 연석이 연주를 건네받아 안자 고운이 연주의 몸 위로 담요를 덮어주었다. 고운이 문밖까지 따라 나오자, 연석은 들어가라고 고갯짓을 해 보였다.

"조심해서 가."

"그래. 니도 얼른 들어가 자라."

연주를 조심스레 안고 걸음을 옮기던 연석이 별빛 아래에서

멈추어 섰다. 고개를 돌리자, 고운이 여전히 문 앞에 서서 그를
바라보고 있었다.

"고운아."

"응?"

서고운 때문에, 나도 그때가 한 번도 억울하다거나 슬프다고
기억하지는 않는다……. 연석은 한참 동안 말이 없다, 이내 입
을 열었다.

"내일……밥 무러 온나."

고운은 미소를 지으며 고개를 끄덕였다.

"그래."

• 제11장 •

골목 어귀에 차를 주차시킨 고운은 집으로 들어가기 전 근처의 작은 슈퍼마켓에 들렀다. 연주가 좋아할 만한 과자와 음료, 그리고 집에서 필요할 만한 생활용품 몇 가지를 골랐다. 봉투 가득 짐을 들고 골목을 가로질러 가던 고운은 동네가 떠나갈 듯한 연주의 목소리에 고개를 들었다.

"엄마아아아아!"

이층 계단 난간에 몸을 기댄 연주가 그녀를 부르며 두 손을 번쩍 들어 흔들었다. 고운도 손을 들어 흔들었다. 아이가 견디기에는 제법 한기 서린 아침 바람인데, 언제부터 나와 기다리고 있었는지 멀리서 보니 붉어진 코만 눈에 들어왔다.

“엄마……”

부담스러울 만도 한데 고운은 약간의 어색함만을 남기고 어느새 익숙해진 그 호칭을 입 안으로 중얼거렸다.

연주가 자신을 그렇게 부를 때마다, 그 동그란 눈으로 올려다보며 안겨들 때마다 뱃속이 간질거리는 느낌으로 가득 찬다. 이 세상에 내가 꼭 있어야 한다고, 내가 있어서 누군가가 무한하게 기쁘고 감동한다고, 연주가 모든 힘을 다해 고운을 붙드는 힘만큼이나, 고운 역시 아이를 붙들며 숨을 쉬는 것 같았다.

“와 이리 늦게 왔노.”

“기다렸어?”

“응. 새벽부터 일어나서 기다렸다. 전화할라꼬 했는데 아빠가 엄마 전화기가 고장 났다꼬 못하게 하드라.”

그러고 보니, 새 휴대전화기를 구입한다는 것을 깜빡 잊고 있었다. 고운은 연주와 함께 집 안에 들어섰다. 매콤한 양념 냄새가 집 안 가득 풍긴다. 현관에서 신발을 벗고 있는 고운에게 연주가 손짓했다. 고운이 고개를 숙이자 연주가 귓가에 속삭였다.

“아빠도 새벽부터 엄마 기다렸다.”

“정말?”

“응. 새벽에 어판장에 가가 고기 사 오고 그랬다.”

고운은 발걸음 소리를 죽이고 살그머니 거실에 올라섰다. 부엌에서 연석이 부지런히 움직이고 있었다. 큭, 썩 어울리지 않는 앞치마 차림의 뒷모습에 고운은 자신도 모르게 웃음을 터뜨렸다.

"왔나?"

웃음소리에 화들짝 놀란 연석이 앞치마를 풀러 싱크대 위에 올려놓았다.

"뭐 하는 거야?"

"뭐 하긴, 밥 무러 오랬으니 밥하고 있었제. 앉아 있어라."

처음 이 집에 왔을 때는 못 보았던 큼지막한 상이 거실 가운데를 차지하고 있었다. 연주가 익숙한 손길로 상 위를 행주로 훔쳐 냈다.

"이리 줘."

"아이다. 내 잘한다."

연주는 고운을 상 앞에 앉히고 손가락 하나 까딱하지 말라며 신신당부한 뒤, 상을 닦은 후 그 위에 수저를 놓고, 연석이 부엌에서 건네주는 밥공기와 반찬이 소담하게 담긴 그릇들을 일사불란하게 날라다 놓는다.

상을 가득 채우는 밑반찬을 바라보며 고운은 눈을 크게 뜨고 부엌을 향해 입을 열었다.

"이걸 네가 다 한 거야?"

"그라믄."

대답하는 연석의 목소리에 웃음기가 섞여 있었다.

"연주가 했겠나."

각종 봄나물들과 파래 무침, 배추 겉절이, 무말랭이 따위의 반찬이 먹음직스럽게 상 위를 차지했다. 그뿐만 아니라 연주는 생선 구이와 돼지고기 볶음 같은 일품요리까지 내어온다.

"간단하게 먹어도 되는데, 아침부터……."

마지막으로 김이 모락 나는 쇠고기 무국 세 그릇을 들고 연석이 부엌을 나왔다. 자신의 밥그릇 옆에 국그릇을 조심스럽게 놓아주는 연석의 손길을 고운은 말없이 내려다보았다. 연석은 많이, 맛있게 먹으라는 말 대신 살짝 국그릇을 그녀 앞으로 밀어준다.

"맛있겠다."

숟가락을 들고 국을 떠서 입 안에 가져간 고운은 살짝 긴장한 채 자신의 기색을 살피는 연석과 연주를 번갈아 바라보았다. 빙긋 웃으며 고운이 엄지를 치켜들자, 연주가 비명 같은 환호를 지르며 손뼉을 쳐댔다. 연석은 고운이 밥을 먹는 모습을 지켜보며 만족스러운 표정을 지었다.

"너, 예전에는 라면밖에 못 끓였잖아."

수저를 집어 들던 연석은 고운의 말에 피식 웃음을 터뜨렸다.

"아한테 라면만 맥일 수는 없다 아이가."

자신의 대답에 순간적으로 흠칫거린 고운에게 연석은 아무렇지도 않은 듯 어깨를 으쓱거리며 말을 이었다.

"푹푹 좀 먹어라."

"응."

“이것도 좀 먹고.”

“응.”

“이것도 좀 무봐라.”

“응.”

무의식적으로 대답하던 고운이 고개를 들자 연석이 움찔한다. 그리고 자신의 밥그릇을 꽉 움켜쥐고 숟가락 한가득 밥을 떠서 입 안에 밀어 넣었다. 볼이 미어터지게 밥알을 씹던 연석은 꿀꺽 삼킨 후에도 고운이 시선을 거두지 않자 어쩔 수 없다는 듯 입을 열었다.

“서고운 니…… 진짜 뼈밖에 안 남았다.”

고운은 연석의 시선을 따라 자신의 팔목을 내려다보았다.

“환자들 등이며 허리며 팔다리며 다 니보다 한덩치들은 하겠더만. 그래 가지고 어디 밥 벌어 먹고 살긋나.”

두 사람의 눈이 마주쳤다.

“잘 좀 챙겨먹고 댕기라.”

고운은 갑자기 울컥하고 심장을 솟구치는 울음을 막느라 목이 아프다. 간신히 고개를 끄덕이며 다시 밥을 먹으려는데, 두 사람의 눈치를 살피고 있던 연주가 조심스럽게 고운의 허벅지를 톡톡 건드렸다.

“같이 살믄…….”

“응?”

“아빠랑 같이 살믄 아빠가 다, 밥 같은 거 다 해줄 낀데.”

연주의 말에 연석이 국물을 잘못 들이켜 기침을 해댔다. 그리고 가볍게 주먹을 쥐고 연주의 머리를 콩 때린다.

"꼬맹이, 쓸데없는 소리 하지 말고 밥 무라."

"엄마, 아빠 옛날에는 라면밖에 못 끓였다매. 근데 지금은 밥도 잘하고, 찌개도 잘 끓이고, 아! 빨래랑 설거지도 기똥차게 잘한다. 아빠랑 같이 살믄 엄마는 맨날 이래 앉아만 있으믄 된다."

"박연주!"

당황한 듯한 고운의 눈치를 살피며 연석이 눈을 부라리자 연주는 어쩔 수 없이 입을 다물었다. 하지만 아직 못다 한 말이 있다는 듯, 고운을 바라보며 입술을 삐죽거렸다. 빙긋이 웃으며 연주의 머리를 쓰다듬던 고운은 갑자기 생각난 듯 고개를 돌려 연석에게 입을 열었다.

"연주, 조금 있으면 입학하잖아. 준비는 해놨어?"

"준비? 뭔 준비?"

"뭐……."

말을 꺼냈지만, 사실 고운도 아는 게 없다.

"음, 노트? 필기도구 같은 거. 또 가방이랑 실내화."

"아."

미처 생각하지 못했었다는 듯 연석이 고개를 끄덕이며 동조했다. 준비해야겠네, 밥을 먹고 있는 연주를 바라보며 연석이 중얼거렸다. 다시 숟가락으로 밥을 떠서 입으로 가져가던 고운은 고개를 들어 조심스럽게 말을 꺼낸다.

"나도…… 뭐 하나 해주고 싶은데."

뭐든, 고운은 덧붙여 중얼거렸다. 펜이나 지우개 따위라도 좋으니까 그저 그러고 싶을 뿐인데, 혹시나 연석이 다른 뜻으로 오해하지 않을까 싶어 고운은 걱정이 앞섰다. 한참 동안 고운을 바라보던 연석은 이내 웃음과 함께 고개를 끄덕였다.

"그래. 이따 같이 나가자."

연석의 말에 밥 먹기에 열중하고 있던 연주가 눈을 크게 뜬다.

"와아, 우리 놀러가나?"

"놀러는 무슨. 마트 갈 끼다. 꼬맹이, 아빠가 입에 밥 들어가 있을 때는 말하는 거 아니라 켓제!"

"아빠도 아까 전에 밥 무면서 엄마한테 말했다 아이가!"

"아빠는…… 아빠는 어른이라 개안타!"

"그런 게 어딨노!"

숟가락을 왼손에 쥔 똑같은 습관에 코끝을 실룩거리는 버릇까지, 꼭 빼닮은 얼굴로 옥신각신 다투는 연석과 연주의 모습에 고운은 웃지 않을 수 없었다. 한 마디도 지지 않으려 기를 쓰고 종알거리는 와중에도, 연주의 손이 고운의 손으로 뻗어와 꼭 부여잡았다.

고운은 한 손으로만 밥을 먹었다. 한 손으로 먹느라 숟가락과 젓가락을 번갈아 쥐어야 하는 번거로움 따위는 전혀 개의치 않고, 연주와 붙잡은 손에 따스한 기운을 전해주기 위해 밥을 먹는다.

운전은 연석이 했다. 고운은 연주와 함께 뒷좌석에 타려고 했지만, 연주가 기어코 그녀를 밀어내며 조수석에 앉으라고 성화를 부렸다.

"아빠가 운전하고, 엄마가 옆에 타고, 내는 뒤에 타고…… 진짜 놀러가는 것 같다. 맞제, 아빠? 맞제, 엄마?"

좋아하는 연주의 모습에 두 사람은 새삼 쑥스러움과 머쓱함을 동시에 느끼며 입을 다물었다. 단순히 연주의 아빠, 엄마가 되고 싶었을 뿐이라고는 하지만 그것은 서로가 서로의 옆 자리에 있음을 의미했다.

고운의 차는 옥포 시내의 2차선 좁은 길을 매끄럽게 달렸다. 대형마트는 그다지 멀지 않았으나 상층에 위치한 주차장에는 주말 쇼핑을 즐기는 사람들이 이끌고 온 차들로 만원이다. 겨우 비좁은 공간 하나를 차지해 주차를 하고 세 사람은 매캐한 주차장을 빠져나왔다.

"뭐부터 사야 하노."

"일단 가방 보러 갈까?"

카트를 끌고 매장 안을 가로질러 걸음을 옮기던 연석은 문득 진열장 유리에 비친 그들 세 사람을 발견하고 멈칫했다. 연주와 손을 붙잡고 있는 고운과 그녀의 곁에 서서 카트를 미는 자신.

주위의 가득 메우고 있는 여느 가족과 다르지 않는 스스로의 모습에 말로 설명하지 못할 묘한 느낌에 사로잡혔다. 가슴께가 아픈 것 같기도 하고, 옆구리가 간지러운 것 같기도 했고, 아니면 두 가지 모두일지도 모른다.

"왜?"

갑자기 걸음을 멈춘 연석을 고운이 의아한 듯 돌아보았다.

"아이다……. 아무것도 아이다. 가자."

익숙해지지 마라. 좋아하지 마라. 기대하지도 마라. 이 자리가 맞다고, 착각하지도 마라. 언젠가는 돌아가야 할 길이다. 박연석 이 밥통아, 해봤자 후회밖에 안 남는 것들인데 붙잡지 좀 마라. 지지리도 못난 놈아.

연석은 카트를 붙잡은 두 손에 힘을 꽉 주었다.

"이거 어때?"

"내가 봐 아나. 니나 꼬맹이 마음에 드는 거로 사라."

착각일지도 모르지만, 그래도 아주 잠깐이면 괜찮을지도 모른다. 다른 뜻 하나 없이, 그냥 이렇게 몇 걸음만 떨어져서 보고만 있으면 괜찮을지도 모른다. 이 정도라면 익숙해진다고 해도, 나중에 후회하지 않을지도 모른다.

연석의 눈길은 두 개의 가방을 놓고 함께 고민하고 있는 연주와 고운에게서 떨어질 줄을 몰랐다.

그 뒤부터 두 사람은 아예 연석에게 의견을 묻지도 않고 자기들끼리 종알거리며 필요한 물건들을 골라냈고, 연석은 두 사람의 뒤를 졸졸 따라 다니며 카트에 물건들을 담았다.

그것만으로도 좋았다. 목소리, 웃음소리, 눈빛, 손길. 그저 뒤에서 보고 있는 것만으로도 다른 욕심 없이 만족스럽다.

"다 된 것 같은데……."

고운이 갑자기 돌아서자, 연석은 당혹스러움을 느끼며 황급히 카트의 짐을 정리하는 척 몸을 숙였다.

"갈까?"

"저기……."

연석은 잠시 망설이다 다시 입을 연다.

"내도…… 뭐 하나 사주고 싶다."

"나한테?"

고운이 고개와 함께 손을 흔들었다.

"괜찮아. 나 필요한 거 없어."

"아이다. 니 필요한 거 있다. 가자."

이번에는 연석이 먼저 앞장을 선다.

카트를 밀 수 있는 에스컬레이터로 향하던 세 사람은 연주의 목소리에 걸음을 멈추어야 했다.

"내 놀이방에서 놀고 싶다. 내 놀고 있을 테니까 엄마 아빠 둘이서 가서 사 온나."

"혼자서?"

연주가 고개를 끄덕였다.

"같이 가줄까?"

"아이다. 거는 애들 많다. 놀고 있을 테니까 천천히 사가꼬 온
나!"

연주는 고운과 연석이 부르는 소리에도 아랑곳하지 않고 어
린아이들을 위한 놀이방을 향해 힘차게 달려가 버렸다. 두 사람
은 어색하게 서로를 바라보다 이내 에스컬레이터에 올라 미끄
러지듯 아래층으로 향했다.

"꼬맹이가 저라는 거 신경 쓰지 마라."

"뭐가?"

눈치를 챘으면서도 고운은 모른 척 물었다.

"음…… 저기, 우리 둘이 묶어놓을라는 거 말이다."

머뭇거리는 연석의 말투에 고운은 장난기가 발동했다.

"연주가 그랬었나?"

"흠."

아니면 말고, 중얼거리며 카트를 밀어 성큼 앞으로 먼저 가버
리는 연석의 뒷모습을 바라보며 고운은 웃음을 겨우 참아야 했
다.

필요한 걸 사주겠다면서 온 곳은 식료품 매장이다. 고운은
눈에 보이는 것마다 카트 안에 밀어 넣는 연석의 팔을 붙잡았
다.

"뭐 하는 거야?"

"보믄 모르나. 니 집에 쌀도 없제?"

고운의 대답을 듣지도 않고 연석은 20kg짜리 쌀 포대를 들었

다. 입을 살짝 벌리고 그가 하는 것을 지켜보던 고운이 황급히 카트를 다른 쪽으로 밀어 연석이 쌀을 넣지 못하게 방해했다. 꽤 무거웠던지, 연석의 입에서 끙하고 신음 소리가 터졌다.

"뭐 하노, 힘들다. 빨리 갖다 대라!"

"그렇게나 많이 필요없어."

고운은 4kg짜리 쌀을 가볍게 들어 카트 안에 넣었다. 머쓱해진 연석이 무겁게 들고 있던 쌀을 바닥에 내려놓고 나직하게 숨을 골랐다. 연석이 선반을 지날 때마다 카트 안에는 각종 식료품이 가득 가득 들어찼다.

"일 년도 더 먹겠다."

"일주일 안에 다 먹고 살 좀 찌아라."

자신에게로 향하는 연석의 안쓰러운 시선에 고운은 일부러 과장된 미소와 목소리로 대답했다.

"요즘 마른 사람이 대세라는 거 몰라? 내가 이렇게까지 만드는 데 얼마나 힘들었는데!"

정육 코너에서 돼지고기와 쇠고기를 부위별로 주문하고 돌아서던 연석은 고운의 말에 얼굴을 잔뜩 찡그렸다. 그 반대겠지, 얼마나 힘들었으면 이렇게 되었을까. 하지만 연석은 고기 봉투들을 카트 안에 내던지듯 내려놓을 뿐, 아는 체하지 않았다.

"대세든 소세든, 한 개도 안 이쁘다."

"하긴."

무거워진 카트를 함께 밀어주기 위해 고운이 연석의 곁에 섰다. 어깨가 닿을 만큼, 두 사람 사이의 공간이 가까워진다. 고운이 말을 하기 위해 고개를 들자 연석은 심장 소리를 무시하느라 애를 먹는다.

"넌 옛날에도 통통한 여자들 좋아했어."

"뭐."

그랬었나, 기억이 나는 건 아니었지만 연석은 순순히 수긍했다.

"비쩍 말라비틀어진 것보다 토실토실한 사람이 훨 낫지."

갑자기 고운이 크게 웃음을 터뜨리자 오히려 연석이 화들짝 놀랐다.

"가시나, 놀랐다 아이가. 뭐가 웃기다고……."

큭큭대며 웃던 고운은 연석이 갑자기 말을 끊고 내딛던 걸음을 멈추자 그가 바라보고 선 방향으로 고개를 들었다. 의사 가운이 아닌 편안한 니트와 재킷 차림의 정혁이 카트 대신 작은 플라스틱 케이스를 들고 두 사람 앞에 서 있었다. 정혁의 시선이 자신과 연석을 번갈아 지나치자 고운은 얼굴에서 웃음기를 거두었다.

"서 선생님."

고운을 부른 뒤 정혁은 다시 연석을 바라보았다.

"박연석 씨."

카트 안에 가득 찬 물건들, 정혁은 불안한 시선을 감추지 못하고 혼란스러운 표정을 지었다.

"두 사람……."

"장 보러 오셨나 봐요, 윤 선생님."

고운의 목소리는 감정이 드러나 있지 않았다. 그렇다고 조금 전 연석과 있을 때와 같은 음성도 아니었다. 평이한 억양과 사무적인 말투, 무심한 표정은 철저하게 정혁을 사정거리에서 배재하고 있었다.

"그럼 내일 병원에서 봬요."

정혁이 그녀를 부른다.

"서 선생님."

정혁의 목소리에 연석은 화가 치밀어 오르는 것을 느끼며 오히려, 피식 가벼운 웃음을 터뜨렸다.

"잠깐 이야기 좀 하죠."

"글쎄요. 전 일행이 있어서."

연석은 카트를 앞으로 밀고서 고운과 정혁의 사이에서 빠져나왔다.

"내 꼬맹이 데리러 갔다 오께. 이야기해라."

"연석아, 안 그래도 돼. 같이 가."

고운의 입에서 터진 연석의 이름에 정혁의 눈썹이 치켜 올라갔다.

"아이다. 주차장에서 보자."

고운이 한 번 더 그를 불렀지만 연석은 돌아보지 않고 걸음을 옮겼다. 다른 사람들보다 머리 하나는 더 큰 키 때문에, 놀이방으로 향하는 에스컬레이터를 탈 때까지 연석의 모습은 고운의 눈에 들어왔다. 정혁이 몇 번 그녀를 불러서야, 고운은 대답할 수 있었다.

"이야기 좀 해요."

"병원에서 해도 될 이야기일 텐데요."

"지금 듣고 싶어서 그래요."

"그럼…… 주차장으로 가면서 하죠."

사실 고운의 머릿속에는 심각한 표정을 짓고 있는 정혁보다, 연석이 밀고 있던 카트 속의 짐들에 대한 걱정이 가득했다. 그걸 혼자서 다 들고 오기 힘들 텐데, 게다가 연주까지 데리고…….

"네?"

주차장으로 가는 엘리베이터에 올라 버튼을 누르던 고운은 결국 정혁의 물음을 듣지 못하고 되물어야 했다.

"아까 그 사람, 월드 나이트 박연석 씨 맞죠?"

"네. 아시잖아요."

새삼 확인할 필요는 없지 않느냐는 말이었다.

"두 사람 원래 알던 사이였어요?"

"네."

"왜 말 안 했어요?"

"제가 해야 했나요?"

그제야 정혁은 자신이 질문의 선을 넘었다는 사실을 깨닫고 황급히 고개를 흔들었다.

"아, 미안합니다. 제가 좀 흥분을 해서."

엘리베이터에서 내린 두 사람의 등 뒤로 달팽이관처럼 생긴 주차 로를 휘돌아나가는 자동차의 타이어 굉음이 들려왔다. 고운은 돌아서서 정혁을 똑바로 바라보았다.

"듣고 싶다는 말, 들으셨어요?"

"아니요. 물어도 될지, 생각 중입니다."

비가 오던 날, 자신은 누군가를 만날 생각이 없다고 그에게 밝혔던 그날 이후로 정혁은 고운에게 관심을 보이면서도 적당한 거리를 지켜왔었다. 따로 말한 적은 없었지만 자신에게 부담을 주고 싶지 않아서라는 걸 고운은 알고 있었다. 지금 그는 부담을 주지 않겠다고 했던 스스로의 다짐을 후회하고 있는 듯했다. 고운은 그의 부담을 덜어주기로 했다.

"물어보세요."

잠시 한숨을 내쉰 정혁은 이내 입을 열었다.

"박연석 씨와는 가까운 사이예요?"

차라리, 어떤 사이예요? 라고 정혁이 물었다면 대답하기는 훨씬 수월했을 터였다. 고운의 침묵을 긍정이라고 정혁이 결론을 내릴 때까지, 그녀는 입을 다물고 대답을 미루었다.

"적어도."

드디어 고운이 입을 열자, 정혁은 긴장한 채 그녀의 다음 말을 기다렸다.

"윤 선생님과 제 사이보다는 가까운 사이라고, 전 그렇게 생각하고 있어요."

정혁의 입에서는 실망의 신음 소리가 터져 나왔다.

"서 선생님, 박연석 씨가 어떤 사람인지 다 알고 있어요?"

이마를 손으로 짚으며, 정혁은 어찌할 바를 모른다.

"변변한 직업도 아닌 데다, 아이까지 있어요. 도대체 왜……."

"윤 선생님."

고운이 정혁의 말을 잘라 버리고 그를 조용히 부른다.

"내가 그런 말 한 적 있죠? 의사랑은 연애 안 한다고. 의사랑 사랑하는 거, 그거 재미 참 없더라고 내가 그랬잖아요."

그리고 난 평생 사랑 같은 거, 다시는 하지 않겠다고 생각했죠.

"그런데 연석이하고도 안 해요, 나. 연애도, 사랑도……. 의사랑은 재미없어서 안 하는 거지만, 연석이하고는요…… 못해요."

고운의 말에 정혁은 움찔했다.

"그 사람, 다른 사람들 눈에는 어떻게 보일지 몰라도 나한테는 세상에서 가장 과분한 사람이라서…… 그래서 난 연석이랑은 사랑도, 연애도 못해요."

다시는 사랑 같은 거 하지 않겠다고 했다. 사랑, 비슷한 것에도 휘둘리지 않겠다고 다짐했다.

"염치없어서."

하지만 이제는 못한다. 염치없어서.

"그래도 내가 다시 사랑 같은 걸 한다면 그건."

그럴 리는 없겠지만. 아니, 그러면 안 되겠지만.

"아마도…… 박연석일 거예요."

연석은 페인트가 벗겨진 주차장의 벽에 기대어 섰다. 두 팔 가득히 채운 봉투가 무거운 줄도 모르고, 나머지 짐들을 지키며 매장 앞에서 그를 기다리고 있을 연주도 지금은 그의 머릿속에서 물러나 있었다.

"연석이하고는요, 못해요."

그녀의 목소리가 귓가에서 맴돈다.

"그 사람, 다른 사람들 눈에는 어떻게 보일지 몰라도 나한테는 세상에서 가장 과분한 사람이라서 그래서 난 연석이랑은 사랑도, 연애도 못해요. 염치없어서."

어쩌면 오늘 그녀의 한 마디 한 마디를 평생토록 가슴에 간직하고 살게 될지도 모른다고 생각했다.

"그래도 내가 다시 사랑 같은 걸 한다면, 그건 아마도."

명치끝이 저린 듯이 아프다. 그걸 억지로 누르며 참고 있자니, 울컥하고 반발하며 터지고 만다. 마지막까지, 눈물은 피해 보려고 안간힘을 써보지만 이미 그의 자제력을 벗어나 버린 듯

했다.

"박연석일 거예요."

그녀 때문에는 다시는 흘리지 않을 줄 알았던 눈물이, 팔 년이 지난 지금에 와서 연석의 얼굴을 젖게 했다.

• 제12장 •

"오셨어요?"

병원 문을 열고 들어서자, 여느 때와 다름없이 김 간호사가
접수 테이블 안쪽에서 고운을 맞아주었다. 흰 이를 드러내며 환
하게 웃는 김 간호사의 인사에 고운 역시 미소로 답해주었다.

"좋은 아침."

"무슨 좋은 일 있으세요?"

로비를 가로질러 곧장 물리치료실로 향하려던 고운은 김 간
호사의 말에 걸음을 멈추고 돌아섰다.

"응?"

"서 선생님 기분이 좋아 보여서요."

고운은 손으로 뺨을 가볍게 쓸어 보였다.

"그래 보여?"

"네. 좋은 일 있으시죠?"

잘 모르겠는데, 남 일을 말하듯 중얼거리던 고운은 돌아서려다 병원 유리문을 밀고 들어서는 정혁과 정면으로 마주친다. 김 간호사의 인사에 가볍게 손을 들어 대답한 정혁은 고운과 눈을 마주친 채 한참을 말없이 서 있었다.

"좋은 아침이에요, 윤 선생님."

고운이 먼저 인사를 건네었다. 아무 일 없었다는 듯, 평소와 다름없이, 또한 감정도 없이. 무엇인가 그녀에게 말하고 싶지만 차마 하지 못하고 정혁은 어깨에 잔뜩 주었던 힘을 빼버린다. 그리고 고개를 끄덕이며 인사를 받았다.

"네. 좋은 아침이네요."

정혁이 먼저 그녀를 지나쳐 진료실로 들어가 버렸다. 진료실에 들어가 흰 가운을 걸쳐 입으며 환자를 받고, 진료하고, 치료하고, 먹고, 자고, 시간을 보내면서 조금씩 잊을 것이다. 사랑하지 않았기에 시간은 사랑보다 자존심을 위해 필요한 것이다. 시간은 짧을 것이며, 그마저도 흐르고 나면 비웃을지도 모른다. 사랑을 하지 않겠다는 그녀를, 하게 된다면 의사가 아니라 아이까지 딸린 무능력한 남자와 하겠다는 바보 같은 그녀의 선택을.

물리치료실에 들어선 고운은 캐비닛에서 가운을 꺼내다 흠칫하고 행동을 멈추었다.

만약 실습을 나갔던 그해 여름 은환을 처음을 만났던 그때, 유난히 자신에게 차갑게 굴었던 최은환 선생에게 마음을 주지 않았다면.

"그러고 보면, 당신 정말 나쁜 사람이다."

지금 자신이 정혁에게 했던 것처럼, 잘라내려면 완전히 잘라줘야지. 조금 마음이 아프고 불편하더라도 사랑하고 난 후에는 수백 배, 수천 배 더 힘들 거라는 걸 알고 있으면서 왜 못했니.

첫 번째 나빴던 당신은, 집안의 압력을 이길 수 없는 자신을 알면서도 절대로 허락하지 않을 나 같은 여자에게 끝까지 차갑지 못했던 거. 두 번째 나빴던 당신은, 당신 손가락에 다른 여자와 똑같은 반지를 끼우던 날까지도 나를 완전히 털어내지 못했던 거. 세 번째 나빴던 당신은, 정신 차리고 이제 제대로 나를 잘라 버리려는 찰나에.

"죽어버린 거."

옷걸이 쥔 손에 힘을 꼭 쥐고, 고운은 입술을 깨물며 가운을 빼 들었다. 가운을 입고, 환자를 치료하고, 먹고, 자고. 그렇게 살다 보면 상처의 흔적도 찾을 수 없이 씻은 듯 나을 것이다. 어쩌면, 다시는 사랑하지 않겠다는 스스로의 다짐을 비웃고 있을지도 모른다. 열심히, 열렬히, 마음을 다해 다른 사람을 사랑하면서.

점심시간이 될 때까지, 연이어 들이닥치는 환자들 때문에 고운은 다른 생각 할 틈도 없이 일을 했다. 점심시간이 되어 한숨 돌릴 여유가 되자, 고운은 병원 앞 휴대전화기 대리점으로 향했다. 특별한 기능이 없는 무난한 스타일의 전화기를 고르는 데는 불과 몇 분 걸리지 않는다. 병원으로 돌아와 테이블 위에 새 전화기를 내려놓고 커피 물을 올리려는데, 김 간호사가 물리치료실 안으로 얼굴을 내밀었다.

"서 선생님, 식사하러 안 가세요?"

"별로 생각 없어서 커피랑 비스킷이나 좀 먹으려고."

"에이, 그게 어떻게 끼니를 해결해요? 잘됐어요."

김 간호사는 꽤 큼지막한 종이봉투를 들고 물리치료실 안으로 들어왔다. 그리고 테이블 위에 종이봉투를 올려놓고, 그 안에서 네모로 각이 진 도시락 통을 꺼내 들었다.

"병원 식구들하고 같이 먹으려고 만들었는데, 오늘따라 다른 분들 다 바깥에서 식사 약속이 있으시잖아요. 서 선생님도 나가시는 것 같아서 이걸 혼자 다 먹어야 하나, 얼마나 걱정했다고요."

도시락 뚜껑을 열자, 새하얀 빵 사이에 신선한 과일과 채소를 듬뿍 넣은 샌드위치가 먹음직스럽게 들어차 있었다. 분명 둘이서 먹기에도 많은 양이었다. 고운은 김 간호사의 커피까지 준비해 테이블 위에 올려놓았다.

"아, 전화기 새로 사셨나 봐요?"

고운은 김 간호사에게서 건네받은 샌드위치를 한입 베어 물었다.

"응. 아직 개통은 안 됐어. 즉시 개통이라고 적어놓고선, 한 시간쯤 걸린다네. 음, 맛있네? 요리 잘하나 보다."

"잘하는 건 아니고, 좋아해요."

맛있다는 칭찬에 얼굴이 붉게 달아오를 정도로 기뻐하며 김 간호사도 샌드위치와 커피를 번갈아 입에 넣었다. 샌드위치를 입에 넣고 천천히 오랫동안 씹으며 고운이 김 간호사에게 물었다.

"그런데, 대학은 경기도에서 나왔다면서 왜 거제도까지 온 거야?"

"저도 집이 거제도거든요. 서 선생님처럼 고등학교도 여기서 다녔고요."

"그래도 왜, 넓은 데서 공부하고 큰 병원에서 일해보고 싶은 생각이 들었을 텐데."

김 간호사가 고개를 끄덕였다.

"그랬죠."

적당한 온도로 식은 커피를 입에 가져가며 김 간호사는 잠시 말을 멈추었다.

"고등학교 때부터, 대학 진학 목표는 무조건 멀고 넓은 곳이었어요. 그때는 왜 그렇게, 여기가 비좁고 낡고 답답하게 느껴졌을까요. 뭐, 저뿐만 아니라 주위의 대부분 아이들이 모두 그랬죠. 또 실제로 대부분 외지로 나갔고요."

고운은 김 간호사의 이야기를 들으며 대꾸없이 샌드위치를
씹는다.

"그런데도 돌아오게 된 이유는, 사실 저도 잘 모르겠어요. 여
기는 여전히 좁고 답답한 섬인데, 왜 전 돌아왔을까요. 대학 나
온 곳에서 취직하고, 결혼하고 살면 됐을 텐데. 서 선생님도 돌
아오셨잖아요. 그 이유를 아세요?"

그때야 고운은 씹는 것을 멈추고, 고개를 돌려 새로운 휴대전
화기를 내려다보았다. 한참 동안이나 고운은 말없이 그렇게 물
끄러미 전화기를 바라보다, 김 간호사의 의아한 듯한 시선에 정
신을 차리고 입을 열었다.

"섬이니까."

"네?"

"섬이라서 떠났지만, 섬이라서 다시 돌아온 거야."

고운은 빙그레 미소를 지으며 손에 들려 있던 샌드위치를 입
에 넣고 꿀꺽 삼키듯 목 안으로 넘겨 버렸다. 뜻 모를 말에 더
이상 설명을 덧붙이지 않자, 김 간호사도 이내 어깨를 으쓱거렸
다.

"맛있게 잘 먹었어."

김 간호사는 겨우 손바닥 반만한 크기로 잘라놓은 샌드위치
한 개를, 그도 마지막에는 억지로 삼키듯 먹는 고운의 마른 몸
을 걱정스레 바라보았다.

점심시간이 끝나고 김 간호사가 물리치료실을 나간 직후, 휴

대전화기의 메시지 음이 울렸다. 전화기가 개통이 되었다고 대리점에서 보내온 메시지였다. 메시지를 확인하고 전화기를 도로 내려놓은 채 커피 잔을 씻으려고 몸을 일으키던 고운은 무슨 생각에서인지 다시 의자에 앉았다.

꾹, 꾹, 꾹, 꾹, 손가락에 힘주어 번호를 누르자 곧장 신호음이 흐른다. 전화기 건너편에서 전화를 받자, 고운은 의자에 등을 기대며 편안한 듯 눈을 감았다.

"나야."

그러게, 우리는 왜 이유도 제대로 알지 못한 채 이리로 돌아오게 되었을까.

"응, 전화기 샀어. 나, 끝나고 연주 데리러 갈게. 귀찮긴, 내가 같이 있고 싶어서 그런 건데. 아니, 너만 괜찮으면 너희 집으로 가서 같이 있을게. 나한테 오려면 네가 일하다 말고 나와야 하잖아. 정말 괜찮다니까. 아, 그리고 나 모레 월차 쓰려고. 연주 입학식이잖아. 같이 가주고 싶어……."

"꼬맹이, 아빠 말 잘 알아들었나?"

연주의 볼이 퉁퉁 부어오른 것을 모른 척하며 연석이 재차 물었다. 눈을 부라리는 연석의 물음에 어쩔 수 없이 고개를 끄덕이면서도, 연주는 다른 사람들에게 고운이 엄마라는 사실을 말하지 말라는 연석의 말에 완벽히 동의할 수 없었다.

"알아묵긴 했는데, 와 그래야 하는데?"

"와 그러긴."

연석은 미리 준비해 둔 말을 꺼냈다.

"인자 엄마랑 아빠랑은 같이 안 살아서 지금 엄마 주위 사람들은, 우리가 엄마 가족인지도 모른다. 사람들이 우리가 엄마 가족이라는 거를 알므는, 어쩌면 엄마가 좀 난처해질지도 모르지만. 사람들이 우리가 엄마 가족이라는 거를 몰라도, 우리가 가족이라는 사실은 안 변한다. 그라믄, 우리가 어떻게 해주는 게 엄마를 위한 거겠노?"

"그래도……."

그때 강택이 대기실 문을 열고 뛰어들어 왔다.

"행님! 가게 앞에 여자가 찾아왔소!"

어찌나 크게 소리를 쳤던지 대기실 안에 있던 사람들은 물론, 홀에 있는 사람들까지 우르르 몰려 나갔다. 연석은 강택을 한 대 쥐어박고는, 연주를 안아 일으켜 황급히 대기실을 나왔다.

"우리 꼬맹이는 똑똑하고 착해가, 아빠 말 다 이해했을 거라고 생각한다. 알겠제?"

"알겠다."

계단 위 입구에 서 있는 고운을 보기 위해 홀 청소를 하던 웨이터들과 주방 김씨 아주머니까지, 클럽 사람들이 계단 아래 빽빽하게 모여 있었다. 연석은 그들을 밀치며 계단에 올라서 연주를 내려놓았다.

“왔나.”

“응. 연주야, 오늘 오전에 뭐 하고 놀았어?”

“엄!”

엄마라고 부르려다 말고, 연주는 계단 아래 사람들을 흘낏 바라보고는 치잇 소리를 냈다. 고운이 눈을 동그랗게 뜨며 연주와 연석을 번갈아 바라보았다.

“얼른 가라.”

연석은 고운이 잠시 가게 앞에 세워둔 그녀의 차로 두 사람을 밀었다. 의아해하는 고운을 차로 이끌면서도, 그녀와 제대로 인사도 못하고 헤어지는 아쉬움이 적지는 않았다. 연주가 안전벨트를 매는 것을 확인하고, 고운이 연석에게 가볍게 고개를 끄덕이고 차를 출발시켰다.

차가 완전히 시야에서 사라진 후에야, 연석은 계단을 내려섰다. 사람들이 대기실로 향하는 그의 뒤를 우르르 쫓았다.

“행님, 그 여자 누굽니꺼?”

“시끄럽다. 신경 쓰고 하던 일이나 해라!”

“행님!”

“시끄럽다카이! 얼른 다 안 흩어지나! 확, 일 안 하믄 다 짤라뿐다!”

으름장을 놓아도 사람들은 쉽게 호기심을 숨기려 하지 않았다. 특히, 강택은 대기실까지 밀고 들어와 연석의 옆에 철썩 달라붙었다.

"그 여자, 그 여자 전번에 왔던 윤 원장네 일행 아인교."

눈치 하나는 백단이다.

"입 다물어라, 다른 사람들한테도 입 다물고."

매일 연석에게 얻어터지고, 타박당하면서도, 클럽 안에서 로
즈 다음으로 그를 만만히 보는 사람이 강택이었다.

"저 여자랑 요즘 만나는 겁니꺼."

"아이다, 그런 거."

"아이기는! 아인데 연주를 저 여자가 와 데꼬 갑니꺼?"

"확, 딱 좋은 말 할 때 고마 해라."

더 파고들어도 연석이 말해줄 것 같지 않자, 강택이 뺨을 실
룩거리며 돌아섰다. 그러다 깜빡 잊었던 것이 생각난 듯 다시
연석에게 돌아왔다. 대기실 안에 아무도 없는데도 불구하고 강
택은 목소리를 한껏 줄였다.

"어제 말입니다, 행님."

조금 전 고운에 대해 묻던 장난기 어린 목소리가 아니었다.
연석은 고개를 돌려 강택을 똑바로 바라본다.

"미인에 그 배만 뽈록 나온 그놈 있다 아입니꺼. 장 부장. 그
자식하고 로즈가 만나는 걸 태식이가 봤답니더."

"뭐?"

"고현 커피숍에서 뭔 말을 하느라 심각한지 태식이가 그 자리
에 있는 것도 모르더랍니다."

연석은 소파에 등을 기대고 앉았다. 표정에 변화는 없었지만,

고운의 존재를 숨기기에 바빴던 조금 전 당황 어린 눈빛은 사라지고 없었다. 대신 무심하면서도 차가운 빛이 짙은 눈동자 깊이 스치고 지나갔다.

"혹시, 미인에서 로즈 빼갈라는 거 아입니꺼?"

연석은 대답이 없었다. 답답한 마음에 강택이 다시 말을 이었다.

"솔직히 우리한테 로즈 빼면은 손님들이 찾을 가수가 어디 있습니꺼. 미인에서도 고걸 아니까……."

"택아."

연석이 강택의 말을 중간에 잘라내고 입을 열었다. 강택을 부르고서도 연석은 일자로 굳어진 입술을 닫은 채 한참 동안 말이 없었다.

"딴 아들은 아나?"

"모를 낍니더."

"그라믄 태식이 입단속시키라."

"야?"

강택의 얼굴이 일그러졌다.

"지금 입단속이 문제가 아인데! 행님, 그 가시나 가믄 우리 장사 말아묵소!"

"가 때문에 말아먹을 장사였으믄 이미 여러 번 말아묵었다. 그라고, 돈 마이 받고 좋은 조건으로 간다믄 우리가 로즈를 붙잡으믄 되것나."

"행님!"

속 편한 소리나 하고 있을 때가 아니라며, 강택이 소리를 버럭 내질렀다.

"니도 안다 아이가. 로즈 가도 불쌍한 가시나다. 이보다 더 잘 살 수 있으믄, 도와주지는 못할망정 방해는 안 해야제. 고마 나 가봐라. 니도 로즈 앞에서 모른 척하고."

그의 말 한 마디라면 평생 동안이라도 월드에 남아 있을 로즈를 이대로 손을 놓은 채 미인 나이트클럽에 빼앗기게 내버려 두려는 연석의 행동에 강택은 이해할 수 없다는 듯 고개를 설레설레 흔들었다.

"난 모르것소!"

답답하고 화가 난 강택이 대기실 문을 꽝 닫고 나가 버리자, 그제야 연석은 작은 한숨을 입 밖으로 내쉬었다.

문을 열고 현관에 들어서는 연석의 손에는 검은색 봉투가 들려 있었다. 가게 주방에서 상처 없는 것으로 꼼꼼하게 골라온 귤들이 봉투 안에서 나뒹굴고 있었다. 깊은 새벽, 집 안은 공기까지 차분하고 조용했다.

연석은 발걸음 소리를 줄이고 거실을 가로질러 연주의 방문을 살짝 열었다. 오리 모양의 작은 스탠드 불빛 아래, 이불을 덮고 곤하게 잠든 연주의 머리맡에 앉아 벽에 기댄 채로 고운도 잠들어 있었다.

연주와 고운의 주위로 동화책이 몇 권 널브러져 있었다. 잠들기 직전까지 읽어주었던 모양인지 아직 채 덮이지 않은 동화책이 흐릿한 그림을 드러내며 그녀의 손에 쥐여 있었다.

그녀를 깨우려고 연석은 귤이 든 봉투를 바닥에 내려놓고 조심스럽게 방 안에 들어섰다. 스탠드의 작은 불빛이 연석의 큼지막한 그림자를 벽에 그렸다.

“고운아.”

고운의 곁에 무릎을 꿇고 앉은 연석이 그녀의 어깨를 살짝 흔들었다. 하지만 꽤 피곤했던 모양인지 그녀는 눈을 뜨지 않았다.

“고······.”

한 번 더 고운을 깨우려던 연석은 이내 입을 다물었다. 그리고 고운의 손에서 책을 빼내어 내려놓고 그녀와 나란히 벽을 기대고 앉았다. 다리를 쭉 뻗을 수도 없고 한쪽 어깨가 모서리에 부딪칠 정도로 불편한 자세였지만 연석은 한참이나 미동도 없이 그렇게 그녀와 나란히 벽에 머리를 기댔다.

“연석이하고는요, 못해요.”

그녀의 목소리를 가슴 깊이 되새기고 싶어, 연석은 눈을 감았다.

“그 사람, 다른 사람들 눈에는 어떻게 보일지 몰라도 나한테는 세상에서 가장 과분한 사람이라서 그래서 난 연석이랑은 사랑도, 연애도 못해요. 염치없어서.”

그것만으로도 만족할 수 있었다. 고운이 그렇게 생각해 준다는 사실만으로도, 사랑 같은 거 하지 않아도 좋다. 변하는 사랑 같은 거, 하지 않아도 좋다. 그녀에게 일순간이라도 과분한 사람이 될 수 있었다는 것, 그것만으로 족하다.

"그래도 내가 다시 사랑 같은 걸 한다면 그건 아마도."

툭, 어깨가 묵직해지는 느낌에 연석은 눈을 떴다. 고운의 고개가 연석의 어깨 위로 떨어져 얼굴을 묻고 있었다. 그녀의 작은 숨소리까지 전해질 정도로 두 사람은 가까웠다.

"박연석일 거예요."

차마 그녀를 향해 고개를 돌릴 수 없었다. 하지만 어깨로 전해지는 체온만으로, 연석은 온전한 그녀를 느낄 수 있었다.

"그것만으로도."

연석의 작은 중얼거림은 허공을 향했다.

"욕심, 버릴 수 있다. 기대도 버릴 수 있다."

어깨가 젖어들었다. 고운이 깨어 있다. 작은 방 안에 그녀의 눈물이 곳곳에 퍼져 따듯하게 젖은 공기를 만들어냈다. 연석은 숨을 들이마시며 가슴으로 그녀의 눈물을 받아들였다. 눈물로 젖은 가슴은 저릿하게 아프지만, 이 정도라면.

"나는."

이대로 그녀가 다시 잠들기를 바라며, 연석도 눈을 감았다. 어깨를 맞대고 앉아 밤이 새기를 바라며 연석은 잠을 청했다.

"괜찮다."

고운은 가운 주머니에 손을 집어넣은 채 창가에 섰다. 부지런히 걸음을 옮기는 사람들의 움직임을 따라가던 그녀의 시선이 어느 지점에서 멈추었다. 잠이 든 두 사람을 남겨두고 이른 아침에 펜션으로 돌아와 씻고 출근을 했던 터라 조금 피곤한 감이 어린 얼굴이었다.

"선생님, 차트요."

김 간호사가 차트를 내려놓고 사라지자, 고운은 창가에서 걸음을 떼고 테이블에서 차트를 집어 들었다.

"Ankle sprain……."

혼잣말로 중얼거리던 그때, 치료실로 로즈가 들어섰다. 길고 늘씬한 다리에 잘 어울리는 스키니 진에 핑크빛 화려한 티셔츠 차림, 가벼운 화장으로 생기있어 보이는 로즈의 얼굴을 갑자기 마주하게 되자 순간 고운은 할 말을 잃었다.

"치료 안 하나?"

로즈의 가느다란 눈초리에 고운은 황급히 그녀에게 침대를 가리켰다. 침대로 걸어가는 로즈의 걸음걸이 어디에서도 발목의 부상은 드러나지 않았다. 하지만 고운은 별다른 말 없이 로즈 곁에 섰다. 다시 한 번 차트를 훑어보았지만, 특별한 오더도 윤 원장 특유의 유머 섞인 히스토리도 보이지 않았다.

"저주파 통증 치료부터 할게요."

역시나 발목에는 이렇다 할 상처나 부기가 보이지 않았지만 고운은 Tens의 패드를 집어 들며 무심하게 말했다.

자신을 내려다보는 로즈의 시선이 느껴졌지만 고운은 한 번도 그녀에게 고개를 돌리지 않고 묵묵히 해야 할 일만 했다. 그런 그녀의 행동이 더 신경을 거슬리게 했던 모양인지, 발목에 붙여둔 패드를 낚아채어 침대 위에 내던지며 로즈가 침대에서 벌떡 몸을 일으켰다.

"옛날에는 박연석이랑 꼬맹이 다 버려놓고 지금에 와서 와 나타났는데?"

고운은 말없이 침대에서 패드를 집어 들었다.

"지금 나타났다고 해서 뭐가 달라지는 게 있는 줄 아나?"

이런 기세로 윤 원장에게 가서 억지로 진료를 받았을 게 뻔하다.

"그동안 박연석이 꼬맹이 키우고, 밥 벌어먹고 사느라 얼마나 죽을 둥 살 둥 살았는지, 니는 모르제. 나는 안다. 내는 옆에서 그거 다 지켜보면서 살았다. 두 사람이 그렇게 살 동안 니는 이래 잘난 사람 돼가서 돌아왔네. 어차피 인자 박연석이하고는 안 어울린다 아이가. 그니까 눈앞에 알짱대지도 마라. 박연석이 마음 흔들어놓지도 마라. 어차피 또 떠날 거, 사람 마음 뒤흔들어놓지 말란 말이다!"

다음 환자의 차트를 주기 위해 문을 열었던 김 간호사가 로즈의 거센 목소리에 흠칫 놀라 고운을 불렀다.

"서 선생님, 괜찮으세요?"

고운은 고개를 끄덕이며 손짓으로 자리를 비켜달라는 뜻을 전했다. 걱정스런 표정으로 김 간호사가 다시 문을 닫고 나가자, 로즈가 그녀의 손에 들린 패드를 집어 들고 다시 바닥을 향해 냅다 내던졌다. 하지만 Tens의 기계와 이어진 패드는 땅에 닿지 않고 허공에서 흔들렸다.

"내는 열여섯 살 때부터, 지금까지. 남자라믄 박연석이밖에 몰랐다. 앞으로도, 박연석밖에 모를 끼다. 니처럼 중간에 배신하고 아까지 냅두고 가버린 피도, 눈물도 없는 가시나한테 못 뺏긴다."

선전포고라도 하듯 로즈가 고운에게서 돌아서 걸음을 옮겼다. 문고리를 잡은 순간, 내내 입을 다물고 있던 고운의 목소리가 치료실 안에 조용히 울렸다.

"앞으로는."

로즈가 고개를 홱 돌려 그녀를 노려보았다.

"안 아프면 병원에 오지 말아요."

로즈 때문에 헝클어졌던 침대를 새로 정리하며 고운이 중얼거리듯 말을 이었다.

"아픈 사람들 오는 곳이 병원이에요. 아픈 당신 마음은 알겠지만, 여긴 마음까지 치료해 줄 수는 없는 정형외과고요. 아까도 봤죠? 정작 치료 받아야 할 환자 차트를, 당신 때문에 받지도 못했어요. 그리고."

침대 정리를 끝낸 고운이 돌아서 로즈의 눈길을 고스란히 받아냈다.

"반말 하지 말아요."

분한 듯 로즈가 문을 쾅 닫고 치료실을 나가 버리자 고운은 조금 전까지 자신이 정리했던 침대에 털썩 주저앉았다. '중간에 배신하고……' 로즈의 목소리 위로 자신이 김 간호사에게 했던 말이 겹쳐서 끊임없이 귓가에 맴돌았다.

"중간에 배신하고……."

"섬이라서 떠났지만, 섬이라서 다시 돌아온 거야."

출근할 때도 늘 편안한 옷차림으로 다녔던 고운이었지만, 오늘은 신경 써서 옷을 입고 화장도 가볍게 했다. 고운이 연석의 집 현관문을 열자 새 옷을 입고 이리저리 방방 뛰어다니던 연주가 달려와 그녀의 품안에 폭 안겨들었다.

"큭, 아침부터 엄마 보니까 너무 좋다."

"나도. 아빠는?"

"방에."

그때 연석이 반쯤 열린 그의 방문 사이로 얼굴을 내밀었다.

"왔나?"

"뭐 해?"

"그게……."

엉거주춤 문을 열고 거실로 나오는 연석은 늘 입고 다니던 트레이닝복을 벗어버리고 번듯한 양복 차림이었다. 거의 입지 않은 듯 새것처럼 보이는 양복은 깨끗하게 세탁하고 다림질이 되어 있었다. 그가 스스로를 어색해하는 것만 제외한다면, 큰 키와 적당히 벌어진 연석의 어깨에 썩 잘 어울렸다.

"이게, 이리 돌아가는 긴가. 아인가. 모르것다."

목에 타이를 두르고 어찌해야 할지 몰라 쩔쩔매는 연석의 모습에 고운이 픽, 웃음을 터뜨렸다. 고운이 한 걸음 가까이 다가서서 팔을 뻗자 연석은 순간 멈칫하는 듯했지만, 그녀의 손길이 움직일 때마다 제 모습을 갖추어가는 타이를 내려다보며 만족스런 미소를 지었다.

"와, 아빠 멋지다. 그치, 연주야?"

"응. 우리 아빠가 젤로 잘생겼다. 맞제, 엄마?"

고운과 연주의 칭찬이 번갈아 이어지자, 연석은 쑥스러운 듯 뒤통수를 긁적거리고 허허거리며 웃음을 터뜨렸다. 그의 행동에 고운은 생각난 듯, 연석을 마룻바닥에 끌어 앉히고 연주에게 헤어젤을 가져오라고 시켰다.

"뭐, 뭐 하노!"

"옷만 번듯하게 입으면 뭐 해?"

연석은 눈앞에 아른거리는 고운의 가슴께를 애써 모른 척 시선을 돌려 버리며 머리칼로 파고드는 그녀의 손길을 피하려고 했다. 하지만 헤어젤을 가져온 연주가 연석의 어깨를 짓누르듯 매달려 붙잡았다.

"연주야, 잘 잡고 있어!"

"응! 응!"

"놔, 놔라! 뭐 하노!"

"움직이면 이상하게 된단 말이야. 가만히 있어."

잠시 후, 다 됐다고 말하며 고운이 물러났다. 연주도 팔짝 뛰어 연석을 돌아 고운의 곁에 섰다. 키득거리며 터지는 웃음을 겨우 참고 있는 두 사람을 마주하고 있자니, 불안한 마음이 스멀스멀 기어오른다. 연석은 벌떡 일어나 화장실로 달려갔다. 세면대 위 벽에 붙은 작은 거울을 마주한 순간 연석은 얼굴을 잔뜩 찌푸렸다. 젤로 머리칼을 완전히 귀 뒤로 넘긴 얼굴이 더 험상궂어 보인다.

"뭐꼬, 이게. 완전 조폭이 따로 없네."

"크크크크크."

화장실 밖에서 터지는 연주와 고운의 웃음소리에 연석은 투덜거리면서도 얼굴에는 웃음기가 돌았다.

결국 연석이 머리를 새로 감고 집을 나서게 되는 바람에 세 사람은 입학식에 늦지 않기 위해 서둘러야 했다. 집에서 그리 멀지 않은 시내 한가운데에 위치한 초등학교에 도착하자 이미 입학생들과 부모들이 바글거려 강당으로 가는 길이 혼잡스러웠다.

연주를 안아 사람들 틈을 헤치며 강당으로 들어선 두 사람은 늦지 않았다는 안도감에 겨우 한숨을 돌릴 수 있었다.

"꼬맹이, 잘할 수 있제?"

"그라믄! 누구 딸인데! 걱정 마라. 엄마, 아빠랑 같이 저기서 내 보고 있어야 한데이!"

"그럼."

고운이 카메라를 흔들어 보였다.

"열심히 사진 찍고 있을게."

연주를 혼자 내버려 두고 학부모 석으로 향하는 연석의 얼굴에는 남다른 감회로 가득 차 있었다. 연석의 곁에 선 고운은 그런 그를 물끄러미 바라보다, 자신의 어깨로 장난스럽게 연석을 쿡 쳤다.

"혹시 우는 건 아니지?"

"울기는."

"에이, 우는데?"

"아이다, 가시나야."

입학식이 시작되자, 소란스러웠던 강당이 금방 조용해졌다. 긴장한 듯 잔뜩 얼어 있는 입학생들 틈에서 연주는 방긋방긋 웃으며 연방 뒤로 돌아 연석과 고운을 바라보았다. 연주가 손을 흔들자 고운도 살짝 손을 들어 인사를 했다.

"언제 저래 컸는가 싶다."

"네가 잘 키워서, 너무 잘 컸어. 밝게. 예쁘게. 착하게."

픽, 연석이 연주의 뒤통수를 바라보며 중얼거렸다.

"자는 속에 영감이 하나 들어앉았다. 속이 아 속이 아이다."

"속이 깊은 거지."

교장선생님 말씀이 이어지자 좀이 쑤신 아이들이 몸을 꿈틀거리고, 한쪽에서는 벌써 '엄마아'를 부르며 울음이 터져 나왔다. 사진을 찍을 만큼 찍은 고운과 연석에게도 지루한 시간이었다. 고운은 고개를 돌려 강당 안을 둘러보았다.

"우리 때는 강당도 없었는데."

"응?"

"나도 여기 초등학교 나왔거든."

연석의 눈이 동그랗게 커졌다.

"진짜가?"

목소리가 너무 컸던지 주위의 사람들의 시선이 두 사람에게로 향했다. 사람들의 눈치를 살피다 잠시 후, 연석이 다시 입을 열었다.

"내도 여 다녔는데."

"진짜? 왜 몰랐지?"

열아홉, 그때 한 번쯤은 물을 수도 있었을 텐데. 어린 시절 같은 공간에 있었다는, 기억나지도 않은 추억에 이리도 설레고 기쁠 수 있는데 조금 더 일찍 알았으면 얼마나 좋았을까. 아니, 코흘리개 어릴 적에 한 번이라도 스치고 지나가서 기억이 어렴풋이 남아 있었으면 더 좋겠다.

그때 입학식의 순서가 모두 끝나고 아이들은 각자의 담임선생님을 따라 줄지어 교실로 향했다. 고운과 연석도 교실까지 따라갔지만 이미 교실을 가득히 메운 다른 학부모들보다 한발 늦은 탓에 밀려 나올 수밖에 없었다. 연주에게 운동장에서 기다리 겠다고 제스처를 취한 후 두 사람은 왁자지껄 소란스러운 학교 건물을 빠져나왔다.

교실이 있는 학교의 사층짜리 중앙 건물을 중심으로 오른쪽 에는 강당, 왼쪽에는 식당 건물이 디근자 형으로 세워져 있었 다. 중앙 건물의 가장 자리에는 수백 년은 살았을 법한 어마어 마한 크기의 은행나무 가지가 중앙 건물의 옥상 끝까지 치솟아 있었다.

"나 쉬는 시간마다 이 은행나무 밑에서 놀았는데."

손바닥을 살짝 은행나무의 거대한 몸통에 가져다대며 고운이 중얼거렸다.

"내도."

"땅 따먹기 하고."

"내도."

"얼음물도 하고."

"내도."

"도지볼도 하고."

고운의 말에 연석이 머리를 긁적거린다.

"그건 뭐였더라. 생각이 안 난다."

"왜, 피구랑 비슷한데. 네모난 선 그려놓고 밖에 있는 사람은 안에 들어간 사람 맞추고, 안에서는 공 받아내고 하던 거."

"아!"

어쩌면 내 등 뒤에서, 내 옆에서, 내 앞에서 놀던 그 아이가 너였을지도 모른다. 고운과 연석은 동시에 든 생각에 빙그레 미소를 지었다. 잠시 두 사람은 거대한 은행나무 아래 서서 오래전 그곳에서의 추억을 되살렸다. 기억날 리가 없겠지만, 그 속에 서로가 있기를 바라는 마음을 안고.

"아빠아아~"

하나둘 학교 건물을 빠져나오는 아이들 틈에서 연주가 손을 번쩍 들고 연석을 불렀다. 그리고는 냉큼 달려와 두 사람의 다리에 안겼다.

"꼬맹이, 할 만하겠드나?"

"응."

"그라믄 됐다. 가자. 밥 무러. 뭐 먹고 싶노?"

눈을 이리저리 굴리며 고민하던 연주가 마침내 결정을 내리고 손바닥을 짝 마주쳤다.

"짜장면!"

간밤의 화려했던 조명이 사라지자 소파의 낡은 흔적이 역력히 드러났다. 테이블에 난 흠집이며 바닥의 깨진 타일이 클럽의 오래된 시간을 증명하는 듯했다. 고운과 연석, 연주는 홀의 가장 가운데 테이블 차지하고 정신없이 자장면을 먹어 치웠다.

"큭큭큭큭."

연석과 연주의 얼굴에 묻은 자장 소스에 웃음을 터뜨리는 고운의 얼굴에도 시커먼 소스가 튀어 있었다. 고운이 웃으면 연주와 연석이 또 웃음을 터뜨렸고, 그 웃음소리에 고운은 또 웃는다.

그릇을 깨끗이 비워낸 후, 세 사람은 소파에 거의 드러눕듯 기대어 중국집에서 서비스로 끼워준 노란색 껌을 씹었다. 입학식이라며 새 옷을 입고 이른 아침부터 흥분했던 탓인지, 자장면을 배부르게 먹고 난 뒤 연주는 꾸벅꾸벅 졸기 시작했다. 결국 고개가 뒤로 넘어갈 정도로 잠에 빠져드는 것을 보며, 연석은 연주를 소파에 똑바로 뉘었다. 벗어서 테이블 위에 걸쳐 두었던 재킷을 집어 들어 연주의 몸 위에 가볍게 덮어준다.

고운과 나란히 앉은 연석은 풍선을 불기 위해 딱딱한 껌을 열심히도 씹었다. 지지 않으려는 듯 고운도 열심히 오물거려 보았지만 두 사람 다 풍선 불기에는 실패했다.

"지난번 회식 왔을 때도 생각했었지만, 여기는 변한 게 없는 것 같아."

어른 허리 높이만큼의 무대, 밴드 대신 자리를 차지한 여러 가지 음향기구들과 스피커, 조명을 제대로 받기 위해 화려한 타일로 뒤덮인 플로어, 값싼 패브릭 소재의 소파, 빛이 들지 않아 전체적으로 어두운 홀.

"변할 기 뭐 있나."

연석이 담담히 대답했다.

"그때 대기실이랑 창고랑 다 그대로인 거야?"

"몇 번 수리하기는 했지만 있던 거는 다 있다. 가볼래?"

고운이 고개를 끄덕이자 연석이 몸을 일으켰다. 연주를 덮은 옷을 몇 번 다독인 후, 두 사람은 대기실로 향했다. 웨이터들이 잠깐 쉬기도 하고, 가수와 댄서, 코러스들이 무대에 올라가기 위해 준비하는 곳이기도 한 대기실은 팔 년 전과 거의 달라지지 않았다. 여전히 낡은 캐비닛과 거울, 화장대와 소파가 자리를 차지하고 있었고 색이 바란 회색 빛 벽지마저도 그대로였다.

"신기하다, 그대로라는 게."

고운은 손끝으로 화장대를 가볍게 쓸었다.

"신기하기는, 별게 다."

홀을 통하지 않고 대기실에서 곧장 무대로 향하는 좁은 계단과 복도 사이에는 작은 창고가 있었다. 무대에서 필요한 잡동사니와 이제는 사용하지 않는 무대 의상, 낡은 앰프 등이 뽀얀 먼지와 함께 머물고 있었다.

"안 변했네, 여기도……."

너무 비좁아 연석은 창고 안에 들어오지 않고 문가에 서서, 창고 안의 고운을 물끄러미 바라보았다. 수도 없이 드나드는 이곳에 오로지 달라진 것이 있다면, 그녀 하나뿐이다. 그녀가 있다는 사실 하나만으로, 그렇게나 자주 들락거리면서도 차마 꺼내지도 못했던 기억이 연석을 스친다.

“쉿.”

“아무도 없는 데도 조용히 해야 하나.”

투덜거리면서도 고운은 발걸음을 조심스럽게 떼어놓았다. 연석은 입구 쪽을 흘낏 바라보며 쥐고 있던 고운의 손에 더 힘을 주었다.

“낮에는 아무도 없긴 한데, 그래도 좀 불안하다 아이가.”

“잠깐 구경하는 건데도 뭐라고 하나?”

“나 같은 쫄따구는 아무 힘도 없다. 이거 어떻게 구한 일자린데, 내 여서 짤리믄 안 된다.”

밀린 모친의 병원비 때문에 연석이 속을 끓이고 있다는 사실을 너무나 잘 알고 있는 고운은 더 이상 투덜거리지 않았다. 대신 붙잡은 연석의 손에 자신도 힘을 주어 꼭 잡는다. 소파와 소파 사이가 좁아 나란히 서서 걸을 수도 없는데, 그게 뭐가 그리도 재미있는지 교복 차림의 고운과 연석은 연방 낄낄거리며 웃음을 터뜨렸다.

“여서 가수들이 준비하고, 저기 계단 통해서 무대로 올라간다.”

“저기?”

연석이 손가락으로 가리킨 쪽으로 걸음을 옮기며 고운이 되물었다. 복도 벽 쪽을 향해 난 작은 문을 열자 매캐한 먼지가 폭, 밖으로 터져 나온다. 컴컴한 창고 안에 잡다한 물건들이 옅은 실루엣을 그리고 있었다.

“여기는 그냥 창고로 쓰…… 쉿!”

홀 쪽에서 발걸음 소리가 들려오자, 연석은 긴장한 표정으로 손가락으로 자신의 입술을 꾹 눌렀다. 누군가 대기실을 향해 다가오고 있었다. 연석은 고운의 팔을 붙잡고 창고 안으로 밀어 넣었다. 창고 문을 닫자 숨이 막힐 듯 먼지가 두 사람의 주위를 감싸고 돌았다. 연석은 교복 재킷을 벗어 고운의 머리 위에 씌우고 그녀의 어깨를 두 팔로 감쌌다.

“괜찮나?”

“응.”

바로 그 순간, 발걸음의 주인공이 복도를 지나갔다. 혹시나 들킬세라 두 사람은 숨소리도 크게 내지 않고 발걸음 소리가 멀어지길 기다렸다.

“후우우.”

다시 클럽에 두 사람만 남겨졌다는 사실을 확인하고서야 연석과 고운은 안도의 한숨을 동시에 내쉬었다. 긴장감이 사라지고 나서야 연석은 셔츠 자락으로 전해져 오는 고운의 숨결에 얼굴이 달아오르는 것을 느꼈다. 어둡고 좁은 창고 안에, 두 사람은 너무 가까이 있었다. 조금 전과는 좀 다른 긴장감이 연석을 휩쓸고 지나갔다. 어색한 느낌에 연석은 팔을 풀기도, 그렇다고 풀지 않기도 머쓱해 잠시 고운의 까만 머리칼을 내려다보았다.

미묘한 공기의 흐름을 눈치 챈 고운 역시 어색함에 고개를 들지 못하고 눈앞에서 아른거리는 연석의 새하얀 교복 셔츠를 물끄러미 바라보았다.

"저기, 우리 이제 나갈……."

고운이 고개를 들고 입을 연 순간, 기다렸다는 듯 연석이 고개를 살짝 숙였다. 서두른 감은 있었지만 서툴지는 않았다. 부드럽게 닿은 고운의 입술이 순간 파르르 떨리는 것을 느끼며 연석은 눈을 감았다. 깊은 키스는 아니었다. 그저 살짝 벌어진 입술 사이로 서로의 입김을 느끼는 정도였다. 길지도 않았다. 키스와 매캐한 먼지 때문에 숨 쉬는 것조차 힘이 들었던 것이다.

콜록, 콜록, 기침을 하면서 서로에게 떨어져 나간 고운과 연석은 어색한 느낌마저 지워 버리고 웃을 수밖에 없었다.

"바보가, 그것도 제대로 못하나?"

"누가 할 소린데!"

"큭큭큭큭."

한참 동안 말이 없는 것으로 보아, 그녀도 똑같은 기억을 되새기고 있었음이 틀림없었다. 고운과 연석은 낮은 문턱을 사이에 두고 마주 보고 섰다. 고운이 먼저 침묵을 깨고 입을 열었다.

"그만 갈까?"

다시는 사랑 같은 거 하지 않겠다고 다짐해 놓고서, 하루 또 하루가 지날 때마다 마음이 변하고 움직인다.

연석은 고개를 끄덕였다.

"그래, 가자."

다른 욕심도, 기대도 하지 않겠다고 해놓고서 한 번, 또 한 번 얼굴을 볼 때마다 조금씩 더 기대하고 욕심내게 된다.

연석은 자신의 곁을 스쳐 문을 나서는 고운을 물끄러미 바라보았다. 또각, 또각, 또각, 한 걸음씩 내딛는 고운의 발걸음 소리는 그의 심장을 조각 내는 것만 같다.

"서고운."

연석은 성큼성큼 걸음을 옮겨 뒤돌아선 고운에게 다가가 섰다.

지금 그녀를 부른 것을, 후회하게 될지도 모른다. 지금 또 다른 기억을 쌓게 된다면 지난 팔 년처럼 잊고 살 수는 없을지도 모른다. 꺼내고 꺼내어 되씹으며 후회하고 또한 설레며 평생을 그 기억 속에서 맴돌 수밖에 없을지도 모른다.

상관없다. 사랑 같은 건 하지도 않을 거라는 그녀, 그래서 또다시 그녀는 이곳을 떠날 테지만. 아무래도, 상관없다.

연석의 두 손바닥이 뺨을 감싸 쥐고, 고개를 숙이며 그의 입술이 자신의 입술에 파고들 때까지 고운은 움직이지 않았다. 열아홉, 솜털로 입술을 간질이던 그때의 느낌과는 사뭇 달랐지만 그에게서 전해져 오는 따듯한 체온은 변함없이 그대로였다. 이를 살짝 건드리며 밀려오는 뭉클하고 따듯한 혀끝의 느낌에 고운은 갑자기 울고만 싶어졌다. 하지만 눈물 대신 고운은 두 팔을 뻗어 연석의 허리를 감싸 안았다. 그가 전해주는 따스한 기쁨을, 절반만이라도 되돌려 줄 수만 있다면 좋겠다는 생각을 하면서 고운은 그를 안았다.

. 제13장 .

연석이 사주었던 쌀로 밥을 하고, 그가 사주었던 고기와 생선으로 요리를 해서 연주와 저녁을 먹었다. 생선살을 발라 연주의 밥 위에 올려놓으며, 고운은 꼭꼭 씹어 먹으라는 말도 잊지 않았다.

"엄마."

"응?"

고운이 설거지를 끝낼 때까지 식탁 위에 얌전히 앉아 기다리던 연주가 조심스럽게 그녀를 불렀다.

"아빠랑 싸웠나?"

"아니. 왜, 그렇게 보였어?"

자고 일어났더니 고운과 연석이 서로 눈도 마주치지 못하고 시선을 피하는 모습부터 목격해야 했던 연주로서는 불안해질 수밖에 없었다. 하지만 사정과는 다른 연주의 오해에 고운은 말문부터 막힌다.

"싸운 거 아니야."

겨우 달래듯 꺼낸 말이었다.

"진짜가?"

고운은 고개를 끄덕이며 연주의 머리를 쓰다듬었다.

"코코아 타줄까?"

"응. 우리 저번처럼 코코아랑 커피 타가 나가서 마시자."

"그래. 대신 따듯하게 입어야 해."

코코아와 커피를 보온 컵에 담고 연주가 재킷을 꼼꼼히 챙겨 입는 것을 지켜보고 난 후에야 고운은 현관문을 열었다. 서늘한 밤바다 바람이 기다렸다는 듯 두 사람 주위로 몰려들었다. 어두우니까 조심하라는 주의를 주었지만 연주는 폭신한 모래사장 위에서 한껏 뛰어다녔다. 파도소리를 반주로 한 연주의 웃음소리가 듣기 좋았다.

"엄마, 있잖아."

지쳤는지 고운의 곁으로 돌아온 연주가 코코아가 든 컵을 받아 들며 또다시 그녀를 불렀다.

"응?"

"옛날에."

잠시 머뭇거리는가 싶더니, 다시 입을 열었다.

"아빠가 와 싫어졌는데?"

고운은 모래 위에 무릎을 꿇고 연주와 눈높이를 맞추었다. 다시 사이가 나빠져 떠나 버릴까 봐, 고운과 연석의 눈치를 살피는 연주에게 안쓰러움이 밀려왔다. 손을 뻗어 연주의 재킷을 다독거리며 고운이 입을 열었다.

"아빠가 싫어져서, 떠난 적 없어."

"아빠는…… 엄마가 아빠가 싫어가 가부렀다고 했다……. 아니믄, 내가…… 내가 싫어가 간 기가?"

고운은 고개를 흔들었다.

"아니. 우리 연주가 이렇게 예쁘고 착한데, 그럴 리가 없잖아."

"그라믄?"

고운은 한참 동안 대답을 하지 못했다. 눈치 빠른 연주는 더 이상 고운에게 묻지 않는다. 고운은 연주에게 손을 뻗었다.

"업어줄까?"

연주가 고개를 끄덕이자 고운은 손에 들고 있던 보온 컵을 모래사장 위에 올려놓고 연주를 등에 업었다. 목덜미에서 연주의 따듯한 입김이 느껴졌다. 팍, 연주가 그녀의 어깨를 꽉 끌어안았다.

"졸린다."

"자."

“응.”

고운은 연주가 잠들 때까지, 천천히 모래사장 위를 걸었다. 어느새 연주의 규칙적인 숨소리가 귓가에 아른거린다. 연주를 업은 채, 고운은 바다를 마주하고 섰다. 차르르르, 밀려오는 파도 위로 쏟아진 별빛이 번쩍거렸다.

“겁이 나서 그랬어.”

또다시 밀려가는 파도가 그녀의 목소리마저 휩쓸고 가버렸다.

자신이 없어서 그랬다. 용기가 없기 때문이었다. 사방이 바다로 틀어 막힌 이곳에서, 사방 어느 곳으로 발걸음을 돌려도 바다인 이곳이 문득문득 두려웠었다. 두려움에 사로잡혔던 열아홉 그때 잡고 있던 연석이의 손까지 놓아버리게 만들었다.

고운은 펜션으로 돌아와 연주를 자신의 침대에 뉘었다. 이불을 끌어 목까지 덮어 다독거린 후, 고운은 거실로 나왔다. 소파에 기대어 앉아 창문 너머의 바다를 바라보던 고운은 테이블 위에 올려두었던 휴대전화기를 집어 들었다.

신호음 끝에 들린 연석의 목소리는 요란한 박자의 음악 소리가 섞여 있었다.

[여보세요.]

“바쁘니?”

[아니, 괘안타. 연주가 말썽은 안 부리나?]

“말썽은 무슨. 잠들었어.”

[꼬맹이, 요즘 일찍 자네.]

고운은 전화기를 가볍게 쥐고, 소파에 머리를 기대었다. 짧은 침묵 속의 그들은 동시에 오후에 클럽에서 일어났던 일을 떠올리고 있음이 분명했다.

"연석아."

고운은 하고 싶은 말을 꺼내지 못했다.

"피곤할 텐데 오늘은 데리러 오지 마. 그냥 여기서 재우고, 내일 내가 출근하면서 학교에 데려다 줄게."

[안 불편하겠나?]

"괜찮아."

전화기 건너편에서 연석을 부르는 목소리가 들려왔다. 연석이 무어라 대답을 하는 것 같았지만 전화기를 손으로 막기라도 했는지, 정확히 들리지는 않았다.

"끊어야 하는 거 아니야?"

[괘안타. 니가 안 불편하다믄…… 그라믄, 그렇게 해라.]

"그래."

만약 그때 네 손을 놓지 않았다면.

"그럼 일해……. 끊을게."

그랬다면.

[그래.]

우리는 지금, 어떻게 되어 있을까.

천천히 귀에서 전화기를 떼어놓던 그 순간, 그녀를 부르는 연석의 목소리가 들려왔다.

　[고운아.]

　"응?"

　[오늘 일 말이다.]

　일순간 전화기를 쥔 손끝이 긴장감으로 떨렸다. 고운은 손에 힘을 더 꽉 쥐고 전화기를 붙들었다.

　[내가 니한테, 사과…… 해야 하나.]

　전화기를 통해 들려오는 목소리에서 연석의 조심스러움이 배어 있었다.

　이미 오래전에, 한 번 놓았던 그 손을 내가 먼저 잡을 수는 없지만 그래도 잡아주는 네 손을 뿌리치고 싶지는 않다.

　고운은 고개를 흔들었지만, 이내 통화 중이라는 사실을 깨닫고 입을 열었다.

　[아니…….]

　전화기를 통해 조용히 타고 흐르는 그녀의 대답에 연석은 긴장이 풀려 소파에 털썩 주저앉았다.

　전화를 끊고 나서도 연석은 한참 동안이나 꿈쩍도 할 수 없었다. 로즈 대신 무대에 올라간 댄서들의 음악 소리가 복도를 타고 쿵쾅거리고, 강택은 대기실 문 앞에 기대어 얼굴을 잔뜩 찡그린 채 자신을 바라보고 있었지만 연석은 오로지 고운의 '아니' 라는 대답만 되씹으며 안도하고 있었다.

“행님.”

드디어 참지 못하겠다는 듯, 강택이 연석에게 다가와 테이블을 쾅 내려쳤다.

“로즈 이 가시나 이대로 가만 냅둘 깁니꺼!”

“뭔 일이 있겠지.”

“가한테 뭐 대단한 일이 있을 끼라고 연락도 없이 펑크를 내겠소! 딱 보면 모르것소. 이게 우리 클럽 때려치울라꼬 수 부리는 깁니다.”

그것은 강택의 말이 맞다. 지금까지 로즈는 한 번도 연락없이 자신의 타임에 늦은 적이 없었다. 가게의 전화도 받지 않은 적은 더군다나 없다. 그제야 연석은 전화기를 주머니에 넣고 몸을 일으켰다.

“테이블 몇 개고?”

“일곱, 여덟 개쯤 찼소. 가볼라고요?”

둘 중의 하나였다. 강택의 말처럼 가게를 그만두려는 것, 아니면 전화도 못 받을 정도로 아픈 것. 그만둔다면 잡을 수 없다는 지난번 말은 빈말이 아니었다. 다만, 이런 식으로 그만두는 것은 바라지 않았다. 누가 뭐라 해도 그녀는 오랫동안 월드 나이트클럽의 식구였고, 이렇게 도망치듯 가는 것이 아니라 그동안 수고했다며 고별 무대를 마지막 타임으로 노래하고 박수를 받고 떠나게 하고 싶었다.

로즈가 살고 있는 작은 단칸방은 연석의 집과 그리 멀지 않았다. 연석은 어두운 골목길을 헤쳐 그녀의 집 앞에 다다랐다. 불이 꺼진 채, 인기척이 없는 방문 앞에서 연석은 담배를 찾아 입에 물었다.

"니를."

타악, 라이터 불이 담배에 옮겨 붙었다.

"우짜면 좋노."

그때였다. 어둠에 휩싸여 있는 그녀의 작은 방에서 웅얼거리는 듯한 목소리가 들려왔다. '와인 그라스에 젖은 립스틱 그리움을 당신은 압니까, 놓아야 하면서도 붙잡고 있는 미련의 끝을 이젠 놓고 싶어' 발음과 박자가 정확하지 않은 노랫소리였다. 로즈는 방 안에 있었다.

연석은 방문의 문고리를 잡고 비틀었다. 처음부터 잠겨 있지 않았던 문이 삐그덕 녹이 슨 소리를 내며 힘없이 열린다.

"안에 있었나."

자그마한 창을 통해 쏟아지는 골목의 가로등 불빛 때문에 시야가 어둡지는 않았다. 방 안에는 로즈가 벽에 기대어 앉아 있었다. 연석의 등장에 로즈는 노래를 멈추고 키득 웃는다. 연석은 제멋대로 나뒹굴고 있는 로즈의 구두를 똑바로 세워놓고, 그 곁에 자신의 신발을 벗어 방 안에 들어섰다.

"가시나 혼자서 무슨 깡소주를 이래 마시노."

발에 차이는 소주병을 집어 들어 한쪽으로 밀어버린 연석은 로즈의 곁에 털썩 주저앉았다.

"오늘 왜 안 나왔노."

"박연석이, 열 좀 받게 할라고."

"전화나 좀 하지."

"큭."

로즈가 또다시 웃음을 터뜨렸다.

"박연석이 여자 만나더이, 마이 약해졌네. 다른 때 같았으믄 와 지 마음대로 펑크냈냐고 온갖 구박 다 하고, 고래고래 소리 지르고 했을 낀데."

"로즈야."

로즈는 손에 쥐고 있던 소주를 병째로 마시려다 빈 병임을 깨닫고 눈살을 찌푸렸다. 그리고 새 소주병을 집어 들었다.

"현선아."

꿀꺽꿀꺽 거침없이 소주를 입 안에 털어 넣던 로즈가 고개를 돌려 연석을 노려보았다.

"그래 부르지 마라."

"조현선이."

"부르지 말라 켓다!"

로즈의 손에 들려 있던 소주병이 연석의 귓가를 스치고 지나가 벽에 부딪혀 요란한 파열음과 함께 산산조각 나버렸다. 취기와 분에 못 이겨 얼굴이 새빨갛게 달아오른 채로 로즈는 새 소주병을 집어 들었다.

하지만 병을 입에 대려던 순간, 연석에게 빼앗겨 버렸다. 연

석은 로즈 대신 마시기라도 하듯 소주를 입 안에 들이 붓고서
입가에 흐르는 소주를 손등으로 스윽 닦아냈다. 자신을 뚫어져
라 바라보는 연석의 시선을 피해 로즈는 고개를 돌려 버렸다.

"그래 보지 마라."

"내가 어떻게 봤는데?"

"느그 아부지 그래 술 처먹고 개지랄하는 거 보고 컸으면서,
니가 지금 술이나 처묵나…… 니 지금 그래 생각하고 있다 아이
가."

탕, 연석은 반쯤 남은 소주병을 방바닥 위에 내려놓았다.

"잘 아네."

연석이 내려놓은 소주를 잡으려고 손을 뻗으려던 로즈가, 그
대로 손을 거두고는 고개를 들어 연석을 바라보았다. 붉게 충혈
된 눈동자를 마주하고 있자니, 연석은 밀려오는 안쓰러움을 애
써 외면하기가 힘들었다.

"차라리 모른 척하지. 맞아서 뒈지든지 말든지, 그냥 모른 척
하지. 와 도와줘 가지고, 사람 좋아하게 만들었노."

"조현선."

울음을 참는 듯 로즈가 잠시 말을 멈추었다.

"생각을 해봐라. 니가 내라면, 안 좋아했을 것 같나? 그래 지
긋지긋하게 맞고 있던 내 앞에 처음으로 나타나가 그 매, 안 맞
게 도와주고…… 처음으로 인간 대접 해줬는데, 니라면 안 좋아
했겠나? 그렇게 만들어놓고서, 니가 좋아하게 만들어놓고서

와…… 와 내는 안 되는 긴데? 말을 해봐라. 박연석, 말 좀 해봐라, 말 좀.”

로즈의 작은 주먹이 연석의 가슴팍을 스치고 지나갔다.

“말 좀 해봐라, 말 좀. 그 여자, 좋아하나? 사랑하나? 그래도 그 여자는 니 한 번 배신하고 갔다 아이가. 또 배신하지 말라는 법 없다 아이가.”

“그만 해라.”

“그래, 그 여자가 또 배신하고 갈 때까지 내 기다리믄 되겠나? 그라믄 나 받아줄 꺼가?”

묵묵히 로즈의 주먹을 받아내고 있던 연석이, 그녀의 손을 붙잡았다.

“니를 보면, 안쓰럽다.”

연석의 부드러운 음성에 로즈의 눈에 참고 참았던 눈물이 넘쳐흘렀다.

“니를 보면은, 얼굴에 피멍 들어가 골목 여기저기 도망쳐 다니던 그 쪼그만 가시나가 생각나가 가슴이 아프고 죄이고 그랬다.”

연석은 소주병을 집어 들어 꿀꺽꿀꺽 쓴 소주를 삼켰다.

“니한테 틱틱거리고, 소리 지르고, 욕하고 그래도…… 진심으로 그랬던 적은 없다. 솔직히 말하자면, 니 마음 받아드려가 연주 엄마 삼고 안쓰러운 마음으로 보듬고 살아볼까…… 그렇게 생각해 본 적도 있다.”

로즈가 눈물이 그렁그렁한 눈을 크게 뜨고 연석을 바라보았
다.

"근데…… 마음도 못 주면서 데리고 사는 거. 그거 말이다. 니
를 꼭, 우리 엄마 꼴 만드는 것 같애가…… 죽어도 그 짓은 못하
겠드라."

안주도 없이 그렇게 소주 한 병을 금방 비워낸 연석의 눈도
붉게 충혈되었지만 흔들림 없이 로즈를 마주하고 있었다.

"내는 니한테 해줄 수 있는 게 없다. 니가 하고 싶은 대로 해
라. 떠나고 싶으믄, 가라. 니 마음이 편해지는 대로 해라. 대신,
오늘처럼 말없이 안 나오고 그라지는 마라."

연석은 몸을 일으켰다. 하지만 울음으로 가득 찬 로즈의 목소
리가 그의 걸음을 묶어놓았다.

"내가 괜찮다믄, 마음 없어도 내가 괜찮다믄 안 되겠나."

"지금은."

연석은 잠시 눈을 감았다가 다시 떴다.

"내가 안 된다."

생각만 해도, 긴장으로 다리에 힘이 풀린다. 고운의 존재가
그랬다.

"니는 안쓰럽지만 그 사람은…… 생각만 해도, 떠올리기만 해
도, 가슴이 무너진다. 니 말대로, 먼저 떠난 건 그 사람인데. 그
래서 가슴에 묶어놓고 잊어버리고 살았는데, 얼굴이 반쪽이 돼
가 돌아온 그때부터 내가 와 이 사람을 잊고 살았는가…… 가슴

이 찢어지게 후회스럽드라.”

아무에게도, 그 어떤 누구에게도 털어놓을 수 없었던 그 마음을 로즈 앞에서 꺼내어놓고 있었다. 로즈에게 얼마나 큰 상처가 될지 알고 있었지만 연석은 멈출 수가 없었다.

“현선아, 로즈야. 지금 내가 살라믄…….”

“나쁜 놈.”

“그 사람이 필요하다.”

“나쁜 놈아! 어떻게 내 앞에서 그런 말을 할 수가 있노! 나쁜 놈아! 나쁜 놈아! 나쁜 놈…….”

연석은 로즈를 남겨두고 그녀의 작은 방을 나섰다. 여전히 어둠이 짙게 깔린 그 골목 위로 바닷바람이 불었다. 소주 때문이었을까, 연석은 다리에 힘이 풀려 문에 기대어 스륵 미끄러지듯 바닥에 앉았다.

“미안하다.”

사랑 같은 거, 한때라고. 변하고 사라지고 배신하게 되어 있다고, 하지만 그걸 알고 있으면서도 또 사랑에 목을 맨다. 아마 백 번이고 천 번이고 변해도, 에인 상처에 피가 철철 흘러도 또 사랑할 끼다. 참말로, 밥통이다. 니도 나도, 등신이다.

“바보다…….”

“벌써 친구가 생긴 거야? 정말 대단하다, 우리 연주.”

전화기를 귀와 어깨 사이에 끼우고 시트 정리에 한창이었다.

그리고는 주말 내내 쓰지 않을 치료기기들의 전원을 모두 오프로 돌려놓느라 부지런히 걸음을 옮겼다.

"정말? 보여주겠다고? 와, 엄마가 다 설렌다. 알았어. 내일 만나서 우리 연주 짝꿍도 보고 맛있는 것도 먹자. 알았어. 내일 집으로 갈게."

전화를 끊고 난 후 몸을 돌렸을 때, 고운은 문가에 선 정혁의 모습에 흠칙 놀라 제자리에 멈추어 섰다. 이미 퇴근 준비를 끝냈던 모양인지 가운 대신 체크무늬의 봄 재킷을 걸치고 있었다.

"아직 퇴근 안 하셨어요?"

"네."

정혁은 고운이 조금 전 정리해 둔 테이블 앞에 기대어 섰다.

"오늘 월급 입금시켰다고, 원장님이 전하라고 해서요."

"네. 고맙습니다."

고운은 정혁을 지나쳐 캐비닛 앞으로 다가갔다. 가운을 벗어 옷걸이에 거는 동안, 등 뒤에서 정혁의 시선이 고스란히 느껴졌다. 가방을 들고 돌아섰을 때 정혁 역시 몸을 일으켰다.

"사실 전하라고 한 건, 거짓말이고요. 그 핑계로 서 선생님 한 번 보려고 왔어요."

살짝 미소 지은 정혁의 얼굴에서 쑥스러움이 배어났다.

"참 자존심이 상한데, 그래도 서 선생님이 괜찮은 사람이라는 생각에는 변함이 없어요. 서 선생님에 대한 감정이 깊어지기 전에, 내 감정에 내가 휘둘려 더 못난 꼴까지 보이지 않게 해준 점도 감사하고 있어요. 나, 나 스스로 참 괜찮은 놈이라고 생각했었는데, 알고 보니 속물 근성이 있구나…… 박연석 씨에 대해 내뱉었던 내 말에 내가 놀랐거든요.”

“그렇게까지 생각할 필요는 없는 것 같아요. 윤 선생님, 많이 겪어보지는 않았지만 좋은 사람 같은걸요.”

“그거.”

정혁이 손가락으로 테이블 위의 매끈한 면을 문질렀다.

“위로죠?”

“위로가 되신다면요.”

“되네요, 위로.”

정혁이 천천히 고운의 앞으로 다가왔다.

“사실은 친구 하자는 말, 하러 왔어요.”

은빛 안경테 안으로 비치는 정혁의 부드러운 시선에서 고운은 진심을 읽을 수 있었다.

“좋은 사람들끼리, 친구 하자고요.”

친구, 고운은 그 단어를 입 안으로 중얼거렸다. 그녀에게는 생소하면서도, 기분 좋은 말이다. 고운은 정혁이 내민 손을 살그머니 잡았다. 연석에게서 느껴지는 깊은 울림의 따듯함과는 조금 달랐지만 부드러움이 나쁘지 않았다.

고등학교 때까지 아이들에게 따돌림을 당하며, 혹은 그녀 스스로를 사람들에게서부터 격리시키며 마음을 닫았던 그때 연석이 유일한 친구이자 연인이었다. 그리고 연석을 떠난 후로, 은환을 제외한다면 그 누구에게도 마음을 열지 않았었다. 어렴풋이 친구라 생각했던 이전 서울 병원의 동료들조차도 사고 이후 늘 그녀 뒤에서 수군거리기에 바빴었다. 그래서 고운은 다른 병원으로 옮겨야 했었다.

"친구……."

입 안으로 굴리는 그 발음, 나쁘지 않다.

"좋네요, 친구."

"연애 상대로서 의사는 재미없을지 모르지만, 친구로서 의사는 재미있을지도 모르죠. 안 그래요?"

농담을 건네며 정혁은 문으로 향했다.

"기대할게요, 재미가 있는지."

"참."

마치, 정작 하고 싶었던 말은 그것이었다는 듯 돌아서 고운을 바라보는 정혁의 얼굴은 짐짓 진지해졌다.

"그 말 있죠."

무슨 말을 이야기하는 것이냐는 듯, 고운은 물음 대신 눈을 크게 떴다.

"그래도 사랑하게 된다면, 그 상대가 박연석 씨일 거라는 서 선생님의 말이요. 그 말, 계속 곱씹으면서 생각해 봤거든요. 무슨 뜻인지."

'자존심이 좀 상했던 부분이긴 하지만' 하고 정혁이 중얼거리며 말을 이었다.

“아무리 생각해 봐도 그건, 내 귀에는 박연석 씨를 사랑하고 있다는 말처럼 들리던데요?”

굳어진 고운의 표정에도 어쩔 수 없다는 듯 정혁이 어깨를 으쓱거렸다.

“이건 좀 재미없죠?”

“그러네요.”

“그럴 줄 알았어요. 그래도, 친구라면 말해줘야 할 것 같아서요. 그럼 주말 잘 보내요, 서 선생님.”

정혁이 나가고 난 뒤, 고운은 한참 동안 미동도 없이 제자리에 서서 반쯤 열린 치료실 문을 바라보았다. 정말 재미가 없네, 그렇게 입 안으로 중얼거리면서도 고운은 인정한 듯, 혹은 체념한 듯 한숨을 내쉰다.

가방을 어깨에 걸치고 치료실 문을 열고 나왔을 때 다른 사람은 모두 퇴근을 하고 마지막으로 김 간호사가 로비를 정리하고 있었다.

“주말 잘 보내.”

“저기, 서 선생님.”

병원을 나서려던 고운은 김 간호사의 부름에 고개를 돌렸다. 머뭇거리던 김 간호사의 태도에 그녀가 자신에게 할 말이 있었고, 그래서 다른 사람이 퇴근할 때 함께 하지 않고 정리를 하며 기다리고 있었다는 사실을 눈치 챘다.

“왜? 무슨 일이야?”

"저기…… 허리 때문에 자주 오는 유순희 환자 있잖아요. 그 환자 분이 방사선 선생님께 하시는 말씀을 들었는데요."

"그런데?"

"유순희 환자 아들이 이번에 초등학교에 들어갔거든요. 그런데 입학식에서 서 선생님을 뵈었다고……. 방사선 선생님은 유순희 환자한테 잘못 본 거라고, 서 선생님은 아직 결혼하지 않으셨다고 대답하긴 하셨는데, 하도 그 환자가 말이 많은 사람이라 걱정이 돼서요."

특히나 연주가 병원에 찾아왔던 일을 기억하고 있는 김 간호사로서는 걱정이 될 만도 했다.

"소문이 돌면, 어떤 내용인지 선생님도 아셔야 할 것 같아서요. 사실도 아닌데, 서 선생님께서는 열아홉 살 때 여기 떠나셨다고 하셨잖아요. 고3 여름이 되기 전에 가셨다고 들었는데 벌써 학교에 입학하는 아이라니."

김 간호사가 전해준 소문에 대한 걱정은 고운에게서 찾아볼 수 없었다. 대신 자신의 일인 양 속상해하는 김 간호사의 모습에 고운은 고마운 마음이 들어 빙그레 미소를 지었다.

"고마워. 그런데 말이야."

"네?"

"당사자인 내 앞에서는 그 말을 꺼낼 것 같지 않아서 부탁하는 건데, 그 환자가 오면 대신 말해줄래? 본 그대로가 사실이라고. 그리고 나한테 미리 말해줘서 고마워. 혹시라도, 김 간호사가 나한테 묻지 않고 먼저 사실이 아니라고 사람들한테 말했으면 나 화났을지도 몰라.”

김 간호사가 입을 살짝 벌렸다.

“선생님…….”

“그럼 주말 잘 보내.”

혹시라도 자신이 엄마가 아니라는 말을 다른 사람을 통해 연주가 전해 듣기라도 한다면, 고운은 작게 몸서리치며 병원을 나섰다.

자신이 올 거라는 사실을 알고 있을 때면, 연주는 늘 이층 계단 앞에 서서 고운을 기다리곤 했었다. 차에서 내리자마자 연주가 있는지부터 찾은 고운은 아무도 없는 텅 빈 계단을 올려다보며 고개를 갸웃거렸다.

“아직 안 일어났나?”

현관문 앞에 선 고운이 주먹으로 가볍게 문을 두드렸다. 하지만 안에서는 인기척이 없다. 이상하네, 더욱 의아해진 채로 고운은 조금 더 세게 문을 두드렸다. 그때야 안에서 발걸음 소리가 들린다.

“아침부터 누…….”

부스스한 머리와 잠에서 덜 깬 얼굴로 문을 열던 연석은 고운의 모습에 숨을 훅, 들이켰다. 고운은 연석의 벗은 상체에 시선을 어디에 두어야 할지 몰라 황망히 고개를 돌린다.

“고, 고운아.”

들어오라는 듯 연석이 얼른 문 옆으로 비켜섰다. 거실에 올라서며 고운은 연주를 찾았다. 하지만 벌써 달려왔어도 벌써 왔을 연주가 집 어느 곳에서도 보이지 않는다. 방에서 티셔츠를 찾아 입고 나온 연석이 고운 앞에 다시 섰다.

“갑자기 무슨 일이고? 뭔 일 있나?”

“아니. 저기, 연주는?”

“꼬맹이? 아침부터 놀러 나간다고 나갔다. 학교에서 뭐, 짝꿍이라나…… 그놈아 집에 간다카더라.”

고운이 입을 살짝 벌린 채 아무 말도 하지 못하고 있는 사이, 머리를 긁적거리던 연석은 거실 탁자 위에 놓인 작은 봉투를 발견하고 손을 뻗었다. 봉투를 열자, 최근 개봉한 영화 티켓이 두 장 나온다.

“꼬맹이, 이 가시나!”

연석도 그제야 눈치를 채고 얼굴을 살짝 붉혔다.

“돈이 어디서 나가 이런 거를!”

티켓을 들고 흘낏 고운을 바라보던 연석은 연주 방으로 들어갔다. 고운이 의아한 표정으로 연석의 뒤를 따랐다. 배가 갈린 새빨간 돼지 저금통을 찾아내기까지 그리 오래 걸리지는 않았다.

연주의 깜찍한 행동에 고운과 연석은 잠시 할 말을 잃고 서로를 멀뚱히 바라보다 이내 피식 웃음을 터뜨리고 말았다.

연석이 고운을 향해 영화 티켓을 살짝 흔들어 보였다.

"갈래?"

고운이 고개를 끄덕이는 그 순간, 연석은 욕실로 튀어 들어갔다. '천천히 준비해.' 밖에서 들리는 고운의 말에도 머리를 감는 연석의 손길은 더 급해졌다. 서두르는 손길에 비누며 샴푸가 자꾸 바닥에 떨어지고 만다.

수건으로 젖은 머리를 감싼 연석은 자기 집처럼 편안하게 물을 끓여 커피를 마시고 있는 고운의 곁을 빠르게 지나쳐 자신의 방으로 들어갔다. 버릇처럼 트레이닝복으로 손을 뻗던 연석은 무슨 생각이 들었는지 흠칫 손길을 멈추었다. 고개를 흘끗 돌려 거실을 향해 섰다. 향긋한 커피 향이 거실에서 그의 방까지 스며들고 있었다.

빙긋, 절로 터진 웃음을 손바닥으로 막는 것까지 해냈지만 표정 관리까지는 쉽지가 않다. 연석은 빈약한 옷장을 뒤져 겨우 몇 년 전에 샀던 청바지를 찾아냈다. 가장 깔끔하면서 무난한 디자인의 티셔츠를 걸치고 거울 앞에 서서 어색한 기운을 털어 버리기라도 하듯 손바닥으로 어깨와 가슴을 턱턱, 쳐본다.

실제로는 시간이 그다지 많이 걸리지 않았지만, 고운이 기다리고 있다는 조바심 때문에 연석은 머리를 대충 말리고 방을 나섰다.

"다 됐어?"

"응."

고운의 시선이 자신의 옷차림을 훑고 지나가자 연석은 머쓱한 기분에 고개를 돌려 버렸다.

"그렇게 입으니까 어려 보여. 꼭……."

고운이 잠시 말을 멈추자 연석은 다시 그녀에게 시선을 던지며 뒷말을 기다렸다.

"옛날의 너 같아."

휙, 바람을 가르며 아주 가볍게 연석의 손끝이 고운에게 닿았다. 고운의 머리칼을 만진 연석조차도 자신의 행동에 당혹스러웠다. 계산이나 짐작, 예상하고는 거리가 먼 무의식적인 행동이었다.

"니는, 누가 이래 머리를 짜르라 했노."

"왜? 안 어울려?"

머리칼에 닿았던 연석의 큼지막한 손이 고운의 머리 위로 올라섰다. 오래전, 그가 버릇처럼 자주 하던 행동이었다. 손을 올린 채 그대로 그녀를 지나쳐 가며 연석은 들릴 듯 말 듯 중얼거렸다.

"이뿌다."

고운은 아무 말 없이 운동화를 신기 위해 현관 앞에 앉은 연석의 넓은 등과 어깨를 바라보았다. 끈을 다 매고서 연석이 몸을 일으키고 돌아서서 안 나오냐며 물을 때까지, 고운은 아직 커피가 남은 컵을 두 손으로 움켜쥐고 그렇게 그를 보았다.

"날씨 조오타!"

집 밖으로 나가자 봄 햇살이 기가 막히게 따스했다. 고운보다 몇 걸음 앞서 골목을 나서던 연석이, 갑자기 제자리에서 우뚝 멈추어 섰다. 그리고 고운을 향해 손을 내민다. 고운은 그 손과 연석의 얼굴을 번갈아 바라보았다.

"우리 딸내미가 만들어준 데이트 아이가. 데이트."

말하면서도 우스운 모양인지 연석의 얼굴이 웃음기로 실룩거렸다. 고운은 팔을 뻗어 그 손을 맞잡았다. 꽉 죄여오는 느낌이 아프지도, 갑갑하지도 않았다.

"가자, 데이트."

두 사람 모두에게 영화관은 오랜만이었다. 영화가 시작되길 기다리며 캔 커피의 뚜껑을 따서 입으로 가져가던 고운의 손에서 연석이 커피를 빼앗았다.

"도대체 하루에 커피를 몇 잔이나 마시노?"

"응?"

"그래 밥도 안 묵고, 커피나 홀짝이고, 사탕이나 빨고 있으니 픽픽 쓰러지기나 하지."

연석은 자신의 손에 들려 있던 오렌지주스와 팝콘을 고운의 품에 안겨주었다. 그리고 자신이 고운의 커피를 홀짝이며 마신다. 어쩔 수 없이 고운은 그가 쥐어준 주스를 한 모금 마셨다. 커피와 달리 새콤한 주스의 맛이 혀끝을 자극시켰다. 여러 번 걸쳐서 마시니 곧 주스의 맛에 익숙해진다.

“먹을 만하제?”

“응.”

“그래. 이왕이면 몸에 좋은 거 무라.”

영화가 시작되면서 상영관 안은 어둠에 휩싸였다. 스크린 위의 영화 타이틀을 응시하던 고운은 고개를 돌려 연석의 얼굴을 바라보았다. 반듯한 이마와 헝클어졌지만 그래서 더 부드러워 보이는 머리칼과 긴 속눈썹, 선이 굵은 콧날과 입술까지, 얼굴의 옆 선을 따라 지나치는 고운의 시선을 느끼기라도 한 듯 연석이 고개를 흘낏 돌려 그녀와 눈을 마주친다.

“와?”

주위의 사람들을 의식해 연석이 목소리를 잔뜩 줄이고 묻자 고운은 고개를 가로저었다.

“아니야, 아무것도.”

대답한 고운은 고개를 연석의 어깨에 살짝 기대었다. 갑작스런 그녀의 행동에 놀란 듯 연석은 흠칫했지만 이내 편하게 기댈 수 있도록 어깨에 힘을 뺐다.

처참하게 배가 갈린 돼지 저금통에서 나온 돈으로 보게 된 영화라니, 두 사람은 한 장면도 놓치기 싫은 듯 스크린으로 시선을 돌렸다.

“니 와 시키지도 않은 짓을 하노!”

전화기에 대고 호통을 치면서도 연석의 얼굴은 웃고 있었다.

영화가 끝나자마자 상영관을 나서며 연석이 집으로 전화를 걸었던 것이다. 고운은 가방을 뒤적거려 자동차 열쇠를 찾다 연석의 모습에 픽, 웃음을 터뜨린다.

"그래, 알았다. 지금 간다. 밥?"

고운이 연석에게 손짓을 해 전화를 받아 들었다. 교환을 하듯 연석은 고운에게 자동차 열쇠를 받아 들고는 익숙하게 그녀의 차에 올라타 시동을 걸었다.

"우리 소동 가서 밥해 먹을까? 그래, 알았어. 조금만 기다리고 있어. 아빠랑 얼른 갈게."

고운이 코끝을 찡그리며 덧붙였다.

"만화 영화 너무 많이 보지 말고."

멀티플렉스의 주차장을 빠져나간 고운의 차는 빠르지만 매끄럽게 집으로 향했다. 차에 오르자 버릇처럼 사탕을 찾으려고 조수석의 여기저기를 찾아대던 고운의 손길을 연석이 잡아챘다.

"운전하는 데 정신 사납다."

연석은 고운의 손을 기어 위에 올려놓고 감싸 쥔다. 큼지막한 손에 고운의 작고 야윈 손이 가려 보이지 않았다. 고운은 남은 나머지 한 손으로 차창 유리를 열었다. 차가 달리는 반대 방향으로 바람이 차 안으로 밀고 들어왔다.

"뭐 하나, 물어봐도 돼?"

"뭘?"

정면에서 시야를 떼지 않으며 연석이 되물었다.

"그 사람."

"응? 뭐라고?"

고운의 목소리가 너무 작아 그는 재차 물을 수밖에 없었다.

"그…… 로즈라는 사람하고는 많이 친해?"

갑작스러운 화제에 연석은 순간 뭐라고 대답을 해야 할지 몰라 망설였다. 운전대를 쥐고 흘낏 바라본 고운은 그의 시선을 피하며 차 창밖으로 고개를 돌리고 있었다. 잠시 대답을 미루고 운전에만 열중하던 연석은 이내 한숨을 내쉬며 입을 열었다.

"알게 된 지는 한, 사 년쯤 된 것 같네."

조금 전까지만 하더라도 기분이 좋아 들뜬 듯 보였던 연석의 목소리가 금방 차분해졌다.

"우리 동네에 소문난 난봉꾼이 하나 있었다. 마누라는 일찍 죽고 딸아 하나 키우는데, 뭐 키운다고 말할 것도 없제. 집에 돈을 벌어다 주길 하나, 그나마 돈 생기믄 술이나 처묵고 와가 하나밖에 없는 딸아 쥐어 패는 게 일이었제. 하루는, 저래 맞다가는 아 죽을까 싶어가 한번 찾아가 봤다. 우리 연주 봐주던 할머니가 그 바로 옆방에 살았그든."

"그 아저씨 딸이, 로즈였어?"

연석이 고개를 끄덕였다.

"아가 얼굴이며 팔다리며, 성한 곳이 없드라. 그랄 거 왜 낳았을까 싶고, 피 섞인 아부지한테 얻어터지는 아도 불쌍하고…… 멱살 쥐고 몇 대 쥐어박았더니 설설 기드라. 원래 그런 놈이 겁이 더 많그든. 그날 이후로, 지 아부지가 주먹만 치켜들믄 그 가시나가 우리 집에 쫓아오드라. 밤낮없이 쫓아오는데 귀찮기도 하고, 내 주제에 무슨 오지랖인가 싶기도 하고…… 그래도 모른 척할 수 없어가 이어진 기, 지금 그 인연이다.”

로즈를 도와주는 연석이 머릿속에 선명하게 그려진다. 고운은 로즈가 자신을 찾아와서 했던 말들을 되새기며 가만히 고개를 끄덕였다.

“로즈, 가도 사람답게 살게 된 지도 얼마 안 됐다. 즈그 아부지가 결국 폭력죄로 감방 갔그든. 고등학교도 안 다니는 아가 뭔 제대로 된 일을 하겠노. 그래도 노래는 좀 하니까 미성년자라 사장님이 안 된다는 거를, 내가 책임을 지겠다 카고 일 시켰제.”

“그 사람, 많이 아끼나 봐. 그렇게까지 한 걸 보면.”

“많이…… 불쌍한 아다.”

무슨 생각이 들었던 모양인지, 연석이 우울한 목소리를 지워버리고 고개를 홱 돌려 고운을 바라보았다.

“니 혹시 지금 질투하나?”

“뭐?”

“근데 갑자기 와 로즈에 대해 묻고 그라노?”

“그냥. 그냥 궁금해서 그렇지. 질투는 무슨……. 앞에 봐. 운전하면서 왜 자꾸 다른 데를 봐?”

장난기 어린 눈길로 연석이 고운에게서 시선을 떼지 않는다.

정말로 자신이 로즈를 질투한 것은 아니라고 생각하지만 고운
은 그의 눈빛에 괜히 찔리는 느낌에 다시 한 번 강조해서 말했
다.

"아니라니까, 질투."

"아이기는. 한 것 같은데, 질투?"

얼굴이 빨개지는 고운의 모습에 연석은 갑자기 브레이크를
밟으며 갓길에 차를 세웠다. 깜짝 놀란 고운이 가슴을 쓸어내리
며, 눈을 동그랗게 뜬 채 연석을 바라보았다.

"고운아."

"왜? 갑자기 차는 왜 세웠어?"

"서고운이."

응, 고운은 대답하려고 했지만 자신을 응시하는 연석의 따스
한 시선에 갑자기 목 안이 꽉 막히는 기분이 들었다.

"한 번 안아도 되나……."

처음부터 고운의 허락을 받기 위한 물음은 아니었다. 연석은
대답 없는 고운의 어깨로 팔을 뻗어 뼈가 고스란히 느껴지는 마
른 등을 품으로 끌어안았다. 귀와 뺨이 연석의 가슴에 맞닿자,
그의 심장 소리가 고운에게 고스란히 전해진다.

"사실은, 이렇게 안고 나서…… 질투하는 니가 너무 예뻐서
안고 싶었다고 말할라 켓다."

가슴으로부터 전해지는 연석의 말에 고운이 되물었다.

"그런데?"

“거짓말이그든.”

웃음기에 섞인 쑥스러움도 전해진다. 그저 가슴에 귀를 가져다 대었을 뿐인데, 연석의 모든 감정이 고스란히 그녀에게 전해져 왔다.

“웃든 울든 화내든 질투를 하든, 니가 뭘 하든 간에 안고 싶다.”

고운은 그의 심장 박동수를 세었다. 언제나 그렇듯 팔딱팔딱, 세차게 뛰는 심장은 늘 진실을 말한다.

“웃으믄 웃어서, 울면은 안쓰러버서, 화내믄 화내서……그래서 안고 싶다.”

달리는 차는 멈추었는데도, 바다 향기가 섞인 바람은 멈추지 않고 두 사람의 주위를 맴돌았다.

• 제 1 4 장 •

연석은 모래사장 위에서 퍼질러 앉아 모래를 가지고 노는
연주를 바라보다 돌아서 펜션 안으로 들어섰다. 점심으로 먹은
김치찌개 냄새가 아직도 펜션 안 곳곳에 배어 있었다. 연석은
거실 소파에 길게 누워 눈을 감고 있는 고운 앞에 다가가 섰다.

"자나?"

"아니."

"뭐 하노?"

"광합성."

픽, 연석의 입술 사이로 바람이 빠져나가는 듯한 웃음이 작게
터져 나왔다. 그 웃음에 고운이 눈을 뜨고 눈썹을 살짝 치켜뜬

다. 창을 가로막고 선 연석의 등 뒤로 오후의 진한 햇살이 눈부시게 펼쳐졌다.

"왜 웃어?"

"되도 안 하는 짓을 하니까 웃지. 니가 뭐 나무가, 꽃이가. 광합성을 하그로."

"사람도 광합성이 필요해."

"다른 거는 다아 몰라도 그거는 내 안다. 사람한테는 광합성보다 밥이 필요하다. 특히 서고운이 니한테는."

연석이 불쑥 손을 내밀자 고운이 눈을 더 크게 뜬다.

"인나라. 좀 걷자."

"왜?"

고운은 여전히 내민 연석의 손을 붙잡지 않고 되물었다. 잠시 코끝을 찡그린 연석이 고운의 팔을 잡아 그녀를 소파에서 일으켰다. 힘을 주지 않고도 고운은 가볍게 그의 손에 딸려온다.

"빨리 소화시켜가 또 먹일라꼬 그런다."

"점심 먹은 지 얼마나 됐다고, 또 뭘 먹으라는 거야."

"니는 먹고 먹고 또 먹어도 모지란다."

결국 고운은 연석을 따라 펜션을 나설 수밖에 없었다. 두 사람이 나오는 것을 발견한 연주가 모래 위에 앉은 채 손을 번쩍 들어 흔들어 보였다. 고운은 손을 마주 흔들어주며 연주에게로 가려고 했지만 팔을 붙잡고 있는 연석이 꿈쩍도 하지 않는다.

"바람이 좀 쌀쌀하다."

연석은 찌익, 트레이닝 점퍼의 지퍼를 쭉 내리더니 옷을 벗어 고운의 어깨에 걸쳐 주었다. 그녀에게는 헐렁한 옷의 앞부분을 꼼꼼히 여민 후에야 연석은 연주를 향해 발을 내디뎠다.

"엄마아, 아빠아."

"안 차가워?"

"한 개도 안 차갑다."

손을 맞잡고 있는 연석과 고운의 모습에 연주가 히죽, 눈웃음을 친다. 모래놀이가 지겨웠는지 이번에는 쪼르르 물가로 달려가 쪼그리고 앉아 흙이 묻은 손바닥을 바닷물 위에 찰랑거렸다.

"아빠아, 물고기다, 물고기."

연주가 연석에게 와보라는 듯 손을 흔들었지만 연석은 콧방귀를 뀐다.

"어디서 뻥을 치노. 그만한 깊이에 물고기가 우찌 사노."

"진짜다! 와봐라! 진짜라이까!"

미심쩍긴 했지만 연주의 호들갑에 연석은 고운의 손을 놓고 연주에게 다가갔다. 그의 운동화가 물에 살짝 젖어들었다. '물고기가 어디 있단 말이고' 중얼거리며 연석이 허리를 숙이는 틈을 타 연주가 고운을 향해 살짝 눈짓을 해 보인다. 그제야 연주의 작전을 눈치 채고 고운은 살그머니 연석의 등 뒤로 다가섰다. 하나, 둘, 셋. 입 모양을 맞추며 숫자를 함께 센 고운과 연주가 바다를 향해 있는 힘껏 연석을 밀었다.

"으읏!"

철푸덕, 바닷물에 주저앉은 연석의 긴 다리가 금방 젖어 들어가기 시작했다. 동시에 깔깔거리며 연주와 고운의 웃음소리가 사방으로 퍼진다.

"으흐흐흐. 엄마, 아빠 좀 봐봐라. 큭큭큭큭. 아빠, 바보가? 이래 얕은 곳에 물고기가 어뜨케 사노?"

연주를 따라 큭큭대며 웃던 고운은 연석이 얼굴을 잔뜩 찌푸린 채 몸을 일으킬 생각을 하지 않자 천천히 웃음을 거두었다.

"너, 화났어?"

딱딱하게 굳은 연석의 표정에, 그때서야 미안해지기 시작한 고운은 연석을 일으키기 위해 손을 뻗었다. 바로 그 순간, 손이 허공에서 연석에게 붙잡힌다. 짐짓 화난 척 굳어 있던 연석의 얼굴이 순식간에 장난기로 변해 버렸다.

"설마, 하지 마. 하지 마, 너."

어깨를 으쓱거린 연석은 주저없이 고운을 끌어당겼다. 철푸덕, 결국 고운은 무릎을 찧으며 바닷물 위에 쓰러졌다. 근처 선착장에 배라도 들어오는 모양인지 제법 센 파도가 밀려들어 와 두 사람 모두를 흠뻑 적셔놓았다.

"이럴 거면서 도대체 옷은 왜 벗어준 거야?"

투덜거리듯 말하면서도 사실, 오후 내내 햇살에 데워졌던 바닷물은 생각했던 것보다 차갑지는 않았다.

"누가 먼저 시작했는데?"

고운과 연석의 고개가 동시에 연주에게 향했다. 뒷짐을 진 채 도망칠 궁리를 하느라 눈동자를 굴리는 깜찍한 모습에 비집고 나오는 웃음을 억지로 참으며 연석이 벌떡 일어나 연주의 허리를 잡고 안아 올렸다.

"으읏, 놔라. 엄마, 살려도. 엄마아아."

"우리 연주 놔줘!"

고운이 연석을 향해 바닷물을 튕기기 시작했다. 눈이며 입이며 정신없이 쏟아지는 바닷물에 연주를 놓치자, 이제는 연주까지 합세해 연석에게 덤벼들기 시작했다.

"가시나들, 그래, 함 해보자 이거가!"

질 수 없다는 듯 연석도 손바닥 가득 바닷물을 담아 두 사람을 향해 튕겨댔다. 비명을 지르며 피하기 위해 발을 굴리는 통에 더 몸이 젖는지도 모르고 세 사람은 정신없이 물속에서 시간을 보냈다.

펜션으로 돌아와 연주와 함께 샤워를 끝낸 고운의 얼굴은 몸에서 느껴지는 한기가 대수롭지 않은 듯 생기로 가득 차 있었다. 발끝까지 내려오는 자신의 파자마를 입히고 드라이기로 머리를 말려주는 사이, 연주가 꾸벅꾸벅 졸기 시작했다. 조심스럽게 안아 침대에 뉘인 고운은 거실로 나와 연석과 연주가 벗어놓은 젖은 옷을 세탁기에 넣어 돌렸다.

욕실에서 샤워 중인 연석이 나오기 전에 따듯한 음료라도 준비해 놓을 생각으로 부엌에 들어선 고운은 버릇처럼 커피를 꺼내려다 말고 흠칫 손길을 멈추었다. 이내 커피를 도로 내려놓고 연주를 위해 사두었던 코코아 가루를 꺼내 들었다. 전자레인지에서 데워진 우유를 꺼내 드는데 등 뒤에서 인기척이 느껴졌다.

"큭."

돌아선 고운은 이불을 두르고 얼굴만 빠끔히 내밀고 선 연석의 모습에 웃음을 터뜨렸다.

"옷 세탁기에 돌리고 있어. 건조까지 되니까 조금만 그러고 있어. 큭."

"그만 웃어라."

따듯한 우유에 코코아 가루를 넣어 휘휘 저으며 고운이 어깨를 으쓱거렸다.

"웃긴 걸 어떡해?"

코코아 두 잔을 양손에 쥐고 뒤돌아선 고운은 한쪽 손에 들린 코코아를 연석을 향해 내밀었다. 하지만 이불의 양 옆 자락을 쥐고 선 연석은 난감한 표정을 지을 뿐이다. 한쪽이라도 손을 놓게 되면 이불이 젖혀져 벗은 몸이 드러날 것 같았던 것이다.

"큭큭큭큭."

고운은 더 크게 웃음을 터뜨렸고, 연석은 코끝을 찡그렸다.

"그만 웃으라이까."

정신없이 웃던 고운은 자신도 두 손 모두 코코아 컵에 붙들려 있다는 사실을 깨달았다. 그다지 우습지도 않은 사실인데, 웃음이 멈추지 않는다. 눈에 눈물이 맺힐 만큼 키득거림을 멈추지 않고 코코아가 든 동그란 머그컵 두 개를 모두 자신이 들고 거실로 향하려던 고운은 갑작스럽게 부딪쳐 오는 연석의 물기 어린 입술에 눈을 크게 떴다. 컵을 쥔 손에 힘을 주지 않았다면 바닥에 떨어뜨렸을지도 모른다.

웃느라 살짝 벌어져 있던 입술 사이로 연석의 혀끝이 부드럽게 파고들었다. 맞닿은 입술이 순간 떨어지는가 싶더니 이내 다시 리드미컬하게 움직인다. 숨을 토해내고 상대방이 토해낸 숨을 가볍게 들이쉬며, 혀끝과 혀끝이 닿을 때마다 두 사람이 동시에 몸을 움찔거렸다. 오로지 입술만 맞닿은 두 사람 사이로, 고운의 손에 들린 컵 속의 코코아가 차갑게 식어갈 때까지 두 사람은 오로지 서로에게만 열중했다.

바싹 말리지 못한 옷은 눅눅했지만 대기실 안에 들어서는 연석의 표정은 어느 때보다 밝았다. 콧노래까지 흥얼거리며 들어오는 연석의 모습에 몇몇의 코러스 걸들이 '요즘 재미가 좋은가 봐' 하며 농을 걸어댔다.

"재미는."

뺨을 긁적대며 돌아서던 연석은 이제 막 문으로 들어서는 로즈와 정면으로 마주쳤다. 핏기 없는 얼굴을 메이크업으로 감춘 로즈는 길고 짙은 속눈썹을 내리깔며 잠시 그의 시선을 피하는가 싶더니, 이내 고개를 들었다.

"할 말 있다."

연석은 고개를 끄덕였다.

"그래."

사람들이 득실거리는 어수선한 곳에서 꺼낼 말은 아닌 듯싶어 연석이 먼저 대기실을 나섰다. 정 사장이 올 때가 아니면 거의 사용하지 않은 사무실로 간 두 사람은 잠시 어둠 속에 서 한숨과 함께 섰다.

타악, 스위치를 올리자 형광등이 깜빡거리다 환하게 불을 밝힌다.

"앉아라."

낡은 가죽 소파에 마주 앉은 두 사람은 이후로도 한참 동안, 누구도 먼저 입을 열지 않았다. 연석이 주머니를 뒤적거려 담배를 찾아 입에 물자, 로즈가 새하얀 손을 그에게 내밀었다. 톡톡, 연석은 담뱃갑을 살짝 쳐서 담배 한 개비를 더 꺼내어 그녀의 손 위에 올려놓았다. 로즈의 담배에 불을 붙여주고, 자신의 입에 물린 담배에도 불을 붙인 연석이 한숨과 함께 짙은 담배 연기를 내뱉었다.

"해라, 할 말."

깊게 담배를 한 모금 빨아 당긴 로즈가 이내 결심한 듯 연석을 똑바로 응시했다.

"내, 그만둔다."

이미 예상했던 말이라 연석은 대답 없이 그저 고개만 끄덕였다.

"그게 끝이가, 고개 한 번 끄덕이는 그걸로 진짜 끝이가. 박연석 이 매정한 놈, 한 번 붙잡지도 않나.”

피식, 담배를 입에 문 입술이 살짝 벌어지며 한숨 대신 가벼운 웃음이 흘렀다.

“그때 말했다 아이가. 내, 니 안 붙잡는다. 니가 월드에 안 아쉬워서가 아이라, 니가 좀 더…… 잘살 수 있으믄 그걸로 됐으이 그라는 기다.”

“그래. 니는 그래 착하고, 내는 나쁜 년이다. 돈도 마이 주고, 타임도 늘여준다 케서 이날 이때껏 먹고 살게 해준 월드 배신하고 미인으로 옮겨가는 내가 나쁜 년이지.”

돈 한 푼 없어도 된다, 노래 부르면서 니 옆에 있는 게 더 좋다, 근데 니가 다른 여자랑 있는 거를 볼 자신이 없다. 사실 로즈가 그렇게 말하고 있다는 것을 연석은 알고 있었다.

두 사람이 피워대는 담배로 좁은 사무실 안에 담배 연기가 가득 찼다.

“계약서는 잘 썼나?”

“아직 안 썼다. 그쪽 사장이 마산에서 내려오면 직접 쓰기로 했다. 우선 일부터 해주기로 했고.”

“그래……. 계약서 받으믄 꼼꼼히 잘 읽어봐라. 요즘에 그런 걸로 장난치는 놈들 많다 카더라.”

고개를 끄덕인 로즈가 재떨이에 담배를 비벼 껐다. 하지만 이후로도 그녀가 일어날 생각을 하지 않자 연석이 먼저 소파에서 몸을 일으켰다. 애써 아무렇지도 않은 듯 굴었지만, 굳은 뺨 근육을 숨길 재간이 없다.

"먼저 나가봐야겠다. 가기 전에, 사람들하고 인사 잘하고 가라."

문 앞에 서서 문고리를 잡고 비틀던 연석은 등 뒤에서 자신을 부르는 로즈의 목소리에 고개를 돌렸다.

"혹시라도 말이다."

입을 열어놓고 로즈는 또 한참을 말이 없다.

"말해라."

"혹시라도……."

말을 끊는 침묵이, 울음을 참기 위한 시간이라는 사실을 눈치 채고 연석은 더 이상 재촉하지 않았다. 연석을 향해 꼿꼿하게 치켜든 새하얗고 긴 로즈의 목에 새파란 핏줄이 선명하게 솟아올랐다.

"그 여자가 가면은."

솟구치는 눈물을 참느라 눈꺼풀이 계속 떨린다.

"내…… 돌아와도 되나."

그렇게 애를 쓴 보람도 없이 목소리에는 울음이 묻어 있다.

"로즈야."

"그냥, 다른 게 아이라…… 옆에 있겠다는 기다. 그냥, 아무것도 안 하고, 귀찮게도 안 하고, 욕심도 안 부리고, 그냥, 그냥 옆에 있겠다는 말이다. 혹시라도, 그 여자가 가면은 그라믄 그러겠다는 말이다."

고운이 떠난다. 연석은 가슴이 저미는 느낌을 애써 외면하며, 상상하고 싶지 않은 그 생각을 한쪽으로 밀쳐 냈다. 연석은 천천히 걸음을 옮겨 로즈에게 다가가 그녀의 가까이에 섰다.

"나는 말이다, 로즈야. 니가 다른 좋은 남자 만났으면 좋겠다."

"그런 말 듣자는 거 아이다."

"전번에 니가 그런 말 한 적 있제. 내 같은 놈한테는 니 같은 가시나가 어울린다고."

연석은 고개를 흔들었다.

"아이다. 내 같은 놈한테 니가 와 어울리노. 니는 나보다 나이도 어리고, 아도 없고, 이뿌고, 노래도 잘하는데. 훨씬 더 좋은 놈 만나가 잘살아야제. 그때 되믄, 내가 와 저런 양아치를 좋아했나…… 부끄러블 기다."

연석이 부드럽게 미소를 지으며 로즈의 머리 위로 가볍게 손을 올려 쓰다듬었다. 이제껏 그녀에게 기대감을 줄까 봐 안쓰러워도, 불쌍하고 신경이 쓰여도 겉으로 드러내지 않았던 미소며 애정 표현이었다.

"그러니까 쓸데없는 소리 하지 말고, 가라. 가서 잘살아라, 가시나야."

연석은 로즈를 남겨두고 다시 돌아섰다. 사무실을 나서며, 로즈를 향해 보여주었던 미소가 연석의 얼굴에서 조금씩 사라졌다.

고운이 떠난다……. 몰랐던 사실도 아니었다. 완전히 돌아온 것이 아니라고, 그녀 입으로도 말했지만 연석은 본능적으로 뿌리가 없는 고운의 흔들림을 감지하고 있었다. 그 모든 걸 알면서도 욕심도, 기대도 없이 그저 오늘 하루 함께 있음을 만끽하며 지내겠노라고 다짐하지 않았던가.

"근데도."

로즈야, 고운이가 떠났다고 해도 니는 돌아오지 말아라. 고운이가 떠나 버리믄, 내가 지금 이 자리에 온전히, 똑바로 서 있을 수 있을지 모르겠다.

병원 문을 열고 들어섰을 때, 고운의 눈에 가장 먼저 들어온 사람은 부산스럽게 겉옷을 챙겨 입는 원무과장과 방사선 선생이었다. 출근 직후인 지금 시간은 한창 진료와 치료 준비에 바쁠 때였다.

"좋은 아침, 서 선생님."

"네. 그런데 지금 어디 가세요?"

"응. 오랜만에 오전에 조조 영화나 보려고."

"네?"

영화 시간이 촉박하기 때문에 자세한 이야기는 김 간호사에게 들으라고 한 뒤 두 사람은 재빠른 걸음으로 병원을 나가 버렸다. 고운의 의아한 시선이 김 간호사에게로 옮겨갔다.

"오늘 진료 안 해?"

"어젯밤에 원장님이랑 윤 선생님 친척 분이 돌아가셨대요. 지금 돌아오시는 길인데, 아무래도 오전 진료는 못할 것 같다고 예약된 환자들도 다 오후로 돌렸거든요. 졸지에 반나절 휴무죠, 뭐."

"그래?"

그럼 지금부터 뭐 하지, 중얼거리던 고운은 다시 소동의 펜션까지 돌아갔다 나오는 것은 귀찮은 생각이 들어 일단 물리치료실로 향했다. 또각또각, 한 걸음 한 걸음 치료실로 걸음을 옮기던 고운이 무슨 생각이 났는지 그 자리에서 멈춘다.

"어디 가세요?"

"잠깐 바람 좀 쐬려고."

한달음에 주차장까지 달려간 고운은 가방을 뒤져 자동차 열쇠를 찾았다. 그녀를 태운 새빨간 소형차가 연석의 집으로 향했다. 골목 어귀에 차를 세우고 이제는 자신의 펜션보다 더 익숙해진 그의 집으로 부지런히 걸음을 옮겼다.

"연석아."

연립 주택의 가파른 계단을 올라 이층 문 앞에 선 고운이 연석의 이름을 부르며 문을 살짝 두드렸다. 새벽까지 일했을 연석이 잠들어 있을 거라고 생각한 고운의 목소리에는 조심스러움이 배어 있었다. 부르다 깨지 않으면 돌아가야지, 처음부터 그렇게 마음먹고 찾아온 터였다. 하지만 한 번 부름에 유리 퍼즐 타일의 문 안으로 그림자가 아른거렸다.

"고운아."

문을 연 연석은 눈앞의 고운의 모습에 놀란 듯 입을 살짝 벌렸다.

"안 자고 있었네."

"꼬맹이 밥 먹여 학교 보낸다고. 근데 니 병원 출근 안 했나?"

"원장님이 안 계셔서, 오전에 휴무."

"맞나."

그녀를 문 앞에 세워두고 있다는 걸 깜빡 잊었었다는 듯 연석이 황급히 문 옆으로 몸을 비켜 세웠다.

"일단 들어온나."

"저기."

고운이 문고리를 잡은 채 다시 연석을 불렀다.

"바람 쐬러 안 갈래? 피곤하면 거절해도 돼."

연석이 멀뚱히 눈을 깜빡거리며 고운을 내려다보다, 이내 피식 웃으며 대답했다. 거절하지 않을 것을 뻔히 알면서도 모른 척, 거절해도 된다고 덧붙이는 고운의 모습이 귀엽다고 생각했기 때문이다.

"좋지, 바람. 가자."

잠깐만 기다리라는 말을 남기고 불쑥 들어가더니, 곧 연석은 야구 모자 하나만을 푹 눌러쓰고 나왔다. 함께 집을 나서서 골목까지 나온 두 사람은 자연스럽게, 연석이 자동차의 운전석으로 고운이 그 옆 자리에 올라탔다.

“어디로 가고 싶노.”

“어디가 좋을까.”

“뭐, 덕포 쪽으로 넘어가면 흥남으로 해가 한 바퀴 도는 거고. 지세포 쪽으로 넘어가면 소동 지나 학동이랑 해금강으로 한 바퀴 도는 기지. 어디로 돌든, 여로 돌아오게 돼 있으이까 니가 골라라.”

잠시 고민에 잠겼던 고운이 선택한 듯 고개를 끄덕였다.

“지세포 쪽으로 가자. 괜찮지?”

“그래.”

흔쾌히 대답하며 연석이 차머리를 돌려 골목을 빠르게 빠져나갔다. 거대한 조선소를 끼고 맞붙어 위치한 옥포와 아주 시내를 지났다. 두 사람이 탄 차는 아직은 꽃 몽우리조차 맺히지 않은 앙상한 나뭇가지가 드높은 벚나무 길을 내달렸다. 조선소는 두 사람이 다녔던 학교 맞은편, 장승포 어귀까지 해안선을 따라 닿아 있었다.

“그리고 보니 난 그 유명하다던 외도도 한번 못 가봤네. 넌 가봤어?”

“한 번. 꼬맹이 데리고 가봤다.”

“좋아? 텔레비전에 자주 나오던데.”

어느덧 차는 고운의 펜션이 있는 소동의 해변 도로도 지나쳤다.

“좋지. 좋으이까 사람들이 그래 찾아오는 거 아이겠나. 근데,

이뿌기는 해도 거는 사람 손으로 만든 거 아이가.”

연석이 빙긋 웃으며 고운을 흘낏 바라보았다.

“진짜 좋은데 함 가볼래?”

“진짜 좋은데?”

애초에 고운은 몽돌로 유명한 학동 해변으로 가서 차를 한 잔 하고 돌아오면 좋겠다는 생각을 했었지만 연석의 제안에 별다른 고민 없이 고개를 끄덕였다. 따듯한 날씨에는 관광객들이 쉴 새 없이 드나드는 도장포의 바람의 언덕과 여차 해수욕장을 지나자 고운은 섬의 가장자리, 해변도로를 달리면서도 섬 깊숙한 곳으로 빠져들고 있는 착각을 지울 수가 없었다.

“지금 어디 가는 거야?”

난데없이 포장도 되어 있지 않은 좁은 산길로 접어들자, 손잡이를 잡아야 할 정도로 차체가 흔들리기 시작했다. 차 한 대가 간신히 지나갈 정도로 좁은 자갈 산길, 게다가 옆으로는 창 너머로 바다가 보일 정도로 가파른 바다 절벽이었다.

“망산.”

“망산?”

엉덩이가 아플 정도로 소형차의 진동이 전해져 왔다. 하지만 그보다도 맞은편 길에서 다른 차라도 나타날까 봐 고운은 걱정이 되었다. 다행히 연석이 차를 세울 때까지, 그 길 위에는 두 사람이 탄 차 이외에는 인적을 찾을 수 없었다.

“내리라.”

“여기?”

대답 없이 연석이 먼저 훌쩍 차에서 내렸다. 뒤따라 내린 고운은 황량한 산속 길 가운데 서서 주위를 둘러보았다.

“저기가 망산 전망대다.”

“여기 전망대가 있단 말이야? 이런 곳에?”

연석이 가리킨 곳은 전망대라는 거창한 이름으로 부르기가 민망할 정도였다. 절벽 끝 가장자리에 난간을 만들어놓고 그 곁에 망산 전망대라는 표지판 하나가 전부였다. 미심쩍은 표정으로 천천히 걸음을 옮긴 고운은 그 난간 앞에 멈추어 섰다.

“아…….”

고운의 입에서 신음 섞인 탄성이 터져 나왔다. 자신도 모르게 난간을 꼭 쥐고, 몸을 앞으로 더 들이민다.

“사람 손으로는, 죽어다 깨어나도 이런 거는 몬 만든다.”

그곳은 끝이 존재하지 않는 바다의 품이었다. 희게 부서지는 파도와 아른아른 뿌옇게 낀 아침 안개로 인해 몇 개의 돌섬들이 바다를 부유하는 것처럼 보인다. 물빛은 햇살을 받아 새파랗고 하늘은 그 영향을 받은 듯 물기가 어렸다. 오로지 바닷물이 그곳을 지배했고, 바다는 모든 것을 깊고 푸르게 포용했다. 아름답다는 말로는 설명할 수 없었다. 고운은 세상을 아우르는 바다의 지배력에 소름이 끼친다.

고운은 인간인 자신의 나약함이 정당화되는 기분이 들었다. 어렸던 그 한때에는 벗어나고자 몸부림을 쳤던 바다의 존재가 왜 그녀를 불러들였고, 왜 깊은 위로를 심어주었는지 그 실체를 보는 것만 같다.

"연석아."

아주 오랫동안, 나란히 서서 물빛에 잠겨 있던 고운과 연석 사이에 침묵이 깨어졌다. 연석은 고개를 돌려 고운을 바라보았다.

"지금 우리 말이야."

고운도 고개를 돌려 연석을 응시했다.

"사랑하는 게 아닐지도 몰라."

연석의 눈동자가 일순간 흔들렸지만, 이내 단호해졌다.

"나는 네가 불쌍하고, 너는 나를 불쌍히 여기고…… 위로받고 싶고, 또 위로해 주고 싶고……. 우린 단순히 그러고 싶은 걸지도 몰라."

"고운아."

"어렸고 막막했던 그때, 그래도 우리 너무 좋았잖아. 네가 있어서, 내가 있어서 마냥 좋았던 그때를 그리워하느라 서로를 붙잡고 있는지도 몰라."

고운이 손을 뻗어 연석의 뺨을 살짝 문질렀다.

"나라서가 아니라, 박연석이라서 아니라, 사랑하기 때문에 서로에게 위로받고 옛날 일을 추억하는 게 아니라 위로받고 싶어서, 추억하고 싶어서, 그래서 지금 사랑이라고 착각하는 건지도 몰라."

연석은 자신의 얼굴에 닿은 고운의 손을 잡았다. 그리고 살짝 팔을 잡아당겨 고운을 품에 안고 그녀의 목덜미에 얼굴을 묻었다.

"그럴지도 모른다."

연석이 중얼거리듯 입을 열자, 따스한 입김에 고운의 귓가에 맴돈다.

"근데, 그게 상관있나? 진짜든 아이든."

어쩌다 이렇게 되었을까. 나는 그럴 자격이 없는 사람인데, 왜 이렇게 너한테 욕심이 날까. 내 마음속의 상처가 그곳에는 온전한 사랑이 자라지 못한다고 경고하고 있는데, 그런 마음으로 옆에 있으면 너한테 죄짓는 건데, 왜 이렇게 욕심이 나니.

연석의 품에 안긴 채 고운은 눈을 감았다.

"아니. 상관없어. 상관없어."

김 간호사와 근처 식당에서 점심을 해결하고 돌아왔을 때는 점심시간으로 주어진 시간이 그다지 남아 있지 않았다. 똑똑, 가벼운 노크 소리에 고개를 돌리자 열리는 문 사이로 방긋 웃는 정혁의 얼굴이 나타났다.

"윤 선생님, 들어오세요."

"점심 맛있게 먹었어요?"

"네."

테이블 앞에 앉아 두 손으로 머그컵을 쥐고 엄지로 컵의 손잡이 부분을 문지르고 있던 고운이 환한 미소로 정혁을 맞았다. 치료실 안으로 들어서던 정혁은 코끝에 맴도는 것이 코코아 향이라는 사실을 깨닫고 의외라는 듯 눈을 치켜떴다.

"서 선생님이 오신 뒤로는 늘 치료실에서 커피 향이 났었는데, 그새 취향이 좀 바뀐 거예요?"

"바꾸려고 노력 중이에요. 한 잔 드릴까요?"

"좋죠. 어릴 때 말고는 마셔본 기억이 없지만요."

전자레인지에 우유를 데우는 고운의 뒷모습을 가만히 바라보고 있던 정혁이 다시 입을 열었다.

"요즘 거의 매일, 김 간호사와 점심 먹는다면서요?"

"네. 왜요?"

삐익, 불이 꺼진 전자레인지에서 꺼낸 우유에 코코아 가루를 넣어 스푼으로 여러 번 저어 녹인 다음 정혁에게 건네주었다.

"처음에는 그렇게 같이 밥 한 번 먹자고 해도 거절했던 사람이잖아요. 그러고 보니……."

정혁이 몸을 뒤로 빼고 장난기 어린 시선으로 고운을 머리끝에서 발끝까지 한 번에 훑었다.

"살이 좀 찐 것 같기도 하고."

"그것도 노력 중이에요."

"정말이요? 그럼 커피 끊고 이걸로 바꾼 이유도 설마 살을 찌우려고 그러는 건 아니죠?"

정혁의 농담을 들으며 고운은 코코아를 한 모금 더 마셨다.

혀끝에서 느껴지는 달짝지근한 맛이 마시면 마실수록 나쁘지
않다.

"뭐, 그것도 아니라고 할 수는 없죠. 하지만 가장 큰 이유는
뭐, 말 그대로 커피를 좀 끊어보려고요."

"누가 그러라고 시켰어요?"

누군지 다 알고 있다는 듯한 짓궂은 물음이었지만 고운은 태
연하게 받아 넘긴다.

"네. 살 좀 찌우라고 누가 너무 닦달을 해서요."

틀린 말은 아니었지만 커피를 끊으려는 것은 잠 때문이었다.
밤에 잠을 잘 잘 수 없어 괴로웠고, 잠들 수 없는 그 시간에 생
각은 생각을 불러일으켜 결국에는 스스로가 만들어 버린 불행
과 죄책감의 늪 속에 빠져 허우적거렸었다. 그렇게 불안하고 찜
찜한 기분을 지워내기 위해 고운은 술 대신 늘 커피를 선택했었
고, 커피의 향기에서 위안을 찾았었다.

하지만 커피 대신 코코아로 몸을 채웠던 어느 날 밤 침대에
누웠을 때 불현듯 그런 생각이 들었다. 어쩌면 시작은 불면이
아니라 물처럼 몸속에 채워 넣던 커피였을지도 모른다고. 그렇
게 악순환이 시작된 것은 아닐까, 하고.

"참 너무하네. 아무리 친구로 지내기로 했다지만 한때 서 선
생님한테 대시하려고 했던 내 앞에서 그렇게 티내기예요?"

"먼저 물었던 건 윤 선생님이잖아요."

새침한 고운의 모습에 정혁이 너털웃음을 터뜨렸다.

“요즘 들어서 새삼스럽게 느껴지는 서 선생님의 모습들을 봐요. 뭐, 나쁜 쪽으로는 아니고요. 밝아졌다고요.”

“그래요?”

따듯한 코코아 두 잔을 마주 놓고 앉은 고운과 정혁을 맴도는 주위의 공기가 편안하고 부드럽게 달아올랐다. 정혁은 어깨를 으쓱거렸다.

“오히려 나한테는 다행이죠. 솔직히 내가 서 선생님한테 호감을 가졌던 건, 처음 이 병원에 나타났을 때부터 풍기던…… 왠지 모를 신비감이랄까? 상처받은 여자에게서 풍겨지는 성숙미라고나 할까, 하여간 그런 시니컬한 면이었거든요. 이제 보니 뭐, 서 선생님은 내 스타일이 아니네요.”

고운이 크게 웃음을 터뜨렸다.

“너무 노력하지 말아요, 윤 선생님.”

“네?”

“친구로서는 의사가 재미있을 거라던 말, 증명해 보이려고 계속 우스갯소리 하고 좋은 말만 늘어놓고 있는 거잖아요.”

정곡을 찔린 듯 정혁이 입을 살짝 벌렸다. 이내 쑥스러운 듯 뺨을 살짝 붉는 어린아이 같은 정혁의 모습에 고운은 손끝에서 느껴지는 코코아 잔의 따스함이 더욱 진해지는 것 같았다.

“아, 시간이 벌써 이렇게 됐네.”

정혁이 코코아 잔을 내려놓고 몸을 일으켰다.

“다음에는 서 선생님이 눈치 채지 못하게 고차원적인 걸로 준비해서 올게요."

"네. 기대하고 있을게요."

정혁을 배웅하듯 의자에서 일어나던 고운은 치료실의 문을 살짝 두드리는 노크 소리에 고개를 갸웃거렸다. 아직 오후 진료 시간이 시작하지도 않았는데, 벌써 물리치료 환자가 올 리가 없었던 것이다.

"네, 들어오세요."

게다가 진료를 해야 할 의사 중 한 명인 정혁조차 지금 이곳에 머물고 있었다. 고운의 의아한 시선에 정혁 역시 어깨를 으쓱거렸다.

문이 열리고 여자가 치료실 안으로 들어섰다. 삼십대 초반의 고급스러워 보이는 옷차림을 한 여자를 마주한 바로 그 순간 고운의 시선이 정지한 듯 꼼짝도 하지 않고 그녀에게 머물렀다.

"서 선생님, 괜찮아요?"

하얗게 질려가는 고운의 모습에 정혁이 걱정스러운 듯 그녀에게 묻고는, 고운과 여자를 번갈아 바라보았다. 세련된 스타일로 묶은 긴 머리칼, 미인형의 또렷한 이목구비를 가진 여자 역시 고운에게서 눈을 떼지 않았다.

"괜찮아요."

겨우 입을 뗀 고운에 이어서 여자가 입을 열었다.

"오랜만이에요, 서고운 씨."

고운의 입술이 팽팽한 일직선으로 굳어버렸다. 한참 동안 응어리진 눈으로 여자를 바라보던 고운이 입을 열어 대답했다.

"왜 찾아왔는지는 모르지만, 짧은 용건이라면 이 분 드릴게요. 곧 진료 시간이거든요."

"이 분은, 우리한테 너무 짧은 시간 아닌가요?"

담담한 여자의 목소리에 고운은 눈을 크게 떴다.

"병원 앞에 카페가 하나 있던데, 거기서 기다릴게요. 퇴근하고 봐요."

고운의 대답도 듣지 않고 여자는 뒤돌아서 치료실을 나가 버렸다. 고운은 정혁의 의아한 시선을 뒤로하고 창가로 다가섰다. 다시 한 번 확인하지 않으면 조금 전 나타난 여자의 존재를 꿈이나 환각으로 여길지도 몰랐다. 하지만 병원 건물을 나선 여자가 길 건너편의 카페로 걸음을 옮기고 있었다.

"정말 괜찮아요? 저 여자…… 누구예요?"

"그냥."

목이 뻣뻣해진다. 고운은 침을 삼켜 간신히 목구멍을 치고 올라오는 단단한 기운을 억누르고 말을 이었다.

"그냥 좀, 조금 아는 사람이요."

그녀, 한때는 죽이고 싶을 만큼 미웠고, 또 한때는 죽고 싶을 만큼 미안했고, 또 그 다음에는 내 상처를 치유하고 싶어 죽을 때까지 외면하고 잊어버리고 살고 싶었던 그 여자였다.

"누군가를 버려야 한다면 그건 너야. 나 와이프 사랑해. 너를

사랑하는 것과는 다른 종류지만, 그것도 사랑이고 내가 책임져
야 하는 감정이야."

　"나 이미 그 사람한테 죽을 때까지 갚아도 못 갚을 죄 지었어.
더 이상 나 죄인 만들지 마."

　"난 와이프 사랑해. 나를 놔줘야 하는 사람은, 미안하지만 너
야."

　김서정, 비록 석 달의 짧은 시간이었지만 최은환 생애의 유일
한 와이프였던 그녀가 찾아왔다.

· 제15장 ·

그녀에 대한 감정은 한마디로 정의할 수 없을 만큼 모호했다. 감정을 제외한 채 서정에 대해 떠올리자면 학교 다닐 때 실습을 나갔던—졸업 후 첫 직장이 되기도 했던—병원의 병원장의 딸이라는 사실 정도다. 어쩌면 얼굴 한 번 부딪치지 않고 지나칠 수도 있는 그런 관계의 자신과 서정 사이에 은환이 있음으로 하여 두 여자는 결코 서로를 무시하고 살 수 없는 처절하고도 애달픈 고통으로 지난 이 년을 살아왔다.

카페 문을 여는 고운의 손끝이 사시나무 떨듯 떨렸다. 겨우 삼키고 묻고 있는 고통이 또다시 뒤집혀 모습을 드러내리라는 불안한 예감이 일으킨, 일종의 두려움이었다. 그 두려움은 우습게도 반발심을 동반했다. 뭘 어쩌려고 내 앞에 나타난 거야, 지금에 와서 머리채라도 붙잡고 원망하고 비난하고 소리라도 치겠다는 거야? 하는 스스로의 뻔뻔스러움을 느끼며 고운은 어떻게든 도망치려고 하는 자신에게 서글퍼졌다.

머리채를 붙잡고 원망하고 비난하고 소리치는 것, 그보다 더한 것이라도 서정의 입장에서는 당연한 것인데 이 년이 미루어졌을 뿐이다. 자신의 남편이 다른 여자와 시외에서 만나고 돌아가다 교통사고로 죽었다는 사실은 그 나이까지 험한 꼴 한 번 보지 않고 곱게만 살아온 서정에게는 어마어마한 고통이었을 터였다.

"왔어요? 앉아요."

그래서 그녀의 담담함이 놀랍고, 한편으로 더욱 두렵다.

"어떻게 알고 찾아왔어요?"

무슨 일이냐고, 물을 용기가 없어 꺼낸 말이다. 자신의 목소리에 가득 찬 적개심에 고운의 죄책감은 더욱더 깊어졌다.

"병원에서 같이 일하던 분한테 사고 이후에 일하던 병원이 어딘지 물었고, 그 병원에서 또 물어 찾아왔어요."

"그렇게 번거롭게, 찾아올 이유가 있었나요?"

물끄러미 자신을 바라보는 서정의 눈빛에 고운은 참을 수 없는 고통을 받아야 했다.

"내가 달갑지 않은 건 알고 있어요. 나한테 서고운 씨도, 그러니까."

소리치지 마, 넌 소리칠 자격 없어, 서고운. 소리치지 마. 넌 당당하게 굴 입장의 사람이 아니야. 스스로를 제어하려고 해도, 차마 서정 앞에서 고개를 숙일 수가 없다. 고개를 숙여 버리면, 죄책감을 부정하기라도 하지 않으면, 도저히 버텨낼 수 없을 것만 같았다.

"지금에 와서 따지러 왔어요? 나한테, 화내고 싶어서 머리채라도 잡고 싶어서 서울에서 여기까지 찾아온 거예요?"

사고로 인해 고운 역시 몇 차례에 걸친 수술을 받았었다. 은환의 죽음과 끔찍한 사고 후유증으로 제정신이 아닐 때에도, 왜 서정이 찾아오지 않을까 하는 의문을 스스로에게 던지기도 했었다.

"선보고 한 결혼이었지만, 나 그 사람 정말 좋아했었어요. 서고운 씨도 그때 사고로 많이 다쳤었겠지만, 나 역시 그 사람 죽음 앞에서 다른 사람 찾아가 머리채 잡을 만큼의 제정신은 아니었어요."

"그래서 지금 하러 왔냐고요."

"그렇게 생각하는 걸 보니, 나한테 미안하긴 한가 보죠?"

고운은 물기 없이 말라 버린 입술을 꽉 깨물었다. 미안하다고, 사죄한다고 말을 해. 이 사람에게 그런 감정 느끼고 있는 건 사실이잖아. 하지만 입에서 터진 말은 전혀 다른 말이었다.

"최은환 선생님이 결혼하고 난 후에는, 나 김서정 씨한테 미안해할 일 한 적 없어요. 그건 사고 나던 날도 마찬가지고요."

"알아요. 그 사람, 그럴 사람 아니라는 거."

서정은 순순히 수긍했다. 하지만 그녀의 담담했던 눈빛은 일순간 날카로워졌다.

"단정하고 예의 바르고 착하고, 사람들에게 그렇게 보이려고 했던 사람이 아니라 정말로 그런 사람이었어요. 물론 서고운 씨도 알고 있겠지만요."

서정은 자신의 앞에 놓인 얼음이 든 물 컵을 들고 단숨에 마셨다.

"아, 집안에서의 자신의 존재나 부모님의 기대 모두 거부할 수 없는 사람이었기 때문에 당신에서는 나약하고 비겁한 남자로 보였을지도 모르죠. 하지만 사랑과 다른 모든 것 중, 사랑을 택하지 않는다고 해서 나쁜 사람은 아니에요. 그가 사랑을 버리고 선택했던 모든 것은 명예나 돈 따위가 아니라 부모 형제, 친지들이 받을 상처와 심려였으니까."

고운은 무릎 위에 놓인 손으로 주먹을 꽉 쥐었다.

"왜 지금에 와서 그런 말을 하는 거예요?"

죄책감을 더 깊게 만들어 괴로워하는 내 모습을 보고 싶었는지도 모른다.

"그런데도 그는 여러 번 사랑을 선택했었어요. 서고운 씨를 그만큼 사랑했었다는 의미겠죠. 내가 그 사람을 잘 몰랐을 때, 그 사람과 당신의 교제 사실을 대수롭지 않게 생각했었어요. 당신과 만나는 것 자체가 그 사람에게는 힘들게 내린 선택이었는데도 말이죠. 최은환에게 서고운이 그 정도의 사람이었다는 사실을 결혼 전에만 눈치 챘어도 우리는 지금 이렇게 마주 보고 앉아 있지 않을지도 몰라요."

서정은 잠시 말을 멈추고 창밖을 바라보았다. 시내에서는 보이지 않는 바다를 찾는 것일지도 몰랐다. 섬이라면, 어디에서든 바다가 보일 거라고 생각할 수도 있을 테니까.

"아까 그랬죠, 나한테 미안해할 일 한 적 없다고. 왜요? 왜 미안하지 않아요? 단순히 결혼 후에는 잠자리를 하지 않아서? 대신, 늘 마음을 주고받았잖아요. 그 사람은, 최은환은 마음을 서고운에게 주고 있어서 늘 나한테 죄책감을 느꼈는데 당신은 그런 양심도 없는 사람이었나요?"

두 눈도 감고, 두 귀도 닫아버리고 싶었다. 하지만 야속하게도 서정의 목소리는 그녀의 귓가를 파고들었다.

"선을 본 후에도 종종 병원에서 서고운 씨를 본 적 있었죠. 이미 다른 사람을 통해서 두 사람이 깊은 관계였다는 사실을 알고 있었고요. 난 그때도 당신이 그렇게 밉지는 않았어요. 연애, 할 수 있죠. 사랑? 그것도 할 수 있어요. 중간에 내가 끼어들어 두 사람을 갈라놓았다는 생각에 미안한 적도 있었어요. 하지만 막상 당신이 나한테 미안할 짓 하지 않았다는 그 말을 들으니, 참…… 원망스럽네요. 미안하다는 말 들으러 온 건 아닌데도."

차라리 서정에게 원망의 말을 듣고 나니, 오히려 마음이 편해지는 것 같았다. 고운은 '나쁜 사람' 이 되기로 작심한 사람마냥 마음에도 없는 소리를 지껄이기 시작했다. 서정의 원망이 고운 자신의 수백, 수천의 미안하다는 말보다 죄책감을 깊게 만들었지만 적어도 뒤틀리게 만들지는 않았다.

"결국에는 당신과 결혼했잖아요. 결혼 후에 마음을 주고받아요? 그날, 우리가 사고 났던 날 그 사람이 뭐라고 말했는지 알아요?"

고운의 목소리는 흥분과 분노가 뒤섞여 있었지만, 진심은 아니었다. 이걸로 당신 마음이 좀 위안이 되었으면 좋겠어요. 이 말을 듣고서 당신이 좋아했다는 최은환에 대한 미움도 좀 털어 버리고 편안해졌으면 좋겠어요.

"와이프를 사랑한다고 했어요. 당신에게 미안하다며 이제 당신에게만 마음을 주겠다고, 나를 버리겠다는 말을 하기 위해 만났던 거예요. 그 사람 나한테 그랬어요. 자길 놔달라고, 당신한테 찾아가 우리 서로 사랑하니까 최은환 놔달라고 말하겠다는 나에게, 그 사람은 되레 나한테 그랬다고요. 놔줄 사람은 서고운, 나라고. 그래서 나 당신하고 최은환한테 하나도 미안하지 않아요. 상처 주고 떠나 버린 그 사람이……."

미안하지 않다는 그 말이, 진심이면서도 거짓이라면 당신은 믿겠어요?

"미워요. 미치도록, 원망스러워요. 그러니까 더 이상 그 사람 떠올리게 하지 말고 가요. 우린 피차 서로 할 말 없는 사람들이잖아요."

고운은 자리를 박차고 일어났다. 애써 서정의 시선을 외면하고 돌아서던 그때, 그녀가 다시 고운을 불렀다.

"그래서 온 거예요."

고운은 돌아서지 않은 채 서정의 말을 들었다.

"서고운 씨가 그렇게 알고 있어서, 그래서 온 거예요."

"무슨 뜻이에요?"

또 다른 불행의 예감이 고운을 덮치고 있었다. 갑자기 연석이 너무 보고 싶었다. 지금 연석이 나타나 자신의 손을 붙잡고, 이 자리에서 벗어나게 해주길 간절히 바랐다. 하지만 그런 일은 이루어지지 않았다.

"나 결혼해요. 사랑하는 사람이 생겼거든요. 내가 사랑하는 사람 얼굴을 보고 있자니…… 서고운 씨에게 사실을 말해줘야 한다는 생각이 들었어요. 그렇지 않았다면 나 평생 이 이야기 하지 않았을 거예요."

"그렇게 알고 있어서 왔다니, 그게 무슨 뜻이냐고요!"

"그때, 내가 그러라고 시켰어요."

"뭐라고요?"

"서고운 씨와 남은 감정까지 모조리 정리하지 않으면, 병원에서 당신 해고하게 만들 거라고 했어요. 체면 같은 거 필요없으니 병원 사람들 다 있는 앞에서 서고운 씨 찾아가서 머리채라도 잡을 거라고 했어요. 병원에 속해 있는 의사와 불미스러운 일로 해고당한 물리치료사, 근처 병원에서는 발도 못 붙이게 만들 거라고 했어요. 나한테 그럴 힘이 있는지, 없는지조차 모르면서 그렇게 말했어요."

고운은 소파에 털썩 주저앉았다.

"그 사람은 이제 아무것도 해줄 수 없는 결혼에 묶인 몸으로, 아무것도 가진 것 없이 자기 마음 하나만을 가진 당신한테 그런 험한 꼴 당하게 하고 싶지 않다고 했어요. 나한테, 그랬어요. 서고운 씨를 내 마음만을 가진 그 애…… 라고 불렀어요, 내 앞에서……. 당신은 가족과 맞바꾸었던 최은환의 전부를 가지고 있었던 거예요."

가늘게 떨리는 두 손으로, 고운은 터지는 울음을 참기 위해 입을 틀어막았다.

"그 사람은 서고운 씨가 상처받는 게 싫어서, 견딜 수 없어서 자기 마음을 버리러 당신을 만나러 갔었어요. 그래서 나, 그날 두 사람이 만난다는 것도 알고 있었어요. 내가 보낸 거니까."

"아, 아니잖아요. 그거 아니잖아요."

"맞아요. 그게 맞아요."

"이러지 말아요. 차라리, 차라리……."

"차라리 미워하고 원망하라고요? 나, 솔직히 모르겠어요. 사랑하는 두 사람 갈라놓은 내가 잘못한 걸까, 결혼 후에도 마음 정리를 하지 못한 두 사람이 잘못한 걸까. 사고 나던 날, 그런 유치한 협박을 하며 그를 몰아세워 보냈던 내가 내 남편을 죽인 걸까. 아니면 그 유치한 협박에도 벌벌 떨며 서고운 씨에게 상처 주는 것을 두려워했던 그 사람 스스로가 자초한 일이었을까.
그렇게 미워하는 마음과 죄책감 속에서 혼란스러워하며 살았어
요. 하지만 내가 사랑하게 된 그 사람을 보면서, 보고 있어도 눈
물이 나는 그 느낌을 받으면서, 그저 옆에만 있어도 감동스러운
그 기쁨을 느끼면서…… 이거 하나는 확실해졌어요."

결국 우욱, 하는 신음 소리와 함께 고운은 울음을 터뜨렸다.

"유일하게 당신에게만 준 마음을, 그 사람은 진심으로 배신한
적은 없다는 거. 최은환 그 사람은 최소한 서고운 당신에게만은
미움이나 원망을 받아야 할 사람이 아니라는 거."

─와인 그라스에 젖은 립스틱 그리움을 당신은 압니까, 놓아야
하면서도 붙잡고 있는 미련의 끝을 이젠 놓고 싶어.

로즈 대신 대타로 타임을 채워줄 가수가 없어 그녀의 코러스
였던 여자들 중 가장 나은 가창력의 여자를 무대에 세웠다. 로
즈의 단골 레퍼토리이자 손님들이 가장 좋아하는 '와인 그라스'
였지만 가수가 바뀌자 흥이 나지 않는지 다들 심드렁한 눈치였
다.

"행님, 이래 가지고 장사해 먹겠소?"

꺼진 마이크를 들고 무대 아래에 내려와 있는 강택이 곁에 선
연석에게 투덜거렸다.

"사장님한테 그쪽에 괜찮은 가수 있으믄 좀 보내달라고 말해
놨으이까 곧 구해지겠지. 너무 걱정하지 마라."

“지금 걱정 안 하게 됐습니꺼. 로즈 단골들은 벌써부터 미인으로 다 옮겨 갔는데.”

“그거야 당연한 기고.”

무덤덤한 연석의 태도에 강택의 열이 더 오른다.

“에잇, 나쁜 가시나!”

“스읍! 그라지 말라카이!”

“행님은 지금 로즈 편들 때가 아이요! 매상 떨어지면 사장한테 제일 먼저 깨지는 사람이 행님이믄서!”

“편드는 게 아이다. 내는 니가 돈 많이 주고 좋은 조건으로 미인으로 간다 케도 똑같이 했을 끼다.”

강택이 미심쩍은 표정으로 연석을 앞뒤로 훑어본다.

“진짭니꺼?”

“진짜긴 한데, 미인에서 그럴 리가 없다 아이가. 니가 뭐 볼 거 있다꼬.”

“행님!”

길길이 날뛰는 강택을 남겨두고 낄낄대며 무대 아래에서 플로어 바깥쪽으로 돌아 나오던 연석은 홀 안에 들어서는 고운을 발견하고 웃음을 멈추었다. 시선을 두리번거리며 자신을 찾는 듯한 고운의 모습에 놀랍기도 하고 반갑기도 해 연석이 한달음에 그녀에게 다가갔다.

“여는 어쩐 일이고.”

음악 소리 때문에 목소리를 좀 높여야 했다.

“연주는?”

“대기실에서 잔다. 보러 갈래?”

고운이 빙긋 웃으며 고개를 흔들었다.

“나중에. 지금은…… 나 술 한 잔 줄 수 있지?”

“술?”

손님이 적어 빈둥거리던 웨이터들이 두 사람을 흘끔거리고 있었다. 연석은 술을 달라는 그녀의 말에 흔쾌히 고개를 끄덕였다.

“좋지, 술. 룸으로 가자.”

“아니. 난 여기가 좋은데.”

“여 너무 안 씨끄럽나?”

“그래서 좋아.”

그제야 연석은 고운에게서 평소와 조금 다른 미묘한 변화를 본능적으로 감지했다. 하지만 확신이 들지 않을 정도로 미비하게 느껴지는 정도라 금방 털어내 버린다. 연석은 흘끔거리던 웨이터 한 명을 붙잡아 코끝을 찡그렸다.

“무슨 구갱 났나? 가서 술 몇 병이랑 과일 좀 신경 써서 깎아 온나.”

“야, 행님.”

연석은 플로어 가까운 자리에 고운을 앉히고 자신은 그 맞은편에 앉았다. 양주와 맥주가 섞인 술이 두 사람의 테이블 위에 가득 채워졌다. 연석은 익숙하게 술과 음료를 잔에 따라 고운

앞에 내밀었다.

"근데 갑자기 뭔 술이고?"

"그냥."

고운은 잔을 들어 독한 술을 홀짝 들이킨다. 혀끝부터 뱃속까지 뜨끈한 느낌에 고운의 얼굴이 금방 달아올랐다. 눈을 크게 뜨고 더운 김을 입 밖으로 내뱉는 고운의 모습에 연석이 픽, 웃는다.

"술도 잘 몬하면서."

"못하는 게 어디 있어. 마시면 마시는 거지."

"그래, 그래."

연석은 고운의 빈 잔에 다시 술을 따랐다. 그때 웨이터가 과일 쟁반을 들고 나타났다. 연석은 이쑤시개에 꽂혀 있는 사과 한 조각을 집어 들어 고운에게 내밀었다.

"술만 들이키면 속 배린다."

연석의 손을 물끄러미 바라보던 고운이 장난스럽게 뺨을 실룩거리더니 입을 살짝 벌렸다.

"아."

먹여달라는 고운의 행동에 연석은 술을 입에 대지도 않았는데 알딸딸한 기분이다. 자신과 고운에게 집중된 클럽 식구들의 시선도 만만치 않은 부담이었다.

"뭐, 뭐 하라고."

"아아."

고운은 요지부동, 입을 벌린 채 그를 바라보았다. 어쩔 수 없이 연석은 고운의 입에 사과 조각을 넣어주었다. 삐익, 음악 소리에 묻히긴 했지만 어디에선가 어렴풋 두 사람을 향해 휘파람과 야유 소리가 날아든다. 연석은 눈을 치켜뜨고 클럽 식구들을 살피지만, 이미 모두들 시치미를 뚝 떼고 시선을 피했다.

"니 와 그라노."

"내가 뭐?"

"좀 이상하다 아이가, 안 하던 짓도 하고."

"그냥. 그래서 싫어?"

웃음기 섞인 고운의 물음에 연석은 솔직하게 대답했다.

"아이, 뭐. 그런 거는 아이고."

그사이 고운은 다시 술을 연거푸 마셔 잔을 비워냈다.

"천천히 마시라. 뭐가 급하다고…… 그러다 니 취한다."

"뭐가 걱정이야. 이렇게 든든한 보디가드가 있는데, 안 그래?"

보디가드가 될지, 치한이 될지 니가 어떻게 아노. 연석은 그 말을 꾹 눌러 참았다. 연석이 다음 잔을 채워주지 않자 이제 고운이 스스로 잔에 술을 따라 마셨다. 걱정스러운 연석의 시선에도 고운은 웃으며 어깨를 으쓱거릴 뿐이다.

"니 무슨 일 있었제?"

"왜, 그런 것 같아? 아니, 아무 일도 없는데? 그냥 술이 마시고 싶어서."

그러고 보니, 목소리가 약간 쉬어 있다. 연석은 금방 양주병을 반쯤 비워낸 고운을 뚫어지게 바라보았다. 더 캐물어 무슨 일이 있었는지 알아내야 할까, 아니면 그녀 스스로 말하지 않은 것에 대해서는 모른 척해야 하는 걸까, 고민하는 사이 고운이 갑자기 고개를 번쩍 들었다.

"춤추자, 연석아."

"뭐?"

갑자기 일어나는 바람에, 고운의 무릎에 부딪쳐 테이블이 크게 흔들렸다. 바닥으로 떨어지려는 술병을 간신히 잡아낸 연석은 뜨악한 표정으로 되물었다. 추, 춤? 입모양으로도 제대로 만들어지지 않은 그 단어를 중얼거리는 연석의 팔을 고운이 있는 힘껏 끌어당겼다. 연석은 얼떨결에 플로어까지 끌려 나갔다.

그의 등장에 노래를 하던 대타 가수도, 그녀의 뒤로 일렬로 선 코러스 걸들도, 노래가 끝나면 진행을 하기 위해 무대 밑에서 대기하고 있던 강택도, 쟁반을 들고 테이블 사이를 오가던 웨이터들까지도 입을 딱 벌리고 두 사람을 바라보았다.

빰 빠라라, 빰 빠라라, 딴딴딴!

연석의 두 팔을 붙잡은 고운은 트로트의 흥겨운 리듬과 박자를 무시하고 몸을 제멋대로 움직이기 시작했다. 마치 연석의 귓가에 흐르는 음악은 전혀 다른 것이라는 듯 하릴없이 고운의 움직임에 따라간다.

"고, 고운아. 야, 서고운!"

"춤추자니까."

"서고운."

입은 웃고 있지만, 그녀의 감은 두 눈 곁이 젖어 들어가는 것을 보며 연석은 짧은 한숨을 내쉬었다. 무슨 일인지는 중요하지 않았다. 그것이 무슨 일이든, 자신이 해결해 줄 수 없을 거라는 것을 알고 있었다. 그래서 더 안타까웠지만, 그래서 자신이 할 수 있는 일이 무엇인지 분명히 알 수 있었다.

연석은 기꺼이 고운과 함께 춤을 추었다. 팔을 흔들고, 다리를 움직이는 것으로 조금이라도 짓누르는 고통을 잠시나마 잊을 수 있다면 트로트든 그 어떤 음악이든 상관없었다. 고운과 연석은 두 손을 마주 잡고 홀 안을 누비며 우스꽝스러운 춤을 추었다. 빰 빠라라, 빰 빠라라. '와인글라스 젖은 립스틱 그리움을 당신은 압니까 놓아야 하면서도 붙잡고 있는 미련의 끈을 이젠 놓고 싶어' 음악 소리가 멈출 때까지.

쿵, 고운이 이마를 테이블 위에 박으며 쓰러졌다. 술에 취해 완전히 잠에 빠져든 고운은 팔을 테이블 아래로 늘어뜨린 채 미동조차 보이지 않았다. 이미 마감 정리를 끝낸 홀에는 잠든 연주를 업고 저만치 떨어져 서 있는 강택을 제외하고는 아무도 없었다.

"강택아."

여전히 고운의 맞은편 소파에 몸을 묻고 있던 연석이 강택을 불렀다.

"야, 행님."

연석은 고운에게서 시선을 떼지 않고 말을 이었다.

"가게 문단속 잘하고, 우리 집에 가 연주 좀 뉘주라. 혹시 깰지도 모르이까, 내 갈 때까지 집에 지키고 있고."

"야."

연석은 테이블에서 몸을 일으켜 고운에게 다가가 그녀의 팔을 가볍게 잡았다. 하지만 힘이 없는 팔은 곧 허공으로 툭 떨어져 내렸다. 축 늘어진 고운을 잠시 바라보던 연석은 그녀의 두 팔을 잡아당겨 자신의 등에 업었다. 고운을 업은 채 연석은 클럽의 계단을 오르기 시작했다. 한 계단, 한 계단 오를 때마다 고운의 턱이 연석의 목줄기에 부딪혀 왔다. 부드럽고 매끄러운 피부가 맞닿을 때마다 연석은 짧은 숨을 토해내야 했다. 그 간지러운 느낌과 작은 숨소리를 제외한다면, 등에 그녀가 업혀 있는지조차 모를 것처럼 가벼웠다.

고운의 가방을 뒤져 자동차 열쇠를 찾아 차 문을 열고 먼저 그녀를 조수석에 조심스럽게 앉힌 후, 자신은 운전석에 올라탔다.

깊어가는 새벽, 짙게 안개가 깔린 해안 도로를 따라 달리는 차 안에는 술 냄새와 함께 침묵만이 흘렀다. 연석은 고운의 모습을 흘낏 바라보며, 손끝으로 주머니 속의 담배를 더듬거렸다. 한 손으로 담배를 꺼내는 것은 어렵지 않게 성공했지만, 입에 물고 라이터로 불을 붙이려는 손길이 순간 멈칫했다. 고운이 눈을 감은 채 짧은 신음 소리를 내뱉었던 것이다.

"괜찮나?"

연석은 입에 물고 있던 담배를 빼 들었다. 하지만 고운은 정신을 차린 것이 아니었다.

"후우."

곧 도착한 펜션 앞에 차를 세워두고 혼자서만 내린 연석은, 손에 들고 있던 담배를 다시 입에 물고 불을 붙였다. 촤르르르, 흰 모래에 부딪힌 파도가 물러가며 잔잔한 소음을 불러일으켰다. 연석의 입에서 터진 담배 연기는 바닷바람을 타고 흔들거리다, 이 세상 그 어떤 곳보다 많은 별들이 촘촘히 박힌 하늘을 향해 사그라졌다.

담배 한 대를 필터 앞까지 피우고 나서야, 손가락으로 튕겨낸 연석은 내키지 않는 걸음을 돌려 차 문을 열었다. 찬바람이 차 안 가득히 밀려오자, 고운이 몸을 부르르 떨었다. 연석은 클럽에서 나올 때처럼 가뿐히 고운을 등에 업고 펜션에 들어섰다.

그녀의 침실까지 들어온 것은 처음이었다. 침대에 고운을 내려놓으며 돌아서려던 연석은 방문 앞까지 걸음을 옮기다, 서늘한 느낌에 순간 멈칫했다. 열린 창문 틈으로 들어온 바람에 얇은 커튼이 나부꼈다. 창문을 닫은 연석은 천천히 몸을 돌려, 몸을 잔뜩 웅크린 채 침대에 누워 있는 고운에게 다가갔다.

"으으으음."

고운의 입에서 듣는 사람마저도 괴로운 신음 소리가 터져 나왔다. 무엇 때문에 그렇게 세상이 다 끝난 표정으로 잠이 들었는지, 연석은 안쓰러운 마음에 자신도 모르게 손을 뻗어 고운의 부드러운 머리칼을 쓰다듬었다.

"니가 이라믄…… 나는 겁난다."

자꾸만 나약해지는 마음을 다잡는 데 시간이 좀 걸렸다. 잠시 후 연석은 고운의 목까지 시트를 끌어당겨 토닥거려 주었다. 그리고 억지로 몸을 일으키려던 순간 자신의 손가락에 스치는 고운의 손길에 깜짝 놀라 숨을 들이마셨다.

그녀가 깬 것일까. 연석은 조심스럽게 고개를 떨어뜨렸다.

"깼나?"

아주 잠깐, 고운은 눈을 떴다가 다시 감았다. 온전히 정신이 들지는 않았지만, 어떠한 감각만은 돌아온 것이 분명했다. 분명 고운의 얼굴은 일그러지고 있었다. 말로 다 할 수 없는 고통이 배인 얼굴을, 그녀는 클럽에서 웃음으로 숨기고 있었던 것이다.

"차라리, 웃지를 말든가."

고운의 눈 아래, 여린 살갗이 파르르 떨리는 것을 숨 막히는 기분으로 응시하던 연석은, 그녀의 입에서 흘러나오는 타인의 이름을 듣고 턱 끝이 팽팽하게 굳어졌다.

"은환 씨……."

고운은 그 이름을 나직이 부르고, 더 이상의 미동을 보이지

않았다. 규칙적으로 내뿜는 알코올 섞인 숨, 그 숨소리를 들으
며 침대에 걸터앉은 연석은 오랫동안 잠이 든 고운을 내려다보
았다.

· 제16장 ·

환."

아침을 먹여 연주를 학교에 보내고 난 뒤, 연석은 다시 널브러진 이부자리 속으로 들어가 벽에 기대었다. 피곤했지만 잠이 오지는 않았다. 힘없이 머리를 벽에 기댄 채, 그 이름을 다시 한번 중얼거려 보았다.

후우, 짧게 한숨을 내뱉은 다음 연석의 입술이 다시 일자로 굳게 닫혀 버렸다.

은환, 그 사람이다. 그녀를 지치고 야위게 하고, 귀향하게 만들었던 사람. 그녀를 웃을 수도 웃게도 할 수 없게 만든 사람.

"웃어도, 울어도 난 죄인이 된 기분이었어. 지난 이 년 동안 그렇게 살았어. 그렇게 힘들게 살다 보니까, 사랑이라는 거…… 원망이 되더라. 그리움이라는 거…… 무서워지더라. 그냥, 벗어나고 싶을 뿐인데 죄책감이 나를 놔주지 않아."

사랑과 그리움은 흐릿해지고 원망과 두려움, 그리고 죄책감이 마음속에 가득 차 못 견디게 힘들어하던 고운의 울음 섞인 목소리가 귓가에서 맴돌았다. 무슨 일일까, 떠났던 그가 되돌아오기라도 한 것일까. 아무도 없이 혼자인데도 불구하고 연석은 눈동자에 스민 두려움을 숨기려고 두 눈을 감았다.

방 한구석에 나뒹굴고 있던 휴대전화기가 울렸다. 받을 생각 없이 연석은 기댄 그 자리에서 꿈쩍도 하지 않았다. 하지만 결국 승리한 쪽은 몇 번이고 끈덕지게 울린 휴대전화기 쪽이었다. 팔을 뻗어 집어 든 휴대전화기의 액정 속에서 고운의 이름이 발광하며 요란하게 깜빡거렸다.

"여보세요."

[밥 먹자.]

"뭐?"

[여기 순대국밥집이야. 네 것도 벌써 주문했어.]

"여보세요? 여보세……."

전화는 이미 끊겨 버렸다. 황당한 듯 전화기를 내려다보며 눈만 깜빡거리던 연석은 이내 정신을 차리고 후다닥 몸을 일으켜 겉옷을 걸쳐 입었다.

고운은 순대국밥집의 낡은 테이블 위에 국밥 두 그릇을 올려 놓고 혼자 앉아 그를 기다리고 있었다. 흘끔거리는 국밥집 아주머니의 시선을 무시하며 연석은 고운과 마주하고 자리에 앉았다.

"속은 좀 괘안나?"

"아니; 그래서 출근하기 전에 풀러 왔잖아. 어서 먹자."

전혀 아무 일도 없었다는 듯, 고운은 태연한 얼굴로 숟가락을 집어 들었다. 처음 이곳에 왔을 때는 거의 손도 대지 않던 고운이 허겁지겁 국밥을 떠서 입 안으로 밀어 넣는 모습에 연석은 안도하는 한편, 불안감에 사로잡히기도 했다.

"안 먹어?"

"먹는다."

입맛은 없었지만 연석은 마지못해 숟가락을 집어 들고 억지로 국밥을 먹기 시작했다. 억지로라도 먹기 위해 연방 숟가락을 놀리던 연석은 오래지 않아 고운이 먹는 모습이 자신과 비슷하다는 것을 눈치 챘다. 그녀는 억지로 밥을 떠먹고 있었다.

"뭔 술을 그래 마시노."

"그냥."

"그냥! 그냥! 어제부터 뭐만 물어만 봤다 하면 그냥이고!"

밥을 먹던 고운이 소스라치게 놀라도록 버럭 소리를 지르기는 했지만, 연석은 자신의 흥분에 스스로 놀라며 곧장 사과했다.

“미안하다.”

고운은 천천히 숟가락을 테이블 위에 내려놓았다. 고운이 자신의 고함 소리에 기분이 상한 것 같지는 않자 연석은 안도했다. 하지만 한참 동안이나 고운이 입을 열지 않자 점점 초조해진다.

“연석아, 우리…….”

고운의 입에서 떠난다는 말이 나올까 봐, 연석은 긴장으로 일순가 온몸이 딱딱하게 굳어버렸다. 숟가락을 쥔 손에 힘이 들어갔다.

“소풍 갈까?”

“응?”

긴장이 풀리는 동시에 기운이 쭉 빠진 연석이 힘없이 되물었다.

“연주랑 셋이서 소풍 가자. 어디가 좋을까? 외도로 갈까? 아, 외도는 갔었다고 했지……. 학동으로 갈까? 포로수용소? 아니면 차 타고 좀 나갈까? 고성에 공룡 박물관이 있다던데 거기 가면 연주가 좋아하지 않을까?”

즐거움과 기대로 흥분한 사람처럼 보이기 위해 빠르게 말을 이어나가는 고운의 얼굴에는 울음보다 못한 미소가 잔뜩 질려 있었다.

“도시락도 만들어서 가자. 연주가 좋아하는 걸로 잔뜩 싸가지고, 어디든 상관은 없겠어. 여기는 어디로 나가도 좋으니까. 도시락은 내가 준비할까? 네가 좋아하는 것도…….”

“고운아.”

연석은 조용히 그녀의 이름을 불렀다. 말을 가로막힌 고운이 연석의 걱정스러운 시선을 피해 버린다.

“니…… 지금 괜찮나?”

괜찮다고 말하려 했다. 실제로 말을 하려고 입술을 움직였다. 하지만 목구멍이 꽉 막힌 듯, 고운은 아무 소리도 내지 못했다. 목에 힘을 주어도 살짝 벌어진 입술 사이에서는 가느다란 신음 소리가 터질 뿐이었다.

“나.”

괜찮아, 한 마디만 하면 연석이의 얼굴에 서린 걱정과 근심이 사라질 텐데 왜 그 말이 안 나오는 거야. 괜찮아. 나 지금 괜찮아. 봐, 웃고 있잖아. 괜찮다니까. 정말로, 정말로…… 안 괜찮아.

고운은 자리에서 벌떡 일어났다.

“병원에 늦을 것 같아. 나 먼저 일어날게.”

“고운아.”

“전화할게.”

연석을 남겨두고 고운은 도망치듯 국밥집을 빠져나왔다. 달려가 골목에 세워둔 차에 올라탔지만 자동차 열쇠를 찾으려고 가방을 뒤져도 떨리는 손길에 열쇠가 쉽게 잡히지 않는다. 몇 번 주먹을 쥐었다 펴길 반복했지만 결국 찾지 못하고 조수석에 가방을 거꾸로 들고 탈탈 털어야 했다.

열쇠를 집어 들고 시동을 걸려던 고운은 순간 흠칫 놀라 주위를 둘러보았다. 분명 아무도 없었지만 고운은 자신의 이름을 부드럽고 나직하게 부르는 목소리에 몸을 떨어야 했다. 그렇게나 간절하게 원하고 사랑했던 목소리였지만, 지금 그녀는 불안과 두려움에 몸부림쳤다.

"내가 쳐다볼 때 눈을 피할 거면, 애초에 최은환 씨도 나를 쳐다보지 마세요."

"최 선생님이라고 불러요, 서고운 선생."

"말 돌리지 마세요, 최은환 씨."

"그렇게 부르지 말라고요."

"내가 지나갈 거 뻔히 알면서 내가 지나갈 자리에 서 있는 것도 알아요, 최은환 씨."

"그렇게 부르지 말라고!"

"내가 당신 좋아하는 거, 당신이 알고 있다는 것도 알아요. 더 말해줘요? 당신이 나를 좋아하고 있다는 것도 알고 있다고 말해줘요? 최 선생님이라고 부르라고? 왜? 내가 왜 그렇게 불러야 해요? 지금은 근무 시간도 아닌데, 왜 내가 당신을 그렇게 불러야 하……."

"고운아."

"뭐라고요?"

"그렇게 부르고 싶어져. 이러면 안 된다고 생각하면서도 네가 나를 그렇게 부르면! 나도 모르게 자꾸 널 고운아, 고운아, 고운아…… 그렇게 부르고 싶어지니까."

지금 그녀를 부르는 것은 참고 참았던 그의 모든 감정을 절실히 담아내었던 바로 그때의 목소리였다.

고운아, 고운아, 고운아…….

눈앞이 아찔해져 온다. 가슴을 짓누르는 고통에 숨이 막혔다.

"이러지 마. 이러지 마, 최은환. 제발, 제발……."

나 지금 밥 잘 먹어. 잠도 잘 자. 살도 찌고 있고, 어지럽지도 않아. 웃기도 잘하고, 친구도 생기고, 딸도 생기고, 그리고…… 연석이도 있어. 잘살고 있단 말이야. 그러니까 은환 씨, 나 한 번만 봐주면 안 돼? 제발 한 번만 봐주라. 그냥 이대로 당신 잊고 살 수 있게, 모른 척해주라. 제발.

고운은 운전대에 얼굴을 묻었다. 빠아앙, 클랙슨 소리가 골목 안을 가득히 채우며 뻗어나갔다.

"유일하게 당신에게만 준 마음을, 그 사람은 진심으로 배신한 적은 없다는 거. 최은환 그 사람은 최소한 서고운 당신에게만은 미움이나 원망을 받아야 할 사람이 아니라는 거."

꽃샘추위가 며칠 기승을 부리고 나더니, 어느덧 완연한 봄 날씨가 되었다. 연주는 택시에서 내리자마자 연석의 팔을 뿌리치고 펜션을 향해 힘껏 걸음을 내달렸다. 날씨가 따듯해졌기 때문일까, 늘 텅 비어 있던 펜션 주위에는 해변에서 주말 오후를 보내려는 사람들의 모습이 드문드문 보였다.

"넘어진다."

"안 넘어진다. 아빠도 빨리 온나! 엄마 기다린다 아이가!"

연석의 걸음은 오히려 느릿해졌다. 결국 기다리지 못하고 연주가 먼저 훌쩍 펜션 안으로 들어가 버린다. 국밥집을 도망치듯 나가 버렸던 그날 이후, 고운은 변함없이 아침저녁으로 자신, 연주와 함께 시간을 보냈다. 아무 일 없는 사람처럼 웃는 그녀를 볼 때면, 가슴 한편이 서늘해지는 불안감을 애써 밀어버리려고 노력했다. 하지만 그녀가 돌아간 후에는, 애초에 그녀가 아무 일 없는 사람처럼 웃는 사람이 아니었다는 것을 새삼 깨닫곤 했다. 그래서 그녀의 거짓 웃음은 늘 들킬 수밖에 없다고.

"왔어?"

펜션 안에 들어서자 고소한 참기름 냄새가 진동했다. 식탁에 앉아 김밥을 말고 있던 고운이 고개를 돌려 연석을 맞았다. 고운의 곁에는 이미 연주가 볼이 미어터지도록 김밥 끄트머리를 입에 넣어 입술을 오물거리고 있었다.

"연주야, 물 마셔 가면서 먹어. 저기 샌드위치도 만들어놨으니까 먹고."

"하나만 하지. 김밥은 손도 마이 갈 낀데."

"네 음식 솜씨에 기죽어서 나는 양으로 밀어붙이려고. 다 됐다! 이 정도면 실컷 먹겠지?"

　어느새 장만했는지 고운은 동그랗고 넓적한 도시락을 꺼내어 김밥을 보기 좋게 담아냈다. 다른 도시락에는 샌드위치, 또 다른 통에는 과일, 보온 물병에는 보리차를 담아 커다란 종이가방에 차례로 넣었다. 마지막으로 냉장고에서 음료를 꺼내어 들자, 연석은 고운 대신 자신이 종이가방을 들었다.

　“그런데 연주야, 정말 공룡 박물관에 안 가도 괜찮아? 지금이라도 생각이 바뀌었으면 공룡 박물관으로 갈 수도 있어.”

　샌드위치에 들어 있는 야채를 살짝 빼려던 연주는 움찔 놀랐지만 천연덕스럽게 모른 척하며 고개를 흔들었다.

　“괜찮다. 고성까지 왔다 갔다 하는 시간에 엄마랑 아빠랑 같이 있는 게 훨 좋다. 내는 여기가 좋다. 그라고 엄마가 접때 사준 모래 삽 세트도 들고 왔다. 엄마, 아빠! 얼른 나가자!”

　연주가 고운의 손을 이끌고 펜션을 나서고, 연석이 그 뒤를 따랐다. 따스한 햇살이 바닷물 위로 쏟아져 내렸다. 펜션에서 그다지 멀리 떨어지지 않은 해변가에 자리 대신 가지고 나온 담요를 깔고 종이가방을 내려놓았다.

　“지금 밥 먹을까?”

　“아니. 방금 샌드위치 먹었다 아이가. 있다가 먹을란다.”

　연주는 자신이 손에 들고 온 장난감 삽 세트를 꺼내어 들고 바닷물 가까이의 축축한 모래 위에 주저앉았다. 연석이 뭐라고 잔소리하려는 것을, ‘나중에 씻기면 되지’ 라고 고운이 대신 막아준다.

"넌 배고프지? 우리는 먼저 먹자. 맛없다고 욕하기 없기."

"욕은 무슨."

연석은 고운이 내민 샌드위치를 받아 들었다. 한입 크기로 먹기 좋게 잘라놓은 터라 연석은 한 번에 입에 넣고 씹었다. 씹을 때마다 야채가 와삭거리고 상큼한 드레싱이 입 안 가득히 퍼져 나갔다.

"연주가 너무 야채를 안 먹는 것 같아서……."

"맛있네."

"표정은, 맛있는 표정이 아닌데?"

연석이 입술을 지익, 벌리며 떨떠름하게 미소를 지어 보였다. 하지만 입에 남아 있는 야채 때문에 입을 오물거리느라 그마저도 금방 사라져 버린다. 고운은 김밥 도시락을 꺼내기 위해 고개를 돌린 채로 연석에게 묻는다.

"너, 나한테 화난 거지?"

연석 역시 모래놀이를 하는 연주를 바라보며 대답한다.

"아이다."

"맞잖아."

"아이라이까."

"아니면……."

그제야 두 사람의 눈이 마주쳤다. 연석의 입가에 묻은 드레싱을 발견한 고운은 그의 얼굴로 손을 뻗었다. 엄지 끝이 연석의 입술을 스치고 지나갔다.

"다행이고."

제자리로 돌아가려던 고운의 팔이 연석에게 붙잡혔다.

이렇게 잡으려 하면, 잡을 수 있는 사람이다. 잡을 수 있는 거리에 있는데도 왜 자꾸만 잡을 수 없게만 느껴지는 것인지 고통스러울 뿐이다. 연석의 뱃속 깊숙한 곳에서 쓴 신물이 올라왔다.

"고운아."

겁나게 하지 마라, 불안하게 하지 마라. 내가 머무르라고 말을 몬하니까 니가 먼저 안 떠난다고 말해주면 안 되겠나. 감히 내가 떠나지 말라는 말은 몬하니까…… 니한테 뭣 하나 해줄 것 없는 내가 그렇게는 몬하니까, 니가 먼저 안 떠난다고 말해주면 안 되겠나.

"따듯한 음료가 없네. 연주 놀고 나면 추울 텐데."

연석은 자신의 손길에서 빠져나가는 그녀를 물끄러미 바라보았다.

"들어가서 가지고 올게."

고운이 펜션으로 모습을 감추자, 연석은 담요 위에 벌렁 누웠다. 구름 한 점 없는 하늘은 눈을 감아도 머릿속에 영상이 사라지지 않을 만큼 잔인하게 새파랗다. 울컥 목구멍에서 치솟는 아릿한 느낌을 지우려고 연석은 목에 힘을 주고 몇 번이고 눈을 깜빡였다. 고통의 심연 속으로 빠지려던 찰나 다행히 그를 구해준 것은 낯선 벨소리였다. 고운이 있던 자리에 남겨진 휴대전화기. 연석은 펜션을 흘낏 바라보며 그 벨소리를 무시해 버렸다. 하지만 벨은 끈덕지게도 울린다. 결국 전화기를 집어 들고 연석은 담요에서 몸을 일으켜 펜션으로 걸음을 옮겼다.

"뭐꼬……."

펜션 앞에 도착했을 때, 귀에 거슬릴 정도로 울리던 벨이 거짓말처럼 뚝 그쳐 버렸다. 뺨을 실룩거리며 애꿎은 전화기를 내려다보던 연석은 다시 연주에게 돌아가기 위해 몸을 돌렸다. 하지만 짧은 망설임 끝에 연석은 고개를 다시 펜션으로 돌린다. 펜션의 낮은 지붕 끝에 매달린 햇살이 눈부시다.

연석은 문을 열고 펜션 안으로 들어섰다. 따듯한 음료를 만들어 오겠다던 고운을 찾기 위해 연석은 조심스럽게 부엌으로 걸음을 옮긴다. 아직도 참기름 냄새가 남아 있는 부엌에서는 전자레인지가 돌아가는 위잉, 소리가 들려왔다. 자신이 와 있는지도 모른 채 등을 돌리고 전자레인지를 향해 서 있는 고운의 좁은 어깨가 연석의 가슴을 쳤다.

삐익, 전자레인지에서 열가동이 끝났다는 신호음을 터뜨렸지만 고운은 반응이 없었다. 한 치의 미동도 없이 고운은 부엌 한가운데 서 있을 뿐이다. 드디어 그녀가 움직였을 때, 연석도 고운을 따라 바닥에 쓰러지듯 주저앉았다. 목구멍을 괴롭히던 욱신거림이 다시 찾아온다.

"우욱."

손바닥으로 입을 틀어막고 울음을 토해내는 고운의 모습에 연석의 고개가 바닥을 향해 떨어졌다. 떠나지 않겠다는 말을 듣고 싶었던 연석에게 그녀는, 거짓 웃음과 숨겨진 울음만을 보여 주었다.

이렇게 가슴이 아플 줄 알았다면, 차라리 침묵이 나았다.

가게 문을 닫은 연석은 택시를 잡아타고 다시 소동으로 향했다. 저녁 무렵 고운과 함께 연주를 씻기고 잠이 드는 것까지 보고 나온 터였다. 등받이에 몸을 깊숙이 기대고 말없이 차창 밖으로 시선을 던진다. 짙은 어둠에 휩싸인 가로수들이 눈앞으로 빠르게 지나쳤다.

모래 같다. 쥐어도 하나로 느껴지는 법이 없다. 낱알들이 손가락 사이사이를 파고들지만 정작 움켜쥐려 손을 펴면 사락대며 일순간 바람에 날려가 버리거나 손가락 사이로 빠져 바닥으로 떨어졌다. 지금 연석에게 고운이 그랬다.

택시에서 내린 연석은 펜션으로 걸음을 옮기다 만다. 어깨에 두꺼운 담요를 걸치고 바다를 향해 모래 해변 위에 앉아 있는 고운의 뒷모습을 발견했기 때문이다. 무슨 깊은 생각에 잠겨 있었는지, 그녀는 연석이 바로 곁에 서는 것도 모른다.

"나와서 뭐 하노, 쌀쌀한데."

별다른 말도, 큰 목소리도 아니었는데 고운은 말을 건넨 사람이 민망할 정도로 소스라치게 놀란다. 이내 쓴웃음이나마 지으려고 하지만 쉽지 않은 듯 얼굴은 오히려 더 일그러졌다. 연석은 담담히 그 얼굴을 마주했다.

"왔어?"

"안 잤나."

"잠이 안 오네."

연석은 고운의 곁에 앉았다. 바람이 불어 두 사람의 머리칼을 동시에 흩뜨려 놓는다. 고운은 담요의 한쪽 끝을 쫙 펴서 연석의 어깨에 걸쳤다. 오랜 시간이 지나지 않아 서로의 온기가 닿은 어깨를 통해 전해졌다.

"연석아."

고운이 조용히 자신을 부르자 서늘한 바람이 심장 끝을 스친다. 연석은 황급히 입을 열었다.

"꼬맹이가 인자는 집에 안 붙어 있을라 한다. 여 오자고…… 니가 좀 귀찮제?"

"연석아."

"내 말은 인자 씨알도 안 맥히고, 니 말만 들을라 카고."

"연석아."

"버릇을 그르케 들이면 안 되는데, 맞제?"

"미안해."

말을 이으려고 입을 벌린 채로 연석은 그대로 굳어버렸다. 천천히 고개를 돌려 자신을 바라보고 있는 고운에게 차가워진 시선을 던진다.

"뭐가 미안한네?"

“연석아.”

“미안할 짓을 하지 마라.”

“미안해.”

“미안할 짓을 안 하면 된다.”

“미안해.”

언젠가는 떠날 것이라고 예상하고 있었으면서도 치솟는 분노 어찌할 바를 몰라 연석은 거친 손바닥으로 턱을 문질렀다. 턱과 뺨의 근육이 미친 듯이 날뛴다. 이런 느낌, 그리 낯선 것만은 아니었다.

“연석아 나…… 한 번만 안아주라.”

고운을 서울로 데려가기 위해 그녀의 삼촌이 찾아왔을 때에도, 그랬다. 떠나지 않을 사람마냥 안아달라고 했다. 아무것도 모르는 밥통 천치였던 자신은 그것이 이별의 마지막 인사라는 사실도 모르고, 웃으면서 그녀를 안아 등을 토닥거렸다.

“싫다.”

고운을 날카롭게 노려보며 연석이 입술을 잘근 씹으며 분노를 터뜨린다.

“갈라믄, 그냥 가라. 와 사람 마음을 헤집고 가려고 하노. 어차피 한 번 떠났었는데, 두 번 떠나지 말라는 법 없다고 생각하고 있었다. 미안하다고? 미안해하지 마라. 팔 년 전에, 니가 가 버렸을 때 생각보다 쉽드라. 생각보다 니 생각도 별로 안 하고, 생각보다 가슴 아프지도 않드라. 그러니까 이번에도 그럴 끼다.

갈라믄, 조용히, 그냥 가라. 안아달라니 미안하다니 그따구 말로 사람 마음 헤집지 말고."

거짓말이다. 그때도 생각했던 것 이상으로 가슴 아팠지만, 이번에는 그때보다 더 쉽지 않을 것 같다.

"그냥, 그냥 가라."

하지만 연석은 알고 있었다. 그때 그녀를 붙잡지 못했던 것처럼, 지금도 그녀를 붙잡을 수 없다는 사실을 그는 너무나 잘 알고 있었다.

낡고 협소한 고현 시외버스 터미널에 뛰어들어 간 연석은 숨을 고를 시간도 없이 사람들 틈에서 고운을 찾기 위해 날뛰었다. 벽에 길게 붙은 딱딱한 의자에 앉은 그녀의 곁에는 커다란 짐 가방 하나가 덩그러니 놓여 있었다.

"니 지금 여기서 뭐 하노."

연석의 목소리에 고운이 바닥에 떨어뜨리고 있던 고개를 들었다. 순간 그녀의 눈동자가 흔들리는가 싶었지만 이내 단단해진 채 연석을 향했다.

"서울 간다."

믿을 수 없었던 사실을 확인하게 된 연석은 다리에 힘이 풀려 후들거리는 것을 느꼈다.

"니 방금 뭐라고 그랬노."

"두 시 치다."

그동안 연락이 끊겼던 삼촌이 찾아왔었다는 사실은 알고 있었다. 그녀를 서울로 데려가겠다고 한 사실 역시, 고운의 입으로 직접 들었다. 하지만 크게 걱정하지 않았다. 그 이야기를 한 후 고운은 그에게 따듯하게 안아달라고 말하지 않았던가. 연석은 그녀가 당연히 떠나지 않을 거라고 생각했던 스스로가 어리석게만 느껴진다.

"고운아."

"미안해, 연석아."

"이러지…… 마라."

목이 꽉 막혀 버려 말 한마디 입 밖으로 내뱉는 것이 쉽지가 않다. 연석은 손을 뻗어 고운의 어깨를 붙잡으려다, 그녀의 목소리에 흠칫 멈추었다.

"나, 자신이 없다. 여기서 계속 살 자신이 없다, 연석아."

"와? 내가 여 있는데, 니가 와 여기 못산단 말이고!"

"태어나서 지금까지."

고운은 울음을 참기 위해 눈에 힘을 주었다. 새빨간 핏줄이 눈동자 위에 선명하게 드러났다.

"여기 사는 내내, 내는 술집 작부 딸이었다. 이력이 날 정도로 손가락질받고, 사람들 수군거림에 상처 위에 또 상처가 생기는 게 당연하기 돼버렸다. 바다, 인자는 저 냄새가 가슴에 염증을 일으킨다. 어디로 가든지 잡아먹을 것처럼 나타나는 저 바다를 보믄, 심장에 돌덩어리를 하나 얹고 사는 것 같다. 여기서 내는…… 죽을 때까지 창녀 딸이다.”

서울행 버스 떠날 시간이 되었다. 연석은 천천히 몸을 일으키는 고운을 바라보았다. 파르르 떨리는 입술 사이로 그 어떤 말도 나오지 않는다.

“니가 있어서, 참아볼라고 했다. 박연석 그 하나만 보고, 참아볼라고 했다. 근데, 연석아. 나 여기서 혼자 살아가는 게, 너무…….”

참은 보람도 없이 눈동자 끝에 눈물이 매달린다.

“무섭다.”

이제 겨우 열아홉 살, 가슴에 남은 것은 단 두 가지밖에 없는 작은 소녀가 결국 울음을 참지 못하고 터뜨리고 말았다. 가슴에 남은 상처로 섬을 떠나지만, 가슴에 남은 박연석 때문에 참을 수 없는 이별의 고통을 느끼고 있었다.

“이 말 한 마디만.”

연석을 남겨두고 걸음을 떼던 고운이 멈추었다.

“듣고 가라.”

연석은 자신이 그녀를 붙잡을 수 없다는 것을, 고운의 눈빛과 음성으로 깨달았다.

“내도 진짜.”

하지만 가슴이 너무 아프다. 이렇게 떠나려는 그녀도 원망스럽지만, 이렇게라도 떠나고 싶은 그녀의 상처와 고통을 이해하는 사람이 자신이라는 사실이 더욱 원망스럽다.

"돌아버릴 만큼 힘들었는데, 그래도 니가 있어서…… 웃었다."

연석은 돌아서지 않았다. 떠나는 그녀를 볼 수가 없었다.

"고맙다."

마지막 말을 그녀가 들었는지, 그렇지 않은지조차 확인하지 못했다. 버스가 터미널을 떠난다는 신호로 경적을 울릴 때까지 연석은 돌아선 채 그녀를 바라보지 않았던 것이다. 연석의 얼굴 위로 굵은 눈물이 뚝 떨어져 내렸다.

바다는 언제나 그렇듯 늘 그 자리에 있었다. 두 사람의 서글픈 침묵을 위로하기라도 하는 듯 하늘의 별이 바다 위에 쏟아져 반짝거렸다. 연석은 고운을 바라보고 있었지만, 고운은 다른 곳을 바라보고 있었다. 마치 그곳에 누군가 다른 사람이 있다는 듯, 그녀의 시선은 흔들림 없이 고정되어 있었다.

"사랑하는 사람이 있었어."

고운의 그런 눈을 본 적 있다. 응급실에 실려 갔었던 그녀를 데리고 이곳으로 왔던 바로 그날, 고운은 날개가 부러져 다시는 날 수 없게 된 상처 입은 새처럼 보였다.

"그 사람은 나보다 나이도 훨씬 많고, 집도 부자였고, 의사였고, 착했고, 잘생겼었어. 그래서 사랑했던 건 아니야. 그냥, 그냥 그렇게 되어버렸어. 많이 사랑했어. 그랬던 그 사람이 나를 두고 다른 사람과 결혼을 했어."

연석의 시선이 일순간 날카로워진다.

"결혼한 사람을, 계속 사랑했었다고 말하면 너한테 미움받을지도 모른다고 생각했었어. 네 아버지와 다를 게 없잖아."

연석은 과거를 떠올리며 생각하고 싶지 않은 듯 고개를 흔들었다.

"그 남자가 이혼해서 돌아오기라도 했나."

"그 사람, 죽었어."

"뭐?"

연석이 힘없이 되물었다.

"나를 떠나겠다고, 나를 버리겠다고, 와이프를 사랑한다고 말하던 그날. 내가 그 사람더러 죽어버리라고 했는데…… 정말로 그렇게 되어버렸어."

고운이 그동안 왜 그렇게 야위고 지쳤었는지를 알게 된 충격에 휩싸인 연석은 원망과 분노를 밀쳐 놓고 그녀에게 다가가 안아주고 싶은 마음을 참느라 혀를 지그시 깨물어야 했다.

"처음에는 정말로, 나만 살아남은 게 너무 괴로웠어. 같이 죽었어야 했다고 생각했는데 조금씩, 조금씩 시간이 지나면서…… 그 죄책감이 지겹고 힘들어서 벗어나고 싶더라. 마음 편하게 살고 싶은데, 그 사람의 망령이 나를 떠나지 않는다는 생각에 떠난 사람 원망하고 미워했어. 그러고 나면 다시 새로운 죄책감이 나를 찾아와. 그 죄책감에 시달리고 나면, 또다시 원망과 미움…… 그런 악순환에, 차라리 나도 죽어버릴까 수도 없이 생각했었어.”

안으면, 다시는 놓아줄 수 없을 것 같아서 연석은 감히 그녀를 안을 수가 없다.

“하지만 너를 다시 만나서, 연주하고 너하고…… 같이 지내면서, 그 사람 잊고 지냈어. 가끔 생각났지만, 그 사람이 너를 다시 만나게 해준 거라고, 그 사람도 내가 이렇게 행복해지는 걸 원할 거라고 내 멋대로 믿어버렸어. 어차피 그 사람은 평생 와이프를 사랑하겠다고 나에게도 좋은 사람 만나라는 말을 하고 돌아섰으니까, 그 사람 마음은 사고 전에 나에게서 돌아섰다고 생각했었으니까.”

그제야 연석은 그녀가 다른 사람을 보고 있음을 깨달았다. 바로 그 자리에서 맴도는 그녀의 다른 사람을.

“그런데, 그게 아니었대. 그 사람은 죽을 때까지 나를 사랑했었대. 그 마음 때문에 다른 사람들은 다 그 사람을 비난하고 미워하고 원망하더라도 그 마음을 가지고 있었던 나는, 최소한 서고운만은 그 사람을 미워하고 원망하면 안 된대.”

아무리 바닷바람이라 해도, 봄바람이 이리도 시릴 수 있다는 것을 연석은 새삼 느끼고 있었다.

“그래도 무시하고 살려고 했어. 이대로 살고 싶었어. 네 옆에서, 연주 엄마 하면서…… 살고 싶어서 아무 일 없는 것처럼 웃으려고 해도 자꾸 그 사람 목소리가 들려. 고운아, 고운아, 그렇게 부르는 그 사람 목소리가 귓가에서 떠나지가 않아. 아무리

귀를 틀어막아도 들려. 그래도 그런 거 다 참고, 나 네 옆에서 살 수 있는데. 그럴 수 있는데 말이야."

고운이 연석에게로 고개를 돌렸다. 고통에 찬 두 눈동자에 연석 역시 눈물이 눈가에 번져 나갔다.

"넌 그럴 수 있어? 너, 평생을 그렇게 살 수 있어? 그 사람은 내 옆에서 떠나지 않는데, 셋이서 살 수 있어? 그 사람, 너, 나. 이렇게 셋이서 평생 살 수 있을 것 같니?"

병원에 누워 있던 어머니의 모습이 연석의 가슴을 쳤다. 평생 아버지를 사랑하고 그의 아들까지 낳았지만 아버지의 평생 사랑이라는 그 여자까지 늘 셋이었던 어머니. 그리고 고통 속에 쓸쓸했던 어머니의 비참한 죽음. 평생 털어버릴 수 없는 남자를 가슴에 둔 고운을 연석은 멍하니 바라보았다.

"아버지 때문에, 또 나 때문에 사랑조차 완전히 믿지 않게 된 너한테…… 나 그러면 안 되잖아. 최소한 나는 너한테 그러면 안 되잖아. 내가 네 옆에 머물면, 나 최은환과 박연석 두 사람한테 죄인이 돼. 평생 나를 사랑해 준 유일한 두 사람한테 난 그러고 싶지가 않아. 정말로……."

서로를 응시하는 두 사람의 얼굴 모두 축축하게 젖어들었다.

최소한 당신만은 최은환을 미워하고 원망하면 안 된다던 서정의 말, 귓가에 끊임없이 맴도는 은환의 목소리. 가장 괴로운 것은 사고 당시 자신을 보호하듯 꽉 끌어안던 은환의 촉감이 자꾸만 떠오르는 것이었다. 하지만 평생 셋이서 살 수 있냐는 자신의 물음에 그렇다고 연석이 말해주면, 지금 그가 팔을 뻗어 안아준다면 그 모든 것을 혼자서 삼키며 살 수 있을 것만 같다.

"병원에 사람이 구해지는 대로 다시 서울로 떠날 생각이야."

하지만 욕심일 뿐이다.

"연주는 오늘 내가 데리고 잘게."

고운은 입술을 깨물며 그를 향해 손을 내밀었다.

"건강하고, 담배 너무 많이 피우지 마."

연석은 고운이 내민 손을 말없이 내려다볼 뿐이었다.

"조심해서 가."

고운은 끝까지 자신이 내민 손을 붙잡지 않는 연석을 남겨두고 돌아섰다. 재회의 처음처럼 다시 찾아온 이별도 담담히 받아들이려고 아무리 애를 써도 한 걸음, 한 걸음이 가슴을 찍고 지나가는 것만 같다.

고운은 끝까지 연석을 돌아보지 않았다. 처음 그를 떠날 때도 그랬다. '고맙다'고 중얼거리던 연석을 돌아보면 이대로 남고 싶어질까 봐 한 번도 돌아보지 않고 버스에 올랐던 그때처럼 고운은 주먹을 꽉 쥐고 참아냈다.

"엄마."

펜션에 들어서 곧장 침실로 들어간 고운은 연주를 품에 안고 침대에 함께 누웠다. 잠에 잔뜩 취한 눈으로 연주가 고운을 올려다보았다.

"연주야."

"응?"

"엄마, 잠깐 서울에 가는데…… 연주는 이제 씩씩한 초등학생 언니니까 엄마 보고 싶어도 조금만 참을 수 있지?"

"잠깐?"

목이 꽉 메어온다. 고운은 말이 나오지 않아 고개를 끄덕였다. 어둠 속에서 연주의 불안한 눈빛이 반짝거린다. 하지만 이내 고운을 따라 하듯 고개를 끄덕였다. 달콤한 잠의 유혹이 연주의 불안감을 어느 정도 잠식시킨 듯했다.

"대신…… 빨리…… 온나……."

아이의 숨결이 자신의 가슴팍 부근에서 맴돌고 있었다. 연주가 다시 잠이 든 것을 확인하고 나서야 고운은 울음을 터뜨렸다.

거짓말 같은 것은 하지 않는 편이 좋았다. 차라리 그 편이 나을 뻔했다. 하지만 후회하지는 않았다. 자신이 아이로 하여금 느꼈던 행복 딱 그만큼만, 아이에게도 그 기쁨이 전해졌기를 바랄 뿐이었다.

연주에게 한 약속을 지키고 싶다. 시간이 얼마나 오래 걸리든, 정말로 돌아오고 싶다. 이곳으로.

고운은 가운을 벗고 퇴근 준비를 하기 시작했다. 노크 소리에 고개를 돌리자 정혁이 들어서는 것이 눈에 들어왔다. 사정상 그만두어야겠다고 원장에게 알린 뒤로부터 고운을 바라보는 정혁의 표정은 늘 아쉬움으로 가득 차 있었다.

"퇴근하고 술 한 잔 어때요? 떠나기 전에 이별주는 마셔야죠."

고운은 미안한 표정을 지어 보였다.

"어쩌죠? 오늘은 가볼 데가 있는데."

"갑자기 그만두는 것도 섭섭한데, 술 한 잔 안 하고 가면 더 미워져요."

빙긋 미소를 지으며 고운이 대답했다.

"펜션 정리하기까지는 시간이 좀 남았으니까, 가기 전에 봬요."

"정말이죠? 약속했어요."

고운이 고개를 끄덕이는 것을 확인하고서야 정혁은 몸을 돌려 물리치료실을 나갔다. 고운은 창밖에서 안으로 어둠이 스며들어 올 때까지, 느릿하게 퇴근 준비를 마치고 병원을 나섰다.

목적지가 월드 나이트클럽의 근처라 차를 세워두면 연석이 보게 될지도 몰라 고운은 걸어가기로 마음먹었다. 매립지에서 미인 나이트클럽을 찾는 것은 그다지 어렵지 않았다. 아직 간판에 불도 켜지지 않은 클럽 안으로 들어선다.

"아직 영업 안 하는데예."

"사람 좀 찾으러 왔어요. 여기 로즈 씨라고……."

"로즈예? 잠깐만 기다려 보이소."

완전히 새 건물에 새 소파, 말끔한 플로어와 세련된 무대까지 낡은 월드 나이트클럽은 이곳에 비하면 아직까지 장사를 해나가고 있다는 사실이 신기할 따름이었다.

고운이 클럽 안을 흘끔거리고 있는 사이 무대 뒤쪽 문에서 로즈가 나타났다. 무대 메이크업을 했지만 의상은 아직 갖추지 않아 전체적인 모습이 언밸런스하다. 고운을 발견하고 로즈의 짙은 눈썹이 위로 치켜 올라갔다.

"잘 지냈어요?"

"우리가 그런 인사 주고받을 사이는 아닐 낀데."

뿌루퉁한 표정이었지만 로즈는 고갯짓으로 가까운 소파를 가리켰다.

"할 이야기 있으믄 앉아라."

"괜찮아요. 그냥, 이 말 한마디 전해주러 왔어요."

고운은 로즈의 얼굴을 천천히 뜯어본다. 직접 보지는 못했지만, 그녀의 얼룩진 유년 시절을 연석의 목소리로 인해 고스란히 자신에게 전해졌었다. 그 목소리는 연석이 얼마나 로즈를 안타깝게 생각하고 있는지, 얼마나 아끼는 사람인지를 어렵지 않게 눈치 챌 수 있었다.

"뭔 말?"

끝까지 말을 짧게 하는 로즈의 어린 적개심에도 고운은 웃는다.

"나, 서울 가요."

로즈의 눈이 크게 떠졌다. 하지만 이내 얼른 자신의 놀란 표정을 숨기며 코끝을 찡그렸다.

"그, 그래서! 그래서 어쩌라고, 내한테 와서 그런 말을 하노. 가든가 말든가!"

"그냥요."

고운이 조용히 대답했다.

"그냥 로즈 씨한테 말해주고 싶었어요. 그럼 내 할 말은 끝났으니까 그만 가볼게요. 잘 지내요, 로즈 씨."

고운은 그녀를 부르는 로즈의 목소리를 뒤로하고 그대로 클럽을 나가 버렸다.

로즈는 한참 동안 제자리에 서서 고운의 말을 되씹다 재빠른 걸음으로 클럽을 뛰어나왔다. 그새 고운의 모습은 사라지고 없었다. 고운을 찾으려고 고개를 길게 빼던 로즈의 눈에 깜빡거리며 켜지는 월드 나이트클럽의 간판이 들어온다.

· 제17장 ·

"**오**늘 학교에서 뭐 배웠노?"

"뭐 배우기는, 산수도 배우고 국어도 배우고 음악도 배웠제. 바보가? 아저씨는 그것도 모르나."

연주의 핀잔에도 강택은 낄낄거리며 귀여워 죽겠다는 듯 연주의 작은 머리를 손으로 마구 문질러 댔다. 그리고 대기실 의자에 앉아서 손가락으로 라이터 뚜껑을 달칵거리고 있는 연석의 눈치를 살짝 살피고 목소리를 잔뜩 줄인 채 연주에게 물었다.

"그 맨날 오든 아줌마 있다 아이가."

"우리 엄……."

연주 역시 아빠의 눈치를 살폈다.

"고운이 아줌마?"

"그래. 그 아줌마 요즘에 와 안 보이노?"

"잠깐 서울 갔다 온다 켓다."

강택이 눈살을 찌푸렸다.

"잠깐? 아주 간 기 아이고?"

"아이다. 금방 온댔다."

"근데 느 아빠 기분이 왜 저렇노. 잠깐 간 기 아이고 영영 가 부린 거 아이가?"

순간 연주의 통통한 볼이 불룩거리더니 입을 크게 벌리고 있는 힘껏 험상궂은 표정으로 강택을 향해 소리를 빽 질렀다.

"아이다! 잠깐 갔다 온다고 했다! 금방 온다고 했단 말이다! 아무것도 모르면서 그런 말 하지 마라!"

자신의 고함 소리에 연석이 소파에서 몸을 일으키자 연주는 순간 흠칫 놀라 뒷걸음질을 쳤다. 굳어버린 표정으로 연주를 내려다보던 연석은, 이내 아무 말 없이 짧은 한숨을 내쉬었다.

"꼬맹이, 대기실에서 시끄럽게 하지 마라."

평소답지 않게 날카로운 어조의 연석의 꾸지람에 연주는 입술을 잔뜩 내밀었다.

"와 아한테 그러요."

"시끄럽다, 니도."

연석의 눈치를 보며 강택이 입을 다물었다.

"칫, 아빠 밉다!"

단단히 삐친 듯이 어깨에 잔뜩 힘을 주고 소파에 등을 돌리고 앉는 연주를 바라보던 연석은 무거운 걸음으로 대기실을 빠져나왔다. 강택이 곧바로 쫓아 나온다. 플로어에서는 돌아온 로즈의 노랫소리에 맞추어 사람들이 춤을 추고 있었다.

"와 계속 저기압입니꺼. 로즈도 돌아왔겠다, 그래서 로즈 단골들도 다시 드나들겠다, 뭐 걱정이 있다꼬."

강택의 말에 연석은 무대로 고개를 돌려 로즈를 바라보았다. 가느다란 허리와 히프로 부드럽게 리듬을 맞추며 노래를 부르던 로즈와 눈이 마주쳤지만, 연석의 무표정에는 변함이 없었다.

갑자기 다시 돌아온 로즈는 연석에게 아무런 말도 하지 않았다. 그리고 그런 그녀를 연석 역시 아무 말 없이 받아들였던 것이다.

"내 주방에 들었다가 술 재고 좀 보고 올 테니까 홀 잘봐라."

"야."

따가운 로즈의 시선을 뒤로하고 돌아선 연석은 주방으로 향했다. 여전히 김씨 아주머니 혼자서 과일 안주를 만드느라 정신이 없다.

"안주 몇 개 남았소?"

"대여섯 개 남았다. 와?"

"아니요. 그냥 하던 일 하소."

좀 한가해지면 연주를 위해서 떡볶이를 만들어달라고 부탁하려고 했던 연석은 이내 자신이 직접 냉장고를 뒤져 재료들을 꺼내 들었다. 야채와 함께 넣을 해물을 다듬고, 떡을 떼어내고 고추장을 넣어 볶아내는 그의 손길은 한 번도 멈칫하는 일 없이 능숙하고 빨랐다. 떡볶이를 보기 좋게 담아냈을 때, 마침 빈 안주 접시를 주방에 내려놓던 웨이터 한 명을 불러 떡볶이 접시를 내밀었다.

"꼬맹이한테 갖다 줘라. 대기실에 있다."

"야."

웨이터가 조심스럽게 떡볶이를 들고 나가는 것을 확인하고 난 뒤에야 연석은 주방으로 통하는 쪽문으로 나왔다. 좁은 골목 사이로 빈 박스들이 차곡하게 쌓여 있다. 술이 든 남은 박스와 빈 박스의 수치가 맞아떨어지는지 확인하려는 것이었다.

빈 박스를 눈으로 세어나가던 연석은 순간적으로 흐릿해지는 시야에 손등으로 눈을 살짝 비볐다. 그 바람에 몇 번째 박스까지 세었는지 잊어버려 처음부터 다시 시작해야 했다. 한 개, 두 개, 세 개, 네 개…… 다시 눈앞이 흐려진다. 연석은 욕설을 중얼거리며 손가락으로 대충 눈을 비볐다. 한 개, 두 개, 세 개, 네 개, 다섯 개……. 이번에는 흐릿해질 틈도 없이 눈에서 뚝, 하고 곧장 눈물이 바닥으로 떨어져 내렸다.

"뭐꼬."

어떻게든 참아보려고 이를 악물어보지만, 한 번 터진 눈물은 그의 의지와는 상관없이 후두둑 떨어진다. 연석은 벽에 등을 기대고 서서 크게 숨을 들이마시고, 또 내쉬기를 반복했다. 그래도 소용은 없다. 결국 포기한 연석은 얼굴을 타고 흐르는 눈물을 무시해 버리기로 마음먹었다.

주머니를 뒤져 담배를 꺼내어 입에 물었다. 곧 골목 가득 새하얀 담배 연기가 피어올라 갔다. 차라리 다행이었다. 사람들 앞에서 그의 자제력 밖의 눈물이 솟구쳤다면 정말 우스운 꼴이 될 뻔했다.

"그 사람, 너, 나. 이렇게 셋이서 평생 살 수 있을 것 같니?"

"그 사람."
담배를 문 입술 사이로 연석이 중얼거렸다.
"서고운."
눈물 때문인지, 담배 때문인지 목소리가 가늘게 갈라져서 뻗어나온다.
"박연석."
세 사람, 마지막 단어는 입 안으로 삼키듯 중얼거린 연석은 두 눈을 감아버렸다. 평생을 고운의 마음 전부를 가지고 살 수 없다는 것을 의미했다. 그것이 얼마나 가슴 아픈 일인지 이 세상 그 누구보다 뼈저리게 알고 있는 사람이 자신이었다. 그래서 로즈도 받아들일 수 없었던 것 아닌가.
"박연석이, 배가 불렀네."

그래도 잡았어야제, 서고운이가 옆에 있는 것만으로도 감사
해하면서 잡았어야제. 어차피 사랑 같은 거는 바라지도 않아놓
고서, 변하지 않는 사랑 같은 거는 없다고 생각했으면서, 와 이
제 와서 욕심이고.

천천히 눈을 떴다. 다행히 원하지 않던 갑작스러운 눈물은 멈
추어 있었다. 후우, 짧은 한숨을 내쉬자 담배 연기가 입 밖으로
길게 뻗는다. 애써 머릿속에서 고운의 생각을 밀어버리려 고개
를 흔들던 그때, 쪽문이 열리며 얼굴이 새빨갛게 달아오른 강택
이 달려나왔다. 분노로 얼룩진 강택의 표정에 심상치 않은 일이
벌어졌음을 감지한 연석이 담배를 바닥에 내던지고 발로 비벼
껐다.

“뭔 일이고?”

“미인 그 자식들이!”

연석은 한달음에 클럽 안으로 달려들어 갔다. 음악은 멈춰져
있었고, 손님들은 갑작스럽게 홀 안으로 진입해 들어온 덩치 큰
사내들에게서 느껴지는 위압감에 얼어 있었다. 연석은 미인 나
이트클럽의 장 부장의 앞에 섰다.

“무슨 볼일인지는 몰라도 영업 방해하지 말고 내일 아침에 오
소.”

치미는 분노를 억지로 삼키며 연석이 최대한 부드러운 목소
리로 말했지만, 장 부장은 코웃음을 칠 뿐이었다.

“누가 먼저 영업 방해를 했는데?”

"우리가 먼저 했다 그 말이요?"

"저 가시나."

장 부장이 손가락으로 무대 위의 로즈를 가리켰다. 하지만 연석은 무대로 돌아보지 않았다.

"우리는 저 가시나랑 볼일이 있다."

"볼일? 내한테 말해라."

"니가 저 가시나 기둥서방이라도 되나? 뭐, 좋다. 저 가시나가 마음대로 클럽에서 나가 버린 거 알제? 들어올 때는 마음대로 들어와도 나갈 때는 그냥 못 나가제. 우리는 그 보상 좀 받아야 되겠다."

"보상?"

"계약서상에는 계약 위반 시 계약금 삼십 배 물게 되어 있는데, 저 가시나가 지 마음대로 원금만 달랑 토해놓고 갔단 말이다. 뭐 같은 동네서 장사하는 사람끼리 야박하게 굴 수는 없고, 열 배만 내라."

"거짓말이다. 계약서에 사인도 안 했다!"

로즈가 무대 위에서 뛰어내려 왔다. 하지만 그녀를 가로막은 연석의 팔에 장 부장 앞으로 나아갈 수는 없었다. 연석은 차갑게 장 부장을 노려보았다.

"들었나? 사인도 안 한 계약 가지고 뭘 받겠다는 말이고. 고마 가라."

"상도라는 게 있는데 그렇게는 몬하지."

장 부장의 말에 그의 뒤에 서 있던 남자들이 한 걸음 앞으로 나섰다.

"상도? 느그들 때문에 우리가 양아치 소리를 듣는 기다. 일 크게 벌어져 봤자 그쪽이나 우리나 좋을 것 하나 없다. 그냥, 가라."

남산만한 배를 앞으로 들이밀며 장 부장이 연석을 향해 얼굴을 잔뜩 찡그렸다.

"근데 이거는 나이도 어린 게 왜 자꾸 말이 반토막이고?"

연석이 픽, 작은 웃음을 터뜨렸다.

"나잇값을 해야 어른 대접을 받는 기다."

꽈당, 얼굴을 확 붉힌 장 부장이 근처에 있던 테이블을 발로 차버리자 둔탁한 굉음과 함께 테이블이 저만치 나가떨어졌다. 손님들이 빽 소리를 지르며 도망치듯 홀을 빠져나가기 시작했다.

"이 호로 자식들아!"

도저히 참지 못하겠다는 듯 강택이 장 부장을 향해 버럭 욕설을 내뱉은 것이 신호가 되어 장 부장과 함께 온 남자들과 강택을 비롯한 월드 나이트클럽의 웨이터들이 뒤엉켜 싸우기 시작했다.

"어, 어떡하노."

자신 때문에 싸움이 나자 로즈의 얼굴이 새하얗게 변했다. 연석은 로즈를 뒤로 밀쳤다.

"연주한테 가라. 얼른!"

로즈가 대기실로 달려가는 것을 확인한 뒤에야 연석 역시 싸움에 덤벼들었다. 싸움이 나지 않도록 조심하라고 주의를 주었던 정 사장 때문에 어떻게든 피해보려고 했지만, 벌어진 이상 물러설 수는 없었다. 한 번 기를 꺾이게 되면 그 뒤부터는 끊임없이 영역을 침범당하게 되는 것이 이곳의 생리였다.

주먹을 휘두를 때마다 상대방이 저만치 나가떨어지고 쿠당탕, 테이블이 쓰러지면서 술병과 잔들이 바닥으로 나뒹굴며 산산조각 났다. 뒤엉켜 싸우다 보니 주먹과 발길질이 수차례 연석의 몸에 닥쳐왔지만 이상하게도 통증이 느껴지지 않았다.

"하아, 하아, 하아, 하아."

거친 숨만이 목 끝까지 치닫고 오를 뿐이었다. 끈질기게 자신에게 달라붙어 목을 졸라대던 남자를 떼어낸 연석은 바닥에 쓰러진 강택 위에 올라타고 사정없이 주먹으로 내려치는 장 부장에게 달려갔다. 연석의 발길질에 장 부장의 허리가 꺾이면서 강택의 옆으로 나뒹굴었다. 피투성이가 되어 성한 곳 하나 없는 강택의 모습에 연석이 입 안에 고인 핏물을 바닥에 탁, 하고 내뱉었다. 그리고 주섬주섬 몸을 추스르며 일어서는 장 부장에게 곧장 달려가 주먹으로 턱을 가격했다.

"컥!"

외마디 비명을 지르며 고개가 완전히 옆으로 돌아간 장 부장을 향해 연석은 다시 한 번 주먹을 내려치려던 순간이었다.

"연석이 행님!"

바닥에 쓰러진 채 정신을 잃은 줄 알았던 강택이 그를 향해 다급한 목소리로 소리를 질렀다. 강택의 목소리에 고개를 돌린 바로 그 순간이었다. 파앗, 요란한 파열음과 함께 정신을 차릴 수 없을 만큼의 둔탁함이 연석을 덮쳐 왔다. 머리에서부터 물기 섞인 유리 파편들이 그에게 날아들었다. 술이 아닌 진득한 액체도 연석의 이마를 타고 높은 콧날까지 흘러내렸다.

"행님!"

이상한 일이었다. 통증이 느껴지지 않는데도 불구하고 자신을 부르는 강택의 목소리가 점점 작아지고 흐릿해져 결국은 아무것도 들리지 않는 것이었다. 연석은 자신의 무릎이 천천히 꺾이는 것을 느꼈다.

고운아, 내 지금 벌 받는 갑다. 기대도 욕심도 안 부린다고 해놓고, 아무것도 안 바란다고 해놓고, 그냥 내는 니가 필요하고 니도 내가 필요하이까 서로 옆에 있으면 그만이라고 해놓고 욕심 때문에 내 아플까 봐 붙잡지도 몬한 거. 그거 지금 벌 받는 갑다. 고운아, 고운아, 고운아.

연석의 젖은 머리칼이 허공에서 날리는 듯하더니 이내 바닥에 쿵, 하고 쓰러졌다.

그다지 오랜 시간을 지낸 것도 아닌데, 생각했던 것보다 짐이 많았다. 빈 상자 안에 책을 차곡차곡히 채워 넣던 고운은 고개를 들어 펜션 안을 둘러보았다. 처음 이곳이 마음에 들었던 이유는, 자신이 떠나고 난 뒤에도 처음부터 그녀는 이곳에 없었던 것처럼 사람 냄새를 비워낼 수 있을 것 같았기 때문이다.

하지만 지금은 확신할 수 없었다. 곳곳에 연주와 함께인 자신의 모습이 배어 있었다. 곳곳에 연석과 함께 있던 자신의 향기가 묻어 있었다. 그들은 자신이 떠나고 난 뒤에도 이 집에서 오랫동안 떠날 것 같지 않았다.

책 정리를 끝낸 고운은 다른 상자를 들고 부엌으로 들어섰다. 선반을 열어 커피와 코코아 가루 봉투를 꺼내 들었다. 한참 동안 손에 든 것들을 내려다보던 고운은 이내 뒤돌아서 쓰레기통에 커피를 내버렸다. 그리고 남은 코코아 가루를 상자 안에 넣었다. 선반은 깨끗하게 비워낸 후 상자를 들고 거실로 돌아가려는 찰나 식탁 위에 올려두었던 휴대전화기가 진동했다. 고운은 한 팔로 상자를 가슴에 안고 남은 한 손으로 전화기를 집어 들었다.

"여보세요."

[엄마! 엄, 엄마! 엄마!]

숨이 깔딱깔딱 넘어갈 듯한 연주의 울음소리에 고운은 눈을 크게 떴다.

"연주니? 여보세요? 연주야, 왜 그래? 무슨 일이야?"

[엄마, 아빠가……아빠가, 아빠가.]

왠지 모를 불안감이 고운의 등줄기를 서늘하게 스치고 지나갔다. 전화기를 더욱 꼭 쥐려고 힘을 준 순간 다른 한쪽 손에 들려 있던 상자가 부엌 바닥으로 나뒹굴었다.

"연석이, 연석이한테 무슨 일 있는 거야?"

[아빠가 많이 다쳤다. 피를 막 흘리고, 눈도 안 뜨고…….]

고운이 새하얀 얼굴이 더욱 창백해졌다. 눈앞이 아득해지는 기분, 고운은 쓰러지지 않기 위해 안간힘을 썼다.

"어디야? 거기 어디야? 연주야, 거기 어디야!"

[병원. 대일병원. 엄마, 어디고. 아직도 서울이가. 빨리 온나…… 무섭다, 빨리 온나…….]

공중전화였던 모양인지 달칵 동전이 떨어지는 소리가 들려왔다.

"여보세요? 연주야. 연주야!"

울먹이던 연주의 목소리가 멀어지더니, 이내 전화가 끊겨 버렸다. 고운은 후들거리는 다리로 한 걸음을 간신히 떼어내다 이내 거실로 미친 듯이 달려가 자동차 열쇠를 집어 들었다.

펜션을 나와 자동차에 올라탈 때까지 고운은 머릿속이 새하얗게 변해 버려서 아무런 생각도 할 수 없었다. 그저 연석이 다쳤다는 말과 연주의 울음소리만이 귓가에 윙윙거릴 뿐이었다. 피투성이가 되어 눈을 감고 있는 연석의 모습이 머릿속에 그려질 때마다 심장이 멈추는 것만 같다.

무슨 일이 벌어지고 있는 걸까, 짙은 어둠을 헤치며 차를 몰고 가는 고운의 얼굴은 절망스러움에 젖어 있었다. 또다시, 가슴속 사람을 잃게 될지도 모른다는 불안으로 운전대를 쥔 고운의 손이 떨려왔다. 운전대를 놓칠 뻔하길 여러 번, 반대 차선에서 달려오는 헤드라이트조차도 눈 감은 연석의 환영에 비하면 두렵지 않았다.

"제발……."

고운은 차를 응급실 앞에 아무렇게나 세웠다. 병원을 나서던 사람과 부딪쳤지만 어깨의 통증 같은 것은 아랑곳하지 않고 응급실 안으로 뛰어들어 간 고운은 코끝으로 스며드는 병원 특유의 냄새에 아찔한 기분이 들었다. 그녀가 앞서 떠나보냈던 사랑한 사람들, 엄마와 은환이 머릿속에 스치고 지나간다. 만약 연석까지도 떠나 버린다면 그때는, 정말로 숨을 쉬며 살아가는 것이 불가능해질지도 모른다.

응급실은 만원이었다. 여기저기 낯이 익은 사람들이 보이는 것으로 보아 클럽 사람들이 단체로 실려오기라도 한 모양이었다. 고운은 침대 하나하나를 들여다보며 불안과 절망으로 떨리는 걸음을 옮겼다. 커튼이 드리워진 침대에 가까이 다가가던 고운은 침대 곁에 지쳐 쓰러져 잠이 든 로즈를 발견하고 걸음을 멈추었다.

흡, 일순간 숨이 멎는 것만 같다. 머리와 얼굴이 온통 붕대로 감겨 있었고, 붕대는 핏물이 스며들어 군데군데 새빨갛게 젖어 있었다. 숨소리 하나 내지 않고 죽은 듯 누워 있는 연석의 모습에 고운은 찢겨 피가 솟을 만큼 입술을 질끈 깨물었다.

천천히 침대로 다가서며 고운은 손을 뻗었다. 성한 곳 없이 붕대로 감긴 얼굴 위로 감히 손을 댈 수가 없었다. 자신이 건드리기라도 하면 연석이 곧장 죽어버릴 것 같은 착각에 고운은 숨을 거칠게 쉬며 울음을 참아야 했다.

이런 사람을 남겨두고 떠나려 했었다!

"연석아, 연석아……."

눈을 뜨는 것을 확인하고 싶었다. 그래야 제대로 숨을 쉴 수 있을 것만 같았다. 그런 그녀의 마음을 알고 있다는 듯, 굳게 감겼던 두 눈이 천천히 열렸다. 고운을 발견한 눈동자가 깜짝 놀란 듯 크게 벌어졌다.

살았다. 그도 살아 있었고, 그가 살아 있다는 사실을 확인한 자신도 숨을 쉴 수 있어 살 수 있었다.

"연석아."

고운은 허리를 숙이고 팔을 뻗어 그를 안았다. 그리고 안도의 한숨을 깊게 내쉬었다. 하지만 이미 흐르기 시작한 눈물을 멈출 수는 없었다. 뚝, 피로 물든 그의 셔츠 앞자락에 눈물이 떨어졌다.

"저……."

화들짝 놀란 고운이 남자에게서 떨어졌다. 연석의 목소리가 아니었다. 그제야 부스스한 눈을 비비며 로즈가 잠에서 깨어나 고개를 들었다.

"누, 누구세요?"

고운의 말에 로즈가 누워 있는 남자와 고운을 번갈아 바라보 았다.

"가, 강택인데예."

그때 커튼 뒤에서 눈물 나게 반가운 연석과 연주의 목소리가 들려왔다. 특히, 연주의 목소리는 조금 전 전화 속에서 들려오던 목소리가 같은 사람이라는 사실이 믿기지 않을 정도로 밝았다.

"칫, 아빠는 어른이믄서 그것도 몬 참나."

"꼬맹이, 니가 함 꼬매봐라. 그런 소리가 나오나 안 나오나. 근데 강택이 이 자식은 아직도 자나."

차르르르, 커튼이 열리며 이마에 붕대를 감은 연석과 그런 연석의 바지를 붙잡고 선 연주의 모습이 고운의 앞에 나타났다. 두 사람 역시 고운의 모습에 크게 놀란 듯 움찔거렸다. 슬금, 연주가 뒷걸음질을 치기 시작했지만 아무도 그 사실을 눈치 채지 못했다.

"고운아."

연석이 멍하니 중얼거렸다.

"연석아."

온몸에 기운이 쭉 빠진 고운이 결국 응급실 바닥에 털썩 주저앉았다. 그녀답지 않게 꺼이꺼이, 소리 내어 우는 모습에 연석은 어찌해야 할 바를 몰라 침만 꿀떡꿀떡 삼켰다. 로즈와 강택뿐만 아니라 응급실에 있던 사람들 모두 엄청난 크기의 울음소리에 모두들 그녀에게로 시선을 던졌다.

한참을 울고 난 고운이 힘없이 일어나서 터벅터벅 응급실을 가로질러 나가 버리자 그제야 연석이 정신을 차리고 황급히 그녀의 뒤를 따라 달려나갔다. 응급실의 자동문을 빠져나간 고운이 자동차에 올라타려는 순간, 연석이 그녀의 팔을 낚아챘다. 갑자기 뛴 탓에 다친 머리가 웅웅거리며 통증을 호소했지만 연석은 무시해 버렸다.

"와 그냥 가노."

우는 일에 모든 힘을 다 쏟아 부은 고운은 비틀거리며 차에 기대어 섰다.

"머릿속이 복잡해."

"와 복잡한데?"

"몰라. 지쳐, 힘들어."

고운은 연석의 팔을 뿌리치고 열쇠로 운전석 문을 열었다. 하지만 연석이 다른 손으로 차 문을 꽝 닫아버렸다. 고운이 축 처진 시선으로 연석을 바라보았다. 그런 그녀가 정말로 지쳐 보였지만 연석은 그대로 보낼 수가 없었다.

"가지 마라."

"뭐?"

연석은 또박또박 한 글자씩 힘을 주어 다시 말했다.

"가지 마라."

아이러니한 일이 아닐 수 없었다. 아주 오래전, 고운은 처음으로 누군가에게 눈물을 보였고 처음으로 연석에게 마음을 열었던 곳이 바로 이곳임을 깨달았다. 해변에서 쓰러졌던 그녀가 실려와 끊어질 뻔했던 두 사람의 인연이 다시 이어지게 된 것도 바로 이곳에서였다. 바로 그곳에 두 사람은 마주 보고 서 있었다.

"어차피 우리는, 사랑하는지 안 하는지도 모르는 사이 아이었나. 나는 니가 불쌍하고 니는 나를 불쌍히 여기고, 위로받고 싶고, 또 위로해 주고 싶은 거 그것뿐 아니었나. 사랑하기 때문에 서로한테 위로받고 싶은 기 아이라, 위로받고 싶어서 옆에 있는 기라고 안 했나."

고운의 팔을 쥐고 있는 연석의 손에 잔뜩 힘이 들어갔다.

"그러니까, 둘이 살든 셋이 살든 열이서 같이 살든……."

연석은 목 안에 가득 차 오르는 꽉 막힌 기운에 말하는 것이 쉽지 않았지만 멈추지도 않았다.

"우리 두 사람만 같이 있으면 상관없는 거 아이가."

고운의 입술이 파르르 떨렸다.

"내는 상관없는데. 니는."

조금 전 응급실 바닥에 주저앉아 통곡을 하는 바람에 온몸의 수분이 다 빠져나갔다고 생각했었지만 또다시 눈물이 차고 흐른다.

"니는, 그게 상관있나?"

어쩌면, 정말로 우리는 사랑을 하지 않는 것일지도 모른다.

그리고 심장 한쪽을 꽉 부여잡고 놓아주지 않는 다른 사람이 끊임없이 우리 주위를 맴돌며 두 사람 모두의 가슴을 아프게 할지도 모른다. 하지만 지금 중요한 사실은.

"아니."

그 모든 것을 감당해야 한다고 해도, 우리는 지금 서로의 곁에서 머물고 싶다는 사실이다.

고운은 고개를 흔들며 눈물 어린 눈동자로 연석을 향해 깊은 미소를 지어 보였다.

"상관없어."

연석은 가만히 고운을 끌어당겨 품에 안았다. 따듯한 가슴이 마주하자 응어리졌던 심장의 고통이 눈 녹듯이 녹아내리는 기분이 들었다. 이 사람 옆에 있어야, 이렇게 숨을 쉬고 아픈 가슴을 달랠 수 있다. 연석의 목에 팔을 감싸 안으려던 고운은 그의 등 뒤로 보이는 연주의 모습에 화들짝 놀라 연석에게서 떨어졌다. 그 바람에 허공에 있던 고운의 팔이 연석의 다친 이마를 스쳤고 아빠의 외마디 비명에 저만치 떨어져 서 있던 연주가 낄낄거리며 웃어댔다.

"아파? 아프니? 연석아, 괜찮아?"

두 손으로 이마를 감싸 쥐고 허리를 숙인 연석의 모습에 고운은 당황했다. 그의 상처를 확인하기 위해 연석을 따라 허리를 숙이던 고운은 기습적으로 다가온 연석의 따듯하고 촉촉한 입술에 숨을 훅 들이켰다. 쪽, 소리가 날 정도로 빠르게 고운의 입술을 훔친 연석이 빙그레 미소를 짓는다.

"뭐야, 너."

"큭."

"놀랐잖아!"

날아드는 작은 주먹을 피하기 위해 재빠르게 고운의 등 뒤로 돌아선 연석은 그녀의 마른 어깨를 한 팔로 가볍게 안았다.

"안 아프다. 한 개도 안 아프다. 니가 없으이까 내는 때려 죽여도 안 아플 것 같드라. 니가 없는 자리가 너무 아파가, 다른 거는 한 개도 안 아프드라. 그러니까, 이제 어디 가지 마라. 내랑 연주, 니 우리 두 사람 옆에 있어도라. 멀쩡한 처녀한테 다 큰 아 엄마 하라 칸다고, 도둑놈이라 불러도 괘안타. 손가락질하고 욕해도 괘안타. 다른 거 내가 다 하께. 밥 하고, 빨래하고, 청소하고, 돈 벌고, 다른 거는 내 다 할 테니까 니는 그냥 연주 엄마 하면서 내 옆에 있어라. 그렇게 해도라."

부드러운 연석의 입김에 고운의 목덜미에 닿았다. 그 따스한 느낌을 고스란히 느끼고 싶은 마음에 고운은 두 눈을 감은 채 고개를 끄덕였다.

"그래."

"오늘은 또 어디를 삐끗한 거예요?"

고운은 차트를 열어보지도 않고 허리에 손을 얹은 채 침대에 걸터앉은 로즈를 내려다보았다. 치료실 안으로 저무는 햇살이 한 줌 스며든다. 퇴근 시간 삼십 분 전에는 환자를 잘 보내지 않는데, 이번에도 로즈가 원장 선생님을 상대로 아프다고 생떼를 쓴 것이 틀림없었다.

"팔."

"좀 바꿔봐요. 팔은 지난주에 써먹었잖아요."

"그때는 요, 요 윗부분이었고 오늘은 팔목이라니까."

고운은 고개를 설레설레 흔들며 팩을 꺼내 들었다.

“안 아프면서도 자꾸 이렇게 오면, 나중에 진짜 아파서 왔을 때 어떡하려고 그래요?”

“흥.”

로즈는 콧방귀를 뀌며 능숙하게 길고 가느다란 팔목을 고운에게 내밀었다. 뿌루퉁한 표정의 맨얼굴은 영락없이 스무 살 아가씨라고 생각하며 고운은 빙긋 미소를 지었다. 그리고 일부러 과장스런 고갯짓으로 시계를 돌아보았다.

“지금 가게 가서 화장하고 옷 갈아입고, 무대에 올라갈 준비해야 하는 거 아니에요?”

“남의 일에 신경 끄라.”

“늦으면 연석이한테 혼날 텐데?”

오늘은 특별히 가게에 나가지 않겠다던 연석의 말을 잊지 않고 있음에도 고운은 짐짓 모른 척 말했다. 그런 고운의 행동에 약이 오르는 모양인지 로즈의 얼굴이 발그레 달아올랐다.

“그리고 나도 퇴근해야 하는데.”

“환자가 아직 있는데 의사가 돼가 퇴근을 한다고?”

고운이 어깨를 으쓱거렸다.

“난 의사가 아니라, 물리치료사예요.”

“그거나 그거나.”

그때 노크 소리와 함께 정혁이 치료실 안에 들어섰다. 아직 가운을 입은 채였다. 정혁은 퇴근을 하지 않은 고운의 모습에 눈을 동그랗게 떴다.

"불이 켜져 있어서 들어와 봤어요. 아까 점심때 오늘 일찍 퇴근해야 한다고 하지 않았어요?"

"꾀병쟁이 환자가 들이닥쳐서 퇴근을 못하게 하네요."

정혁의 의아한 시선이 로즈에게 닿았다. 늘 원장에게 진료를 받던 로즈 역시 젊은 의사의 등장에 조금 기가 죽은 듯 뿌루퉁한 표정을 감추고 고개를 살짝 돌려 그의 시선을 피해 버렸다. 그런 로즈의 모습에 고운이 좋은 생각이 났다는 듯 정혁에게 가까이 오라고 손짓했다.

"윤 선생님, Tens랑 US랑 다 사용할 줄 아시죠? 팩 끝나고 시작하면 돼요."

고운이 정혁을 끌어다 자신 앞에 세우자 로즈의 눈이 크게 떠졌다. 자신을 노려보는 로즈의 시선을 피하며 고운이 빠른 손길로 단추를 풀어 가운을 벗었다. 당황한 것은 정혁도 마찬가지였다. 얼떨결에 로즈의 손목 위에 놓인 팩을 붙잡고 고운과 로즈를 번갈아 바라본다.

"니가 해라!"

캐비닛에서 가방을 꺼내어 어깨에 메던 고운이 돌아서서 로즈와 정혁을 바라보았다.

"로즈 씨 말대로 의사나 물리치료사나 그게 그거죠. 그럼 얼른 다 낫고, 우리 이제 병원에서는 제발 좀 보지 말아요. 알았죠?"

자신의 퇴근을 방해하려고 일부러 찾아온 것이 틀림없었다.

그녀의 행동이 딱 스무 살짜리라고 생각하며 그 귀여운 모습에 고운은 기분 나쁜 기색이 하나 없었다. 당황한 두 사람을 남겨 두고 치료실을 나오던 고운의 귀에 어색한 기분을 풀어보려는 정혁의 목소리가 들려왔다.

"진짜 이름이, 로즈예요?"

그리고 뒤이어 늘 거침없이 당돌했던 로즈가 당혹감이 역력한 목소리로 얼버무리는 말도 들려왔다.

"아이, 뭐. 그게, 아인데, 사람들은 뭐, 다 그렇게……."

손바닥으로 터지는 웃음을 간신히 막고 병원을 빠져나온 고운은 곧장 주차장으로 달려가 차에 올라탔다. 그녀의 작은 차 뒷좌석에는 커다란 박스들이 쌓여 있었다. 조수석에도 박스 하나가 차지하고 있었고, 트렁크에도 있었다. 조촐했던 펜션 살림이었지만, 정리를 하고 나니 놀랄 만큼 짐이 많았다.

낮은 건물들이 즐비한 2차선의 시내 도로 위로 저녁 노을이 물들기 시작했다. 오래 지나지 않아 주황빛을 뿜어내고 있는 바다 위의 지는 해가 그녀의 눈앞에 나타났다. 화려하지도, 세련되지도 않은 촌스러운 빛깔이지만 따스함이라는 제 역할에 마지막까지 충실하려는 듯 바다를 포근하게 감싸고 있었다.

타악, 조수석에 있던 상자를 끌어안고 차에서 내려 문을 닫자마자 저만치 연석의 이층 집 계단 난간 위에서 연주가 커다란 목소리로 그녀를 부르기 시작했다.

"엄마아아아아! 엄마아아아아!"

곁에 선 연석 역시 연주를 따라 열심히 손을 흔든다. 고운은 차 지붕 위에 상자를 올려놓은 뒤 두 팔을 힘껏 뻗어 흔들기 시작했다. 이미 동네에서는 일일행사로 유명한 '유난스런 가족 상봉'이다.

연석과 연주가 계단을 달려 내려오기 시작했다. 자신의 걸음 속도를 맞추지 못하자 연석은 흡, 기합 소리와 함께 연주를 안고서 한달음에 고운의 앞으로 달려와 멈추어 섰다. 연석의 품에서 내리자마자 연주가 고운의 다리에 파고들었다.

"엄마, 왜 이렇게 늦었노? 한참 기다렸다 아이가."

"손님이 많더나?"

"손님이 아니라 환자라니까. 많은 건 아닌데, 내가 이 집으로 옮기는 걸 방해하려는 환자가 있어서."

영문을 모르는 연석이 고개를 갸웃거리자, 고운은 빙그레 미소를 지으며 손에 들고 있던 상자를 그에게 안겨주었다.

"짐부터 옮겨."

"내 혼자?"

"그럼. 난 연주랑 놀 거야."

손을 잡고 앞서 걸음을 옮기는 두 사람의 모습에 뺨을 실룩거리던 연석은 갑자기 고운이 돌아보자 얼른 쓴웃음을 지어 보였다.

"참, 방은 치워놨지? 연주 방에 저 짐들이 다 들어갈 수 있으려나?"

"연주 방? 니가 거 왜 들어가노."

"그럼? 설마, 너 나더러 네 방에서 지내라는 소리야?"

기가 막히다는 표정은 연석이나 고운이나 비슷했다. 두 사람의 얼굴에 연주는 키득거리고 웃을 뿐이다.

"아니, 그라믄 니 우리 집에 와 들어오는데?"

"너 때문에 들어가는 거 아니야. 우리 딸내미 때문이지, 안 그래? 들어가자, 연주야."

고운이 홱 등을 돌려 가버리자, 연석은 어이없다는 표정으로 쓴 입맛을 다셔야 했다.

"가시나들이, 양심이 있으면 좀 들어라! 아니면 같이라도 가든가!"

어느새 햇살은 손에 잡힐 듯 한 줌만이 아스라이 남고, 흐릿한 어둠이 작고 낡은 동네의 머리 위로 퍼지기 시작했다. 성급한 별 몇 개가 벌써 촘촘히 하늘에 떠서 아직은 영향력이 희미한 빛을 뿜어냈다.

연석을 돌아보던 고운은 그의 실망스러운 표정에 웃음을 터뜨렸다. 그의 어깨 너머로 바다가 보인다. 바다는 언제나처럼, 아무 일도 없다는 듯 그 자리에 있다.

『바보 로맨티스트』를 쓰기 시작한 어느 겨울, 따뜻한 커피 한 잔을 손에 쥐고 창밖을 바라보다 문득 바다가 보고 싶어졌다. 비린내가 섞인 바다의 짠 내음이 그리워졌다. 가끔 고운처럼 미치도록 벗어나고 싶었고 실제로 떠나왔지만, 섬에는 바다와 가족이 있어 내게 늘 그리움의 대상이었다.

그래서 거제도로 갔다. 그리고 그곳에서 『바보 로맨티스트』를 계속 썼다. 글이 써지지 않을 때면 무작정 밖으로 나가 이곳은 고운이 일하는 병원, 저기는 연석의 월드 나이트클럽, 두 사람이 다녔던 고등학교, 연석과 연주가 살고 있는 낡은 동네…… 한 장의 스틸 사진처럼 눈과 마음에 담아오곤 했다.

사랑이 아닐지도 모르지만 상관없다고 말하며 고운과 연석이 서 있었을 망산 전망대에 처음 올랐을 때가 생각난다. 그 바다를 한때나마 지겨워하고 벗어나고 싶어했던 것이 죄스러울 만큼 소름끼치도록 아름다웠던 바다 앞에서 할 말을 잃고 한참 시간을 보냈다.

그 바다와 고운과 연석의 사랑은 닮았다. 인간의 손으로는 죽었다 깨어나도 만들지 못한 자연의 아름다움처럼, 감정이라는 것 역시 사람의 힘으로는 어쩔 수 없는 것은 아닐까. 그들이 만드는 감정이 아니라 감정이 그들을 만들고 묶어두는 것. 할 수 있는 일이란 그저 이끄는 대로 하릴없이 끌려가는 것뿐.

이렇게 또 하나의 인연을 세상에 내놓으며 몇 가지 이해를 구한다. 처음 글을 쓸 때부터 많은 도움을 주었던 물리치료사 친구가 수정 작업까지 함께해 주며, 하루에도 많은 환자들을 치료하며 정신없이 바쁜 현실과 비교해 '진짜 소설이네' 라고 한마디 내뱉었던 것이 자꾸만 마음에 걸렸다. 『바보 로맨티스트』에서는 최대한 현실적으로 글을 쓰고 싶었지만 스토리 진행을 핑계로 부족한 점이 드러나지 않았나 싶다. 두 번째는, 고운이 살고 있는 소동의 펜션이다. 소동은 모래 해변이 아닐뿐더러 바닷가 앞이 아니라 바다가 내려다보이는 산 중턱에 펜션들이 자리 잡고 있다. 다만, 그곳에서 바라보는 바다의 등대가 마음에 들어 새롭게 설정했다.

끝으로 감사의 인사를 전한다.

이번 글에 가장 큰 도움을 준 고마운 썬. 늘 함께 있어 싸울 만도 한데 우린 찰떡궁합인가 봐, 쏘! 모든 일 잘 풀리기를 바라는 나방. 도대체 언제 보여줄 거야, 혜정. 늘 즐겁고 유쾌한 여행 패밀리 친구들(로미, 미란, 민애, 하영, 미나, 부국, 태민, 성래, 민욱, 두원, 원근), 파이팅 제우. 갑부 고모 공주, 우리 성현이, 이벤트 친구들(민희, 주연, 환희), 내 생애 최고의 스승님 김윤 교수님. 보고 싶은 언니들(정미 언니,